MENTEUR SAUVAGE

SINFULLY SAVAGE MAFIA: LIVRE DEUX

KRISTEN LUCIANI

Pour plus d'informations concernant les droits dérivés, vous pouvez contacter Kristen Luciani à l'adresse suivante : kluciani@gmail.com

Design de la couverture : Book Cover Kingdom.

Édition : Allusion Graphics

Crédit de la photographie : Rafa Catala

Réalisé avec Vellum

À L'ATTENTION DES LECTRICES ET LECTEURS

Cette œuvre est une dark romance dépeignant des situations qui peuvent particulièrement heurter la sensibilité d'un public sensible, telles que des scènes explicites et/ou gores de violence, de meurtre, de kidnapping. Elle contient également un langage explicite et des situations érotiques pouvant heurter un jeune public de moins de 18 ans.

CHAPITRE I
JAELYN

TROIS ANS PLUS TÔT

— Non coupable.

Ces mots me fendent le cœur et m'assourdissent. Je les entends gronder encore et encore dans mes tempes alors que le chaos s'empare de la salle d'audience. Le verdict est accueilli par un hoquet d'indignation collectif, rapidement suivi par le tumulte sourd où percent des centaines de voix choquées, sidérées, outragées, partout autour de moi. Des flashs d'appareils photo se mettent à crépiter de toutes parts et m'aveuglent un instant alors que je me lève d'un bon, tordant le cou pour voir ces deux salauds dans leur combinaison orange.

Ils sont maintenant libres, ceux-là mêmes qui ont bousillé ma vie, grâce à l'incompétence de l'avocat, ce connard qui a porté le meurtre de mes parents devant la justice. Ils n'ont écopé de rien, absolument rien. Je déglutis pour ravaler le cri qui me déchire la gorge et serre les poings jusqu'à enfoncer mes ongles dans ma chair. Une fureur rouge sang envahit ma vision et à mesure que je respire de plus en plus amplement, l'air entaille mes poumons.

Mon grand frère Nate me saisit par la main et m'attire contre son torse alors que des larmes amères brûlent mes yeux. Chaque parcelle de mon corps se met à frémir ; ce n'est pas le froid, c'est la colère et le regret qui pèsent maintenant sur ma vie comme un ciel d'orage.

Il me force à lever la tête et à plonger mes yeux dans les siens. Un tic agite sa mâchoire mais son expression reste impassible, comme d'habitude. Il est si rare que son visage trahisse la moindre émotion que cette tension dans ses traits en dit long sur ce qu'il ressent. Je sais qu'il est aussi dévasté que moi, à cet instant. Il sait juste le dissimuler à la face du monde. Personne, à part moi, ne sait ce qu'il est en train de penser.

Ou de conspirer.

Moi, en revanche ?

Je suis un livre ouvert. Mon visage, mon attitude, ma voix. Ils révèlent tout de mon tourment. De toute évidence, je ne serais pas une championne au poker. Mes émotions défilent dans mes yeux comme un feu hors de contrôle.

De ce point de vue là, Nate et moi sommes le jour et la nuit.

Mais aujourd'hui, je le vois chanceler. Le masque qu'il porte toujours avec le plus grand soin laisse entrevoir des failles, infimes, qui se répandent à travers ses traits, et menacent de dévoiler à tout instant la fureur qui bouillonne dans cette forteresse intérieure.

Pour une fois, juste une fois, j'aimerais la voir céder. Exposer l'étendue ombrageuse qui se cache derrière ces murs.

Pour une fois, je veux le voir abandonner cette carapace et partager mon deuil.

Et par « deuil », j'entends « envie de meurtre ».

Nate me tient fort dans ses bras alors que nous contournons divers membres du public, encore hébétés d'apprendre que le ministère n'a pas pu obtenir de condamnation et qu'une des pièces à conviction centrales du dossier a disparu avant le délibéré du verdict.

Je partage leur sidération.

Mais quand on fait face à un des plus grands cartels de narcotrafiquants au monde, il faut être prêt à se plier à leurs règles.

Tout le monde finit par courber l'échine.

À part mon père — et c'est bien pour cela que nous nous tenons encore ici, même si tout espoir de lui rendre justice s'évanouit peu à peu.

Le nœud au creux de mes tripes se resserre. Je sens palpiter les veines de mon cou en apercevant un huissier défaire les menottes d'un des deux hommes qui ont réduit ma vie en cendres. Les frères Desi et Derek Bowman. Deux mules du cartel Becerra, de retour de Mexico. Mais ils ne se contentent pas de transporter de la drogue. Ils collent aussi une balle à tous ceux qui ne partagent pas leur loyauté envers le cartel. Pour faire court, tous ceux qui se mettent en travers de leur route et les empêchent de se faire un beau paquet de pognon. Je plisse les yeux en les détaillant. Ils éclatent de rire, se frappent dans la main, tapotent l'épaule de leur avocat véreux, Maître Marlon Thomas.

C'est le pire de son espèce, celui-là, et hors de prix, avec ça. À l'exception du cartel Becerra, il n'a aucun client. Il faut dire qu'il ne sera jamais à court de travail avec eux, de ce que j'ai entendu dire. Sans la générosité du cartel et leur partenariat avec le gang de motards rival auquel les deux crétins Bowman sont rattachés, ils seraient derrière les barreaux depuis longtemps.

Je m'arrête net, sans crier gare, et resserre mes doigts sur le dossier du banc. Mon cœur bat à tout rompre. Des étoiles blanches flottent dans mon champ de vision et je me laisse retomber à ma place, les genoux tremblants. Nate s'assied à côté de moi et prend mon menton entre ses doigts.

— Jae ? Tout va bien ?

J'entends sa voix comme si j'étais sous l'eau, ou qu'elle me parvenait à travers un épais brouillard. Je serre les doigts si forts que les articulations de mes doigts blanchissent. Le sang tambourine dans mes tempes, de plus en plus fort, alors que les frères Bowman s'approchent des doubles portes du tribunal.

De leur liberté retrouvée.

De leur seconde chance.

Contrairement à mes parents.

La culpabilité assombrit mes pensées comme un nuage noir et menaçant.

Ça aurait dû être moi.

Nate en a conscience, même s'il ne l'avouera jamais à voix haute.

Le président des Rebel Vipers, le célèbre gang de motards, ne peut pas laisser ses émotions le trahir.

Il ne baisse jamais la garde.

Il prononce encore quelques mots, mais je n'entends que le vacarme métallique qui envahit ma tête. Rod et Benny, les plus proches amis de Nate, respectivement son Vice-Président et son sergent d'armes, se tiennent de l'autre côté. Ils s'échangent des propos noyés par d'autres sons… des cris à glacer le sang, des appels à l'aide. Des promesses de vengeance.

Oui… j'aurai ma revanche. Contre eux ! Contre tous !

Je m'efforce de prendre une grande inspiration. Les étoiles ont cédé la place à des éclats lumineux qui strient ma vision périphérique. La couleur blanche des flashs. La couleur orange de leurs combinaisons.

Et le jaune… le jaune de leurs sourires triomphants, de leurs dents qui se plantent dans mon cœur lorsqu'ils quittent enfin le tribunal, flanqués de leurs avocats.

Plus ils s'éloignent, plus mon cœur s'emballe ; les ténèbres m'entourent alors.

Et je me sens subitement happée par une vision intime de l'enfer qui m'engloutit tout entière.

J'ENTROUVRE les yeux et porte une main à ma tempe.

— Aïe..., gémis-je en effleurant des doigts la bosse saillante et sensible que j'y découvre.

Je grimace, saisie par une vive douleur qui me transperce le crâne. Mon cœur fait un bond lorsque Nate grille un feu rouge à toute allure. Le soleil se couche à l'horizon. J'ai l'impression d'avoir perdu des heures.

Des jours.

Peut-être une vie.

Comme s'il s'était écoulé une éternité depuis que le sort des frères Bowman a été tranché, non par la main de la Justice, mais par celle du cartel.

— Tu es tombée dans les pommes, au tribunal. Tu t'en souviens ? m'explique Benny. Tu t'es cogné la tête, et pas qu'un peu.

— Je me sens comme si on m'avait défoncé le crâne contre une porte, grommelé-je avec un bref soupir.

— Avec ta grande gueule, je suis surpris que ça ne te soit pas déjà arrivé, lance Rod d'un ton malicieux depuis le siège passager.

Je lui fais un doigt d'honneur et m'installe plus confortablement contre le revêtement en cuir. Un bruit blanc continue de bourdonner dans ma tête et des souvenirs, vagues et indistincts, traversent mes pensées comme des balles.

Les frères Bowman qui dépassent notre banc, libres comme l'air.

Moi, qui m'effondre sur le sol froid et dur du tribunal.

Le choc qui se transforme en une agonie insoutenable, la pire douleur que j'aie jamais ressentie.

Les torrents de larmes, les cris qui ont suivi.

— Je t'ai donné un Valium pour que tu te calmes un peu, dit Nate, derrière le volant. Et tu es tombée dans les vapes. Je ne pensais pas que tu dormirais si longtemps.

Les gars ne sont pas venus au tribunal en bécane, aujourd'hui. Nate ne voulait pas nous quitter d'une semelle. Il est resté aux affûts... au cas où. Le cartel a cherché à faire passer un message en mettant la tête de mes parents à prix, mais qui sait ? Peut-être n'ont-ils pas l'intention de s'arrêter là. Quoi qu'il en soit, Nate a pensé qu'on prendrait moins de risques comme ça.

En restant tous ensemble.

Le reste du club voulait assister au verdict, mais Nate n'a laissé que Benny et Rod nous accompagner. Je fixe la nuque de mon frère, ses cheveux noirs rabattus en arrière, son dos tendu comme s'il était d'acier. Il tient le volant de toutes ses forces, les dents serrées. Il n'a pas eu l'air aussi choqué que moi quand le verdict est tombé, et même maintenant, il semble agir en autopilote. Concentré uniquement sur sa mission... si terrifiante. Nate ne perd jamais pied. Il a toujours la tête sur les épaules. Il est mesuré, calculateur. Il n'est pas du genre à péter les plombs.

Ça, c'est plutôt mon rayon.

Pourtant, je vois bien sa mâchoire contractée, la manière dont ses mains sont crispées sur le volant. S'il avait étranglé quelqu'un avec la même force, il aurait pu lui faire sortir les yeux de la tête. Il y a quelque chose qui ne tourne pas rond. Si je ne le connaissais pas mieux, je serais tentée de dire qu'il s'est préparé à ce moment.

Comme si...

Non. Ce serait complètement fou. Il n'aurait pas pu le savoir à l'avance, quand même ? Pas après avoir essayé de me convaincre, encore et encore, que la justice serait rendue.

Par qui ? Ça, il s'est bien gardé de me le dire. Moi, je songeais à la Justice, avec un grand J, celle des juges et des tribunaux, mais j'aurais peut-être dû creuser davantage. À vrai dire, je me suis désespérément raccrochée à cette promesse car j'avais envie de croire qu'ils allaient le payer et finir dans un mitard, entassés avec des ordures de leur espèce, prêts à leur trancher la gorge au fond des chiottes. Ce n'était pas improbable. Leur club a généré plus de conflits et de bains de sang dans le sud de la Floride que tous les autres gangs mafieux réunis.

Autant dire qu'ils se sont fait beaucoup d'ennemis.

Mais ils se sont surtout fait du pognon, beaucoup de pognon, grâce à leurs réseaux de distribution de drogues. Ils n'aiment pas la concurrence. Le cartel non plus.

Et c'est l'argent sale qui fait tourner le monde, donc...

Non coupable.

Je plisse les yeux en me déplaçant sur mon siège.

— Où est-ce qu'on est ? Depuis quand est-ce que je dors ?

— On se rend au QG, répond Nate. Et tu dors depuis sept heures.

— La vache..., soufflé-je.

Le deuil, ça file un sacré coup. J'imagine que mon cerveau a juste décidé de succomber au néant. J'aurais voulu pouvoir m'y attarder un peu.

— Je pense que c'est une mauvaise idée, marmonne Rod à mi-voix.

— Sauf que je ne t'ai pas demandé ton avis, je crois, s'emporte Nate en faisant une embardée à gauche.

Je m'accroche de toutes mes forces à la poignée en pestant alors qu'il s'engage sur le chemin de terre isolé qui mène au club-house.

— Je ne me sens pas trop d'y aller, Nate, lui dis-je. Je n'ai pas envie de parler. Je sais que ça part d'une bonne intention, mais je...

— On ne va pas s'y arrêter, m'interrompt-il. Je dépose Rod et Benny. Qui, je le rappelle, *ne nous ont pas vus* depuis qu'on a quitté le tribunal.

Il a prononcé ces derniers mots sur un ton énigmatique, lourd de menaces, en jetant un regard à Rod par-dessus son épaule. Sans crier gare, il pile à moins d'un kilomètre du club-house.

— Allez, dehors, ordonne-t-il à ses hommes. Vos bécanes sont dans les bois, là où vous les avez laissées. Roulez jusqu'au club-house. Tenez-vous-en au plan.

Je fronce les sourcils.

— Quel plan ? Nate, putain, de quoi est-ce que tu... ?

Il se tourne vers moi et me fait taire d'un regard qui dit, sans ambiguïté : « Ce n'est pas le moment de jouer les grandes gueules. »

Message reçu. Je pince les lèvres.

Rod et Benny échangent un regard, puis Benny m'enlace avec force. Ça a toujours été un ami infaillible. Il m'a sorti de tellement de galères au cours des dernières années que je pourrais à peine les compter.

— Prends soin de toi, murmure-t-il.

Les larmes me montent aux yeux. Ça ressemble étrangement à des adieux.

Et je ne peux pas tolérer l'idée de retraverser ça...

Je n'ai plus les épaules. Pas après une telle journée.

J'inspire à pleins poumons son parfum si familier — un mélange de vieux cuir, de bière et d'herbe — et le serre dans mes bras, enfouissant mon visage dans son cou jusqu'à ce que Nate m'arrache doucement de lui. Je cligne des yeux pour mieux ravaler mes larmes et parviens à offrir un sourire mal assuré à Rod.

— Au revoir, dis-je du bout des lèvres.

Comme si au moindre son, au moindre mot, j'allais me retrouver submergée par l'émotion. À en juger par la mine sérieuse de Nate, le moment ne s'y prête pas.

Ils s'empressent de sortir de la voiture et disparaissent à travers le feuillage dense, alors que Nate fait demi-tour et reprend le chemin de terre dans l'autre sens.

— Nate, lui dis-je. Explique-moi ce qui se passe, tout de suite.

— Jae, répond-il d'une voix épaisse. Ce qui va se passer ce soir va marquer la fin de notre vie ici. On va partir. Et on ne va jamais se retourner. C'est compris ?

Mon cœur bat de plus en plus fort dans ma poitrine. Les petits cheveux de ma nuque se dressent, malgré la douceur de la brise qui s'engouffre par la vitre ouverte.

— Tu vas abandonner ton club ? demandé-je d'une voix étranglée. Mais... tu en es le Président, comment est-ce que tu peux...

— Si je fais ça, c'est pour toi, pour nous, et pour le club.

Il frappe du poing contre le volant.

— Jae, si papa et maman sont morts, c'est à cause de moi. Parce que j'ai merdé. Je me suis mis le cartel et les Steel Reapers à dos. Je pensais agir pour le bien du club, mais ça s'est retourné contre moi. Tout ça, c'est de ma faute..., poursuit-il, les dents serrées. Le seul moyen de réparer mon erreur, c'est de les punir. Et qu'il n'y ait pas le moindre doute sur l'identité du bourreau.

— Et après, qu'est-ce que tu crois qu'il va se passer ? Le cartel va envoyer un autre type pour te descendre ! réponds-je d'une voix de plus en plus paniquée. Tu y as pensé, à ça ?

Nate se gare sur le côté de la route, plongée dans une obscurité croissante, et se tourne vers moi.

— Je savais dès le début du procès comment ça allait se terminer. Les preuves n'ont pas disparu par magie, Jae. Le cartel n'allait pas s'avouer vaincu. Jamais. Et non, je ne peux pas, à moi seul, détruire le cartel tout entier. Par contre, je peux leur couper les mains et la queue. Leur envoyer un message, à ma manière.

— Et ensuite ? soufflé-je.

— Ensuite, on disparaît. On recommence à zéro, loin d'ici. J'abandonne le club. Il ne leur arrivera rien, à eux. Ils n'ont rien à voir avec ce qui va se passer.

— Tu es prêt à lâcher le club ? Comme ça ? Ça fait des années que tu es avec eux. C'est ta famille.

Il acquiesce sombrement, l'air soudain abattu.

— C'est vrai. Mais toi aussi, tu es ma famille. Papa et maman aussi étaient ma famille. Eux, je ne peux plus leur venir en aide, mais toi, le club... je peux encore faire quelque chose, soupire-t-il. C'est la seule solution. Rod va prendre ma place de Président, et Benny va monter en grade. Ce sont les seuls à savoir qu'on s'en va. Il ne faut pas que ça s'ébruite. J'agis seul pour que les autres puissent passer sous le radar. Tout va bien se passer. J'ai vidé nos comptes en banque et vendu tous nos actifs. On part dès ce soir.

Je laisse ses mots s'imprimer dans mon esprit. Abandonner Miami, tout ce qu'on a bâti, toute notre vie, pour toujours ? Le club a constitué un refuge, au moins autant pour moi que pour lui. Tous les gens que je connais et dont je suis proche en font partie. C'est notre petite famille à nous — la seule qu'il nous reste. Et maintenant, on est censés l'abandonner, comme ça ? Et se jeter dans l'inconnu ?

— Donc tu étais déjà au courant..., conclus-je.

— Il fallait bien que je m'y prépare, répond-il d'un ton bourru. Je n'allais pas attendre que le verdict soit rendu pour échafauder un plan. Je savais qu'il allait falloir faire vite, et frapper fort.

— Comment peux-tu être sûr qu'ils ne vont pas nous retrouver ?

Ma voix tremble malgré moi alors que la gravité de la situation m'apparaît plus clairement. J'ai l'impression d'avoir du plomb au fond du cœur.

— Écoute, tout ce que t'as à savoir, c'est que je serai toujours là pour te protéger, Jae. J'ai déjà fait des conneries par le passé. De grosses conneries. Mais ça ne se reproduira plus. C'est notre seule chance, le seul moyen de survivre à ce qui nous attend.

— Et qu'est-ce qui nous attend, au juste, Nate ? demandé-je, soudain glacée. Qu'est-ce qui va se passer, maintenant ?

Une ombre voile son regard. Il pince les lèvres.

— On va les buter. Tous. Jusqu'au dernier.

CHAPITRE 2
SERGIO

AUJOURD'HUI

Bon sang, mais pourquoi me suis-je retrouvé aux commandes du volet « boîte de nuit » de notre conquête de Las Vegas ? Cet endroit est promis à la ruine. Le simple fait de le maintenir à flot draine toute mon énergie — et une bonne partie de mon fric.

— La fréquentation est en baisse de vingt pour cent, m'informe Enrico, chef de la sécurité, en me tendant un bout de papier couvert de chiffres.

— Merde..., murmuré-je.

Ma famille a récemment conclu de nouvelles alliances dans l'optique de régner sur le monde des jeux d'argent aux États-Unis, en commençant ici, dans le Nevada. Mais avec la prolifération de boîtes concurrentes, rien n'est moins simple. C'est comme essayer de faire du bouche-à-bouche à un putain de cadavre. La compétition nous guette de toutes parts, prête à nous étouffer.

Si je me suis porté volontaire pour aller à Las Vegas, c'est surtout parce que j'y ai vu une opportunité de me faire un nom et une réputation, loin de ma Sicile natale. Ce n'est pas comme si j'étais le bras droit de la famille. Ce titre est réservé à mon autre frère, Matteo. Je ne suis pas le petit dernier non plus, comme Roman, à qui on refile toujours les tâches les plus simples parce que c'est encore un gosse, dans sa tête. Et, Dieu merci, je ne suis pas comme mon autre frère, Dante, qui a le don de tout faire foirer, où qu'il passe, parce que c'est une vraie bombe à retardement qui se jette toujours dans la mêlée sans réfléchir — et sans gilet par balle.

Non, non... moi ? Je n'ai droit à aucun traitement de faveur.

On s'attend à ce que je fasse mon job, point barre. Pas d'excuses. Rien que des résultats.

Et Dieu sait que c'est dur de garder la main sur la vie nocturne de Vegas, même pour des familles riches et influentes. On doit faire face à des cartels de la drogue et des gangs de motards, or eux aussi ont des ressources, avec tout ce qu'ils brassent de pognon. Ils sont fourrés dans tous les trafics, eux. La drogue, les flingues, la contrebande. Les femmes...

Ici, rien n'échappe à leur influence.

Cette ville a bien mérité son surnom : Sin City. La cité du vice.

Personne n'obéit aux règles. Personne ne se laisse limiter par les tabous ou les interdits.

On a essayé de rester cordiaux, de notre côté, mais ils nous voient comme une menace. À leurs yeux, nous empiétons sur leurs plates-bandes rien qu'en existant. Ça peut se comprendre. Notre arrivée en force a bousculé un équilibre. Depuis, ils n'ont plus qu'une idée en tête : nous exterminer.

Et dans ce domaine, ils ne se débrouillent pas trop mal. C'est pour cette raison que je suis coincé ici.

Je suis censé être le sauveur, le Messie, le mec qui a toujours un plan de génie.

Si j'y arrive, j'aurai voix au chapitre, je serai un membre respecté de la famille.

Sinon... je m'occuperai de la sécurité avec Enrico.

Avoir une *voix*. C'est tout ce que je veux.

Enfin, ça, et un avenir qui ne soit pas dicté par d'autres. Pour une fois dans ma vie, j'aimerais bien prendre mes propres décisions. C'est un peu ce que je suis venu chercher ici. J'ai adoré faire tourner l'Excelsior, le complexe d'hôtels et de casinos le plus en vue du Strip. Mais bon, ce n'est pas notre priorité pour le moment. Tout ce qui est hôtellerie, on gérait déjà bien avant mon arrivée, et je ne suis même pas seul pour m'en occuper. Les Marcone, qui viennent aussi de Sicile, ont aussi investi dans cette affaire.

Moi, je veux quelque chose qui m'appartienne.

Et les boîtes de nuit, c'est le seul domaine où on risque vraiment de couler.

Heureusement, j'ai un plan pour retrouver un peu de marge de manœuvre.

Je prends une grande inspiration et observe la profusion de visages qui s'agitent dans la pénombre de la piste de danse, au milieu du Verve. Mon petit enfer à moi. Mon purgatoire.

La fréquentation n'a pas cessé de chuter depuis le mois dernier et je ne vois qu'une solution pour mettre fin au massacre.

Choper quelqu'un à la gorge. Métaphoriquement, hein ?

Car oui, le seul moyen de sauver mon gagne-pain, c'est de ruiner celui de quelqu'un d'autre.

À moins qu'on essaie de me la faire à l'envers. Alors là... plus de place pour les métaphores. Ça devient littéral.

— Tu crois vraiment que ton plan va fonctionner ? demande Enrico.

Je détourne les yeux de la piste de danse et hausse un sourcil.

— Personne ne m'a jamais dit non, Enrico. Je fais toujours des offres qu'on ne peut pas refuser. La semaine prochaine, à la même heure, on sera en bonne voie pour posséder la ville entière. On aura plus d'influence que le maire lui-même.

Un sourire étire mes lèvres. Je ne suis pas ici depuis longtemps, mais si je parviens à conclure cet accord, j'aurai déjà laissé ma marque.

Et comme je le dis souvent… j'obtiens toujours ce que je désire.

Enrico me décoche une petite tape dans le dos et part se poster devant la boîte de nuit. Je prends une grande gorgée de scotch froid, fais tourner mon verre jusqu'à entendre les glaçons tinter, puis je surveille les clients qui entrent par petits groupes. Je pince les lèvres. Je sais où sont amassées les foules qui se pressent, parfois sur plus d'un kilomètre.

Nate Torres et ses baisodromes…

Un jour, son empire m'appartiendra. Tout entier.

Je prends une autre gorgée, vidant presque mon verre, et alors que je le repose, mon regard est retenu par un groupe de femmes qui viennent d'entrer. Blondes, des seins énormes, des robes étroites qui couvrent à peine leur cul. Elles gloussent. De toute évidence, elles sont déjà bourrées. La preuve, elles tiennent à peine debout sur leurs talons.

Mais je me désintéresse en un rien de temps. À Vegas, des filles comme ça, on en trouve à la pelle. C'est sympa, mais on s'en lasse vite. Elles ne constituent aucun défi.

Je réprime un bâillement et m'arrache du mur où je m'étais appuyé, un peu à l'écart. Il est temps de refaire un tour du propriétaire. En parcourant les lieux, je ne peux m'empêcher de secouer la tête. Je devrais avoir du mal à circuler en temps normal. Or je peux fendre la piste de danse en ligne droite sans effleurer la moindre épaule. Putain…

Cette boîte est en train de crever. Comme toutes celles qu'on possède.

Je pousse un soupir de frustration, passe une main dans mes cheveux et m'apprête à boire la dernière goutte de scotch dans mon verre.

Concentre-toi sur ton deal, Sergio, et tu pourras te faire une jolie petite fort...

Bam !

Je manque de tomber en avant. Mon verre se fracasse en mille morceaux devant moi, sans blesser personne. Parce que ce coin-là de la piste de danse est désert... Ce serait le moment de lâcher un commentaire sarcastique.

Mais au lieu de ça, je me retourne, pile à temps pour être propulsé contre un mur par un type énorme qui s'accroche à moi pour garder l'équilibre. Je le repousse en défroissant ma veste.

— Putain, c'est quoi ton problème ? grondé-je en direction de l'ivrogne qui vient de me rentrer dedans.

Je le saisis par le col de sa chemise et le plaque contre le mur. Son regard est vitreux et il ricane. Son haleine empeste la vieille bière.

— C'est bon, mec, lâche-moi. Tu vas pas venir me casser les c... couilles, quand même.

Je le pousse à nouveau contre le mur.

— Qu'est-ce que tu viens de me dire, là ?

— Écoute, mec, c'est... c'est pas ma faute, OK? essaie-t-il d'articuler. C'est l'autre, là. La conne derrière toi. Elle... elle m'a poussé contre toi.

— Parce que tu m'as mis la main au cul, sale porc, s'exclame une voix furieuse dans mon dos. Tu t'es cru où ?

Je resserre mon étreinte sur lui et approche son visage du mien, pour être sûr de bien imprimer chaque mot dans sa mémoire.

— Ce n'est pas un bordel, ici. Si tu ne gardes pas tes mains dans les poches, je te les coupe. C'est compris ?

Il essaie d'observer la fille par-dessus mon épaule alors que je réprime un sourire mauvais.

— Mais c'est leur faute, aussi. Elles se baladent à moitié à poil et elles s'attendent à ce que les m… mecs se tiennent bien. Elles n'attendent que ça, ces traînées.

J'entends sa victime hoqueter dans mon dos. Elle s'interpose entre nous et se plante face à lui.

— Écoute-moi bien, connard, si je veux me *balader à poil*, c'est mon problème. J'ai le droit de m'habiller comme je veux sans me faire peloter par un gros dégueulasse comme toi.

— Alors, techniquement, tu ne peux pas te balader à poil. C'est interdit par la loi, rétorqué-je, juste pour jeter un peu d'huile sur le feu.

Mais mon intervention est superflue. Du haut de son mètre cinquante — je la dépasse d'au moins deux têtes — elle a l'air d'avoir un caractère bien trempé. Je détaille son dos, faute de pouvoir admirer le reste, vu qu'elle s'est immiscée entre nous. Ses longs cheveux noirs descendent jusqu'à la chute de ses reins, et elle alors qu'elle secoue le mec cloué au mur avec force, je décèle un léger parfum d'agrumes.

C'est étrange de percevoir une odeur si subtile émaner de ce corps tonique et vibrant de rage. Elle semble prête à commettre un meurtre.

Puis elle se tourne sans lâcher son assaillant, et je retiens mon souffle.

Putain.

De grands yeux verts en amande, plissés jusqu'à pratiquement disparaître sous ses longs cils, sa bouche pulpeuse tordue par le dégoût et la fureur. *Démoniaque.* C'est le mot qui me vient à l'esprit. Mais bon sang, elle ne me laisse pas indifférente.

J'ai envie de l'inviter dans mon bureau et de la plier en deux sur le canapé, histoire de faire passer son accès de colère avec un bon coup de bite. Ses narines se dilatent. Oui, elle en a à revendre, de la colère. Mais je me sens d'attaque pour me charger de son cas.

— On est à Vegas, ici, répond-elle d'un ton brûlant. Si je veux faire du pole dance à poil au milieu du Strip en sniffant de la coke et en me descendant une bouteille de vodka, je suis à peu près sûre que les flics me laisseraient tranquille.

Elle esquisse un infime sourire.

— Je suis même sûre qu'ils ne me laisseraient pas m'amuser toute seule.

— Je ne connais aucun homme qui résisterait à cette tentation.

Je lui rends son sourire, et elle lâche le mec avant de le repousser. Elle se tourne vers lui une dernière fois.

— Bas les pattes, compris ? siffle-t-elle avant de reporter son attention sur moi, un sourire séducteur sur ses lèvres.

Je sens ma queue tressaillir. Cette fille n'est pas seulement à tomber par terre. Je sens le feu qui brûle en elle, dans ce corps ferme et sexy à mourir.

J'examine ses courbes, joliment soulignées par l'étoffe noire de ses vêtements. Elle plante ses poings sur ses hanches et incline la tête.

— Ça va, je ne te dérange pas trop ? Tu apprécies le spectacle, on dirait.

— Je ne vais pas dire le contraire, ricané-je. Mais avec les yeux seulement. J'ai vu ce dont tu es capable.

— Il y en a certains qui oublient la notion de consentement. Ça peut être dangereux. Pour eux.

— Et tu allais lui faire quoi, à ce mec, si je n'étais pas intervenu ?

Elle baisse les yeux avant de les lever vers moi et de m'observer attentivement à travers ses longs cils noirs. Puis elle s'approche en inclinant exagérément la tête sur le côté. Je vois un feu dévastateur au fond de ses pupilles, dont la chaleur se répand jusqu'au creux de mes tripes. Les secondes passent, insoutenables. Puis elle entrouvre ses lèvres rouge carmin.

— Le castrer, murmure-t-elle.

Putain. Je n'ai jamais rien entendu d'aussi sexy.

Sa voix, bien sûr — pas ses mots.

— Ça n'aurait pas été bon pour mes affaires, ça. Je ne peux pas laisser une femme aussi sublime et hors de contrôle foutre le bordel et agresser des types dans mon club. Tu aurais fait peur à ma clientèle.

Je plaque une main contre le mur pour lui barrer la route.

— Oh. Alors je te fais peur? demande-t-elle d'un ton moqueur. Suis-je donc si monstrueuse que ça à tes yeux?

— Rien ne me fait peur. Tu peux m'agresser quand ça te chante, réponds-je avec un sourire. Je suis sûr que ça ne déplairait pas à un monstre comme toi.

— Tu as l'air drôlement sûr de toi...

— Qu'est-ce que tu veux que je te dise? Je connais l'étendue de mes talents.

— Je suis sûre que c'est le cas de bon nombre de femmes, dans le coin.

Elle croise les bras sur sa poitrine et je ne peux m'empêcher d'admirer ses seins à la dérobée. Ils semblent vouloir s'échapper du profond décolleté de sa robe, comme s'ils me suppliaient d'être enfin libérés. Caressés. Léchés.

Une image fuse dans mon esprit avec la rapidité d'un éclair. Ses seins qui rebondissent devant mes yeux alors qu'elle me chevauche. Je dois fermer les paupières une seconde pour me retenir de jouir dans mon froc comme un ado.

— Tout va bien? demande-t-elle.

— Non, ça va assez mal, là, réponds-je.

C'est le moins qu'on puisse dire.

— Tu sais ce qui serait très, très *mal*? fait-elle d'une voix veloutée.

Euh... si tu te mettais à genoux, là, maintenant, et que tu me taillais une pipe?

Ce serait mal, ça. Très mal. Mais je n'hésiterais pas une seconde à accepter.

— Quoi?

— Que tu continues de mater mes seins comme si tu essayais de me déshabiller dans ta tête, répond-elle en haussant un sourcil. Tu ne vaux pas mieux que l'autre type. Au moins, lui, il a eu les couilles de me toucher.

Avec un rapide clin d'œil, elle s'éloigne du mur et se dirige vers le bar pour rejoindre son groupe.

Je me tourne vers elle. Le club étant presque vide, je ne rate pas une miette de ses hanches qui ondulent légèrement à chacun de ses pas. Ce sont des mouvements lents, délibérés, comme si elle savait que...

Un rapide coup d'œil par-dessus son épaule, un sourire satisfait.

Ouais. Dans le mille.

Comme si elle savait que j'étais en train de la regarder.

C'est indéniable.

Elle a réussi à attirer mon attention.

Maintenant, j'ai hâte de savoir ce qu'elle compte en faire.

CHAPITRE 3
JAELYN

Je sens son regard peser sur moi à chaque pas qui me sépare du comptoir.

Parfait. Maintenant, il est curieux.

Ou excité.

Peu importe : dans les deux cas, cela devrait me permettre d'arriver à mes fins.

Nate m'a conseillé de me faire discrète, mais franchement, comment est-ce que j'aurais pu faire autrement avec ce gros porc qui a décidé de glisser sa main sous ma robe ?

Je ne suis pas venue ici pour me battre avec un mec bourré.

Alors que je jette un dernier coup d'œil par-dessus mon épaule, en direction de Sergio Villani, je passe instinctivement ma langue sur mes lèvres.

Bon sang, il est encore plus attirant en vrai, ce garçon.

Je suis juste là pour faire un peu de reconnaissance, certes, mais pourquoi ne pas faire d'une pierre deux coups ?

Le plan est simple. Phase une : m'infiltrer et me fondre avec les danseuses de notre club, le Sapphire Lounge. Phase deux :

creuser un peu le profil de ce mec qui veut s'acheter un succès qu'il est incapable d'obtenir autrement. Preuve en est, il est onze heures, un samedi soir, et je peux commander un verre sans la moindre difficulté.

— Essaie de comprendre ce qu'il a en tête, m'a dit Nate avant que je quitte notre club. De le cerner davantage. Fais gaffe à ses associés. J'ai eu vent de certaines choses... Et si une des personnes qu'on tient à l'œil se pointe, je veux être le premier au courant.

J'ai épluché pendant plus d'une heure les photos que Nate a déposées sur mon bureau.

C'est mon côté Inspecteur Columbo.

Je jette un bref coup d'œil en direction de Sergio, sans rater une miette de sa silhouette musclée. Il vient de rejoindre des types habillés de noir, avec lesquels il s'entretient d'un air secret. Je ne les reconnais pas. Ils doivent être assez bas dans l'échelle de commandement.

Je sais exactement qui je cherche.

Cette même personne qui essaie de nous pister, Nate et moi.

L'homme auquel nous avons réussi à échapper pendant trois longues années.

Mais les bonnes choses ne durent jamais.

C'est pour ça que Nate m'a envoyée ici.

Les Italiens et les Russes sont à couteaux tirés dans la ville. Ils essaient de gagner autant de pouvoir que possible. Forcément, les Mexicains vont vouloir tirer leur épingle du jeu et obtenir leur part du gâteau, en mettant la main sur de nouveaux réseaux de distribution de drogues.

Et quand ils se déplaceront en personne, ils finiront bien par nous retrouver... si ce n'est pas déjà le cas. C'est ça qui effraie Nate. Ce qu'on a fait le soir du verdict — à savoir prendre en embuscade les frères Bowman pour nous faire justice nous-mêmes — a dévasté le cartel Becerra. Et ces connards sont du genre rancunier.

Avec eux, on ne peut pas faire dans la demi-mesure.

Un frisson parcourt mon échine.

Ils sont la raison pour laquelle nous ne pouvons pas rentrer à Miami. C'est inenvisageable. On a tout perdu en quittant la ville il y a trois ans, et même avec tout l'argent du monde on ne pourrait jamais remplacer ce qu'on a perdu.

Ce que le cartel Becerra nous a volé.

Je sens ma gorge se serrer. Je prends un verre à shot et j'essaie de repousser ces souvenirs troublants dans les tréfonds de ma mémoire.

Je ne peux pas me laisser submerger par ces émotions destructrices. Pas maintenant.

Ce serait un aveu de faiblesse.

Et les faiblesses rendent vulnérables à... un tas de choses.

Comme la mort, par exemple.

Et si les Becerra sont cul et chemise avec les Italiens, je doute qu'elle soit rapide et indolore. Bien au contraire.

— Jae ? répète Ashleigh en me secouant légèrement. Qu'est-ce que tu regardes ? On dirait que t'es en transe.

Je me reprends et me retourne vers mon assistante, la seule fille du club que je considère comme une amie. Même avec elle, pourtant, je garde mes distances. Avec la bonne somme d'argent, on peut acheter la trahison de n'importe qui.

Je l'ai appris à mes dépens.

— Non mais tu te rends compte ? Le mec qui m'a mis une main au cul est encore là. Ils n'ont même pas pris la peine de le foutre dehors.

Je lève les yeux au ciel avec un reniflement dédaigneux avant de reporter mon attention sur les filles, des danseuses du

Sapphire qui ne sont pas sur scène, ce soir. Je force un sourire sur mes lèvres. Nate m'a glissé que si je leur souriais davantage, je serais moins intimidante pour elles.

Mais moi, ça ne me dérange pas.

Je ne cherche pas à être leur amie.

La solitude me convient bien depuis qu'on a quitté Miami.

Un poids s'abat à nouveau sur mes épaules. Je n'ai pas envie de repenser à Miami, putain.

Cette ville hante suffisamment mes nuits, d'autant plus depuis que cette menace pèse à nouveau sur nous.

C'est Nate qui a entendu dire que les Becerra cherchaient à étendre leur influence vers l'ouest, en direction de Vegas. Un des types de son entourage a eu vent de toute l'affaire grâce à un gang de motards voisin.

On pourrait nous dire que c'était stupide de notre part de ne pas avoir quitté Vegas avant que la menace ne se concrétise.

Mais ce qu'on répondrait, c'est qu'on ne va plus céder un centimètre de terrain au cartel Becerra. On ne les laissera plus jamais nous retirer quoi que ce soit.

Et si cette offre de rachat s'avère être un leurre, un piège pour lancer une attaque de grande ampleur contre nous, on sera prêts.

Difficile d'obtenir cette information, en revanche. Pourquoi est-ce que ce Sergio voudrait divulguer des secrets d'affaires à une fille qu'il...

Je me retourne vivement vers Ashleigh.

Une fille qu'il n'arrête pas de couver du regard.

Et qui le regarde sans cesse, elle aussi, d'ailleurs.

Merde... Il m'a surprise en train de l'observer. Si j'essayais de la jouer fine en coulant des regards dans sa direction, c'est raté. Complètement raté.

Je prends une infime gorgée de vodka tout en faisant tourner mon verre dans ma main. Puis, en hochant pensivement la tête avec un sourire aux lèvres, je fais mine d'écouter les ragots qu'échangent les filles, hilares. Telle danseuse participe régulièrement à des gang bangs, telle autre s'est un jour fait baiser par un cheval, celle-là était un homme...

Qu'est-ce que ça peut me faire, moi, ce qu'elles font de leur temps libre ? Tout ce que j'attends d'elles, c'était qu'elles soient à l'heure sur scène, dans notre club, et qu'elles fassent rentrer du fric.

Car l'argent est notre seul salut. Sans lui, on serait coincés.

Après le meurtre des frères Bowman, c'est le fric qui nous a permis de nous en tirer à si bon compte.

Et c'est grâce au fric qu'on a pu bâtir notre club, comme tous ceux qui ont suivi, en quelques années seulement.

L'argent, c'est simple : plus on en possède, plus les opportunités s'offrent à nous.

C'est pour ça que Nate est fermement opposé à l'idée de vendre. Si ces types ont des vues sur notre business, ça ne peut signifier qu'une chose : il a le potentiel de rapporter gros. Pourquoi devrait-on abandonner le fruit de notre labeur aux mains des Italiens, pour qu'ils s'en mettent plein la poche à notre place ?

On ne laissera personne nous chasser de cette ville. Personne.

Je tapote mon verre du bout de l'ongle.

J'ai une mission à accomplir, ce soir, et ce n'est pas en restant plantée là à écouter ces conneries que je vais parvenir à mes fins.

Je parcours la pièce du regard, fouillant la pénombre stroboscopique de la piste de danse. Mais ma cible m'a échappé.

Merde.

Je ne peux pas me permettre de passer à côté du moindre détail.

Peut-être pourrais-je m'introduire dans son bureau ?

Est-ce que j'y trouverais une information incriminante, même mineure ?

Je pouffe de rire à cette idée. C'est ça, Jae. Tu crois trouver quoi ? Un Post-it où il serait écrit : « Vendredi, 22 h, fusillade au Sapphire Lounge avec mes nouveaux potes du cartel Becerra » ?

Mais peut-être aura-t-il programmé un rappel sur l'agenda de son téléphone... Je secoue vivement la tête.

C'est complètement ridicule. Il faut que je remette la main sur lui et que je trouve un moyen de lui soutirer les informations dont j'ai besoin. Parce que cet endroit... — je jette un regard circulaire et un frisson parcourt mon échine, la climatisation étant trop forte pour le nombre de clients —... cet endroit ne va sûrement pas faire long feu, car il empeste le désespoir.

. Et le désespoir peut vite mener à des situations désastreuses.

Je vide mon verre et le tends à Ashleigh.

— Je dois passer aux toilettes, lui dis-je.

Elle hoche distraitement la tête, toujours captivée par les vies farfelues de nos danseuses du Sapphire. Un sourire étire mes lèvres alors que je la regarde se vautrer dans ces histoires sordides. Ash a le corps d'une actrice porno mais toute l'innocence d'une vierge, et parfois je me demande ce qui l'a menée à choisir une vie pareille.

Je passe une main dans mes cheveux et je ralentis le pas, faisant mine de chercher les toilettes. C'est Sergio que je veux trouver. Peut-être est-il caché dans son bureau avec un associé. Il ne mènerait pas des négociations comme ça, à la vue de tout le monde.

Je m'engouffre dans un couloir étroit. Mon cerveau vibre au rythme de la musique électronique qui fait pulser l'air autour de moi. Au-dessus de ma tête, je vois un panneau indiquant les toilettes des femmes, mais je ne m'arrête pas. Et il semblerait que ce couloir ne donne sur aucune autre porte. Où est-ce qu'il a bien pu se cacher ?

Je continue d'avancer, à l'affût d'un signe, jusqu'à trouver le Graal. Enfin, peut-être.

Une porte sans aucune inscription. Je tourne la poignée... Bingo.

Un escalier menant à l'étage.

Je prends une grande inspiration et je franchis le seuil, sans savoir ce qui m'attend là-haut.

Mais je suis là pour une bonne raison, et je ne partirai pas tant que je n'aurai pas obtenu ce que je suis venue chercher.

Les enjeux sont trop grands. Je ne compte pas m'avouer vaincue. Et je ne survivrai pas à un autre deuil.

Les murs de part et d'autre de l'escalier sont noirs, comme ceux du reste du club. Des luminaires au plafond jettent une faible lueur, suffisante pour guider mes pas. Mon cœur s'emballe alors que je grimpe les marches une à une. Je réprime un cri en sentant mon téléphone vibrer dans mon sac à main. Je me blottis contre le mur ; c'est mon frère. Je me retourne pour accepter l'appel.

— Eh, ça va ? Tout se passe bien ? Tu as trouvé quelque chose d'intéressant ?

— Non, murmuré-je. Pas encore. Mais j'ai peut-être une piste.

— Pourquoi est-ce que tu chuchotes ? Et pourquoi est-ce que je n'entends pas de musique ?

— J'ai trouvé des escaliers, dis-je presque dans un souffle, priant pour qu'on ne puisse pas m'entendre depuis le palier. Je pense qu'il mène à un bureau. Peut-être le sien. L'endroit était difficile à trouver, alors je vais essayer de fureter et voir si je ne peux pas surprendre...

— Jae ! s'exclame Nate. Tu es folle ou quoi ? Je t'ai dit de le garder à l'œil et de voir à qui il parlait dans le club. Ne va pas l'espionner dans une partie de la boîte qui est interdite au public, putain ! Le but, c'est de découvrir à qui on a affaire. Pas de te faire tuer !!

— On sait très bien à qui on a affaire, Nate, marmonné-je. Ça sent l'huile d'olive et la sauce tomate à plein nez. Clairement, il a des liens avec la mafia. Et je pense qu'il se passe quelque chose ici, ce soir. Il était en train de parler avec ces types, puis il s'est volatilisé.

Je pousse un bref soupir avant de poursuivre :

— Merci pour ta confiance, au fait...

Je grimpe une marche de plus.

Cet endroit est sombre.

Désolé.

J'espère que personne n'attend, là-haut, que la voix frémissante provenant des escaliers se matérialise.

Ce serait une très mauvaise nouvelle. Surtout que je ne suis pas armée, à l'exception d'une bombe lacrymogène perdue au fond de mon sac. Et ça fait un bail que je ne m'en suis pas servi. Si ça se trouve, elle est bouchée.

— Et s'il était parti, Jae ? Ne monte pas, bordel ! Sors de là avant que quelqu'un ne te fasse du mal, ou pire !

— Détends-toi, réponds-je. Et fais-moi un peu confiance. Je ne suis pas une petite fille sans défense. Je suis parfaitement capable de me défendre toute seule, je te rappelle. Tu as oublié à quel point je suis douée avec un couteau ?

— Tu as un couteau sur toi, là, maintenant ? demande-t-il d'une voix bourrue.

— Non, mais je...

— Voilà. Alors dégage de là et va rejoindre tes amies. Merde à la fin. Je n'aurais jamais dû t'envoyer dans ce club.

Nate s'efforce de retrouver son calme et poursuit :

— Jae. S'il te plaît. C'est dangereux. Ne monte pas là-haut, d'accord ? Pour une fois, écoute-moi.

Je pousse un soupir.

— D'accord, d'accord... Je descends rejoindre les filles. On attendra que Sergio se pointe au Sapphire pour savoir s'il travaille ou non avec le cartel Becerra. Et si c'est le cas, eh bien... On sera foutus, qu'est-ce que tu veux que je te dise ?

Nate éclate d'un rire sans joie.

— Détends-toi. On trouvera une autre solution. Je n'aurais jamais dû te demander un tel service. J'ai besoin de toi, ici. C'est une vraie maison de fous quand je n'ai pas ma main droite. Je pourrais commettre un meurtre.

— Ha, réponds-je d'un ton léger. C'est marrant que tu parles de meurtre, parce qu'en ce qui me concerne, c'est passé à ça, et plusieurs fois.

— Grande gueule, va, marmonne-t-il. Allez, on se voit tout à l'heure.

Je raccroche et m'appuie contre le mur en remettant le téléphone dans mon sac. Puis j'en sors la bombe lacrymo et continue de monter les marches d'un pas hésitant. Direction : le bureau de Sergio.

Parce que je n'ai pas fait tout ce chemin pour repartir la queue entre les jambes, sans avoir obtenu les réponses à mes questions.

Une fois arrivée en haut des marches, je jette un coup d'œil à l'angle, puis m'engage sur la pointe des pieds dans un couloir. Des appliques murales, modernes et élégantes, éclairent mon chemin. À quelques mètres de là, je découvre une porte fermée, sous laquelle filtre une intense lueur.

Mais personne n'est posté devant.

Je fronce les sourcils.

Quelque chose ne tourne pas rond. Quel *mafioso* digne de ce nom négligerait la sécurité de son propre bureau ? Normalement, il y a toujours un gorille, au cas où.

En l'occurrence, ça me facilite la tâche, mais je ne croyais pas Sergio si imprudent.

Je presse mon oreille contre la porte, peinant pour entendre quelque chose, n'importe quoi... mais la conversation se déroule dans une autre langue.

De l'italien.

Une des voix repasse en anglais, mais je ne la reconnais pas. Une chose est sûre, ce n'est pas le grondement avide, sexy et viril de Sergio. Le timbre est râpeux et désagréable.

— Donc t'as pu organiser la réunion. Très bien. Et maintenant, pour le pognon ?

Je me hérisse.

Une réunion.

Quelle réunion ?

Putain, dites-moi quelle réunion !

— Ne t'inquiète pas. Je l'aurai en temps voulu.

Un frisson parcourt ma peau. *Sergio.*

— Et les autres types ? Ils sont tenaces, patron. Ils ne lâchent rien. Pires que des mouches à merde.

J'entends ensuite quelques grommellements en italien, d'une voix peu enjouée.

Quels autres types ?

Ils parlent maintenant si bas que je ne distingue que quelques mots.

Tout juste.

Aucun d'eux ne présage quoi que ce soit de bon.

Dans la merde... ce connard... cinquante millions... buter... bain de sang...

Je ravale un cri de frustration et frappe du talon contre le sol.

Un silence, soudain. Assourdissant.

Puis des pas lourds résonnent dans mon dos. Je me tourne vivement, prête à affronter un vigile furieux, prêt à me choper par la peau des fesses et à m'escorter manu militari de cette partie du club interdite au public. Mais je retiens mon souffle.

Parce que ce n'est pas un vigile qui se tient devant moi.

Je suis foutue.

CHAPITRE 4
JAELYN

Quatre hommes barbus, aux cheveux courts et à la peau sombre, me fixent comme des oiseaux de proie. Ils se fendent d'un sourire menaçant.

— T'es là pour la réunion, poupée? demande l'un d'entre eux. Je ne savais pas qu'il y aurait de quoi s'amuser.

Mon cœur se fige dans ma poitrine et je me retourne, cherchant vainement une échappatoire.

Mais il n'y a qu'un autre mur.

Je suis prise au piège.

Soudain, les mots que j'ai entendus traversent mon esprit comme des balles.

Ah, quelle ironie...

Buter. Bain de sang.

Merde !

— Je, euh... je cherchais juste les toilettes, dis-je d'une voix aussi calme et posée que possible.

Je fais de mon mieux pour me redresser et dépasser les

deux premiers, et c'est en retenant mon souffle que j'essaie de contourner les deux autres.

Mais alors que je crois avoir réussi à les duper, l'un d'entre eux me saisit par le poignet et me tire contre lui jusqu'à ce que mon visage se retrouve écrasé contre sa joue rêche.

— Ici, à l'étage ? grommelle-t-il avant de décocher un clin d'œil en direction de ses compères. Moi, je parie qu'elle ment. Qu'est-ce que tu en dis, *ese* ?

— J'en dis qu'elle cherche autre chose que les toilettes. Peut-être qu'elle veut s'éclater un peu, par exemple, répond l'autre avec un sourire en coin. On n'a qu'à se la partager avant de s'arracher, en guise de cadeau d'adieu. Moi, je vois bien deux ou trois trucs qu'on pourrait lui faire, histoire de la réveiller un peu.

Il éclate d'un rire sonore.

— Et de réveiller nos bites ! Ha !

Je cherche à me défaire de son étreinte. Mes cris stridents résonnent entre les murs alors que je me débats à coups de pied et d'ongles avec toute l'énergie du désespoir.

Tout à coup, la porte s'ouvre à la volée et Sergio apparaît, les sourcils froncés, les traits figés par la fureur. Il prend le temps d'analyser la scène puis pose les yeux sur moi.

— C'est quoi ce bordel ? gronde-t-il. Et qu'est-ce qu'elle fout en haut, elle ?

— On a trouvé cette *puta* devant ta porte, Villani, répond un des hommes. C'est une de tes poules ?

Ce salaud me fait une clé de bras et je lui crache dans l'œil. Je tire sur mon poignet à mon nouveau, repoussant de toutes mes forces le torse puissant contre lequel je suis bloquée. Sergio lève une main.

— Lâche-la, ordonne-t-il d'une voix menaçante. C'est moi qui vais me charger de son cas, pas toi.

Il reporte son attention sur moi et je me retrouve sans voix, pétrifiée à l'idée de la galère dans laquelle je viens de me fourrer.

Putain.

Qu'est-ce qu'il entend exactement par se *charger de moi* ?

Sergio fusille un des types du regard.

— Où est ton boss ? dit-il d'une voix rauque frisant le feulement.

L'autre hausse les épaules.

— Il est occupé, répond-il avec désinvolture. Il m'a envoyé pour discuter des détails.

Sergio acquiesce lentement, les yeux plissés.

— Eh bien, tu peux lui dire que s'il veut faire affaire avec moi, il n'a qu'à venir et me parler en personne. Je n'aime pas recevoir ses sous-fifres de merde, moi. C'est compris, *ese* ?

Il saisit mon autre bras et m'attire contre lui avec tant de force que je finis le visage écrasé contre sa poitrine. Je ne peux m'empêcher d'inhaler le délicieux parfum qui se dégage de lui. Mon Dieu, ce que je donnerais pour passer ma main sur son torse, pour dessiner le contour de ses abdos parfaits...

Bon sang, Jae, ressaisis-toi !

Une bagarre menace d'éclater d'une seconde à l'autre, et toi, tu te laisses distraire par le torse d'un type ?

J'inspire à nouveau, et, m'autorisant à rester un instant de plus contre l'étoffe de sa chemise, je réprime un gémissement de plaisir.

Oui. La réponse est oui.

C'est la seule chose qui obscurcit mon esprit et embrouille mes pensées, à cet instant.

Rah ! Je ne suis pas ce genre de fille, pourtant !

J'essaie de me dégager, mais Sergio me retient d'une main ferme.

Il n'a pas l'air d'avoir envie que je bouge.

On ne va pas se mentir… lorsqu'elle affleure à ma conscience, cette idée me fait frémir.

Pour une raison qui m'échappe encore, il aime bien me sentir contre lui.

C'est typique des hommes, ça.

Ce n'est pourtant pas pour me déplaire.

J'étudie tour à tour les malfrats qui me jettent des regards assassins.

Mais je suis fière de mon impassibilité.

Le plus menaçant d'entre eux se tourne vers Sergio, l'air mécontent.

— On n'en a pas fini, toi et moi.

— Alors, justement, répond-il, je te garantis que si. Passe le message à ton boss.

Il enroule un bras autour de ma taille et m'attire encore plus près de lui, ce que je croyais impossible.

— Ça ne va pas lui plaire, rétorque le type d'un air mauvais.

— Eh bien, la prochaine fois, peut-être qu'il saura que c'est important de faire de la place dans son emploi du temps pour rencontrer *en personne* quelqu'un dont il attend des faveurs. Parce que c'est bien de ça qu'il s'agit, et pas le contraire. C'est bien clair ?

Je déglutis avec difficulté en voyant progressivement la fureur déformer les traits de l'autre type.

Sans un mot de plus, il tourne les talons et conduit sa meute de chiens galeux en direction des escaliers. Sergio s'écarte un instant de moi et hoche la tête à l'attention de ses hommes.

— Assurez-vous qu'ils sont bien partis, OK ?

Et, en un clin d'œil, nous nous retrouvons seuls.

Bon. Il faut dire que je ne suis pas complètement étrangère aux histoires un peu troubles. Le club de Nate a toujours été le théâtre de magouilles plus ou moins illégales, et comme je passais pas mal de temps au club-house, je surprenais souvent des conversations peu avouables. Rien de bien méchant, puisque les détails les plus juteux restaient secrets, mais si on savait laisser traîner une oreille au bon moment, on pouvait glaner de précieuses informations. Se faire une idée du nombre de nos ennemis, par exemple.

C'est même comme ça que j'ai appris que le cartel Becerra envisageait un partenariat avec les motards. Quand les filles couchaient avec des types influents, elles les entendaient parler pendant qu'ils étaient plantés entre leurs cuisses ou en train de se faire sucer. Ensuite, elles se racontaient tout, comme s'il s'agissait de ragots comme les autres.

J'ai toujours su détecter le danger au frisson qu'il me procurait. Cette faculté ne m'a jamais quittée.

Et je peux vous affirmer que l'air est drôlement chargé, ici, en l'occurrence.

Sergio baisse les yeux vers moi, la mine sombre.

— Est-ce que tu sais qui je suis ?

Je dois redresser le menton pour croiser son regard.

— Tu ne m'as jamais dit ton nom, mais…

— Pourquoi est-ce que tu es montée ici ?

Il y a quelque chose de dur dans sa voix. J'y décèle presque une pointe d'accusation.

Je hausse les épaules.

— Tu avais disparu, et je, euh…

Lorsqu'il plisse les yeux, une chaleur se répand dans mon bas-ventre.

— Il m'a semblé qu'on n'en avait pas fini, toi et moi.

— Ah. Alors tu t'es dit que tu allais juste te balader autour du club, trouver un escalier caché et monter les marches, au cas où je serais à l'étage, pour… Pour faire quoi, au juste? demande-t-il en haussant les sourcils.

— Euh… danser ? Je voulais… danser avec toi.

Chaque mot me demande un effort surhumain. Il s'appuie contre la porte de son bureau, les bras croisés, les yeux pleins de ténèbres.

— Je pense que tu te fous de ma gueule.

Ma gorge se serre. Il me tient trop fermement pour que je puisse faire quoi que ce soit. À la rigueur, je pourrais tenter un coup de boule, mais avec la différence de taille...

— Si tu veux mon avis, ce n'est pas un partenaire de danse que tu cherches, grommelle-t-il. Pourquoi tu ne me dirais pas plutôt ce qui t'a vraiment poussée à venir ici ?

— Je te promets que je voulais juste danser.

J'entends la fêlure dans ma propre voix, trop aiguë, trop perçante. J'ai du mal à respirer — déjà, parce que ce petit numéro de mâle alpha ne me laisse pas indifférente, mais aussi parce que je commence à avoir peur qu'il m'arrache la tête.

— Tu me prends pour un con, ou quoi ? siffle-t-il en resserrant son étreinte sur mes bras. Parce que je vois mal ce que tu foutrais ici...

Il marque une pause et plisse encore davantage les yeux.

— À moins que tu ne sois flic ? C'est ça ? T'es là pour enquêter sur mes activités, trésor ? Tu essaies de te faire un nom auprès des clowns qui te servent de collègues ? T'as une bonne raison d'être ici, au moins ? Si c'est le cas, t'as intérêt à m'arrêter tout de suite. Sinon, je te suggère de foutre le camp de mon club.

Une rage brûlante gronde dans sa voix.

— Je n'ai pas vraiment l'impression que tu veux me laisser filer, réponds-je dans un souffle, toujours clouée sur place, contre lui.

Ce qui n'est pas pour me déplaire. Il esquisse un sourire mauvais.

— Je n'ai jamais dit que tu n'étais pas sexy. Je suis un homme, tu es une femme, ce couloir est un peu étroit... Tu ne vas quand même pas me reprocher de tirer profit de cette situation ? Bon, alors, tu vas me dire que j'ai droit de garder le silence, ce genre de conneries ? J'imagine que la réponse est non. Tout est parfaitement clean, ici.

Je secoue la tête.

— Je te promets que je ne suis pas flic, murmuré-je.

— Et tu cherchais vraiment à danser ? Rien de plus ? insiste-t-il en haussant un sourcil. Mon instinct ne me trompe jamais, et bizarrement, j'ai du mal à te croire.

Je déglutis avec difficulté, la gorge serrée.

— Est-ce que tu veux bien me lâcher ? J'ai du mal à respirer.

— Tu vas me coller un flingue sous le nez si j'obéis ?

— Je n'ai pas de flingue. Je t'ai déjà dit que je n'étais pas...

— Flic. Oui. J'ai compris.

Il me dévisage quelques instants, puis consent à s'écarter. Ce contact me manque aussitôt. J'aimerais être à nouveau couverte par son corps. La vache, je suis vraiment tordue...

— Tu sais ce que je vais te faire, si je découvre que tu m'as menti ? siffle-t-il.

J'ai la bouche plus sèche que le désert du Mojave. Et ce n'est pas à cause de la peur. Plus du désir, presque animal, qui bouillonne en moi. Je secoue piteusement la tête, et il poursuit avec un sourire :

— Rien. Parce que sinon, tu pourrais t'en servir contre moi. Tu vois comment ça se passe, avec moi ? Je ne sais pas avec qui tu as l'habitude de bosser, mais je te garantis que je ne suis pas comme les autres.

Ça non, c'est certain. Je mordille ma lèvre inférieure en m'efforçant d'avoir l'air aussi séductrice que possible.

— Alors... la hache de guerre est enterrée ? On peut danser, maintenant ?

— Je suis le propriétaire de cette boîte. Je n'ai pas pour habitude de danser avec mes clients.

— Tu pourrais faire une exception..., insisté-je en enroulant une mèche de cheveux autour de mon doigt, un sourire timide aux lèvres. Pas vrai ?

Je m'approche de lui d'un pas chaloupé puis effleure son torse avec ma poitrine. Je m'attends à un mouvement de recul de sa part, mais il se tient parfaitement immobile et me fixe avec une curiosité constante, comme s'il avait du mal à me cerner.

— Il y a pas mal de types avec qui tu pourrais danser, en bas, répond-il à voix basse.

— Je les connais comme ma poche, ces types. C'est tous les mêmes. Ce soir, j'espérais quelque chose d'un peu... différent.

Je retiens mon souffle, la peau soudain hérissée de chair de poule sous son regard brûlant.

— Tu t'es amusé à mettre mon nez dans mes affaires, fait-il remarquer en s'assombrissant. Je n'aime pas qu'on vienne interrompre mes rendez-vous.

— On dirait que ça ne serait pas allé beaucoup plus loin, de toute façon, ronronné-je en rabattant mes cheveux par-dessus mon épaule.

À ce stade, il faut absolument lui mettre en tête que c'est *lui* que je désire, et non pas les informations que je pourrais lui arracher. D'autant qu'il n'a absolument pas confiance en moi. À en juger par la manière dont il me déshabille du regard, je doute qu'il pense encore à sa réunion... Et comme je n'ai toujours pas pu confirmer la présence d'une de mes cibles, j'ignore toujours quels sont les plans du cartel Becerra.

Les petites frappes qui étaient prêtes à m'attaquer quelques minutes auparavant ne figuraient sur aucune des photos que Nate m'a fait étudier. De ce que j'en sais, ils pourraient bosser avec n'importe qui. Quelqu'un de brutal, en tout cas, ça ne fait aucun doute.

Les choses auraient pu se dérouler très différemment si

Sergio n'était pas sorti de son bureau dans les temps. Mais il est là, maintenant.

Et on est seuls, tous les deux, pour le meilleur et pour le pire.

Je ne suis pas plus avancée. Je ne sais toujours pas quelles sont ses intentions vis-à-vis de nos clubs, ni avec qui il travaille, par contre je suis à deux doigts d'imploser sous la tension du désir qui grandit en moi.

— Est-ce que j'ai bien fait de te sauver la peau ? demande-t-il en effleurant mon épaule nue du bout des doigts. Est-ce que tu en vaux la peine ?

— Tu n'as pas idée à quel point, réponds-je dans un souffle.

Mon Dieu, mais à quoi est-ce que je suis en train de jouer ? Je ne suis pas le genre de fille qui drague aussi ouvertement, qui ressent des papillons dans le ventre quand un beau mec fait un sous-entendu vaguement sexuel. Je ne me laisse pas piéger par des regards séducteurs, moi.

Mais il y a quelque chose chez lui, chez cet homme soi-disant dangereux et calculateur, qui m'arrache des frissons comme si j'étais une ado en pleine poussée d'hormones.

— Il va falloir me le prouver, gronde-t-il en me poussant contre le mur et en se glissant entre mes jambes.

Oh, mon Dieu, oui...

Je n'ai plus envie de danser.

J'ai juste envie de me tenir là, avec lui... pour toujours...

Il passe une main dans mon cou et tire doucement sur les cheveux à la base de ma nuque. Les picotements de plaisir qui crépitent sur ma peau, ils...

Ils ne trouvent pas seulement leur écho dans mon bas-ventre.

Ils se répandent dans mon corps tout entier, me submergent, prennent le contrôle.

— Alors... Tu voulais danser, dit-il avec un sourire en coin. C'est bien ça ?

J'ai la gorge si nouée que je peine à hocher la tête. Il se tient tout près de moi, ses lèvres assez proches des miennes pour que je puisse les mordre. Quelques secondes plus tard, il s'écarte et désigne les escaliers.

— Après toi.

Je suis prise de court. Danser ? Tout habillée ? Ce n'était... plus vraiment dans mes plans.

Et à en juger par l'épaisse bosse pressée contre ma cuisse, lui aussi avait d'autres idées en tête.

Mais bon. Allons-y. C'est mieux que rien.

Je ne peux pas laisser filer une chance de rester auprès de lui, au cas où quelqu'un d'autre se pointerait pour une « réunion d'affaires ». Quelqu'un que je pourrais indéniablement lier au cartel Becerra.

J'entrelace nos doigts et lui décoche un sourire mutin en le guidant en bas des escaliers, avec une lenteur mesurée, puis jusqu'à la piste de danse.

Ouais, voilà. Des informations sur le cartel Becerra. C'est tout ce qui m'intéresse.

Comme si ce n'était pas Sergio que je désirais, à cet instant...

Une fois au rez-de-chaussée, il prend les devants, passe un bras autour de ma taille et me mène dans un recoin sombre de la piste de danse.

— Je n'aime pas être sous la lumière des projecteurs, murmure-t-il tout près de mon oreille, sa main posée sur la chute de mes reins.

Nos mouvements sont fluides ; mon corps épouse le sien sans effort. On se frotte, on se déhanche, au rythme des basses assourdissantes. Je passe mes bras autour de lui et laisse une main s'égarer le long de son dos puissant, puis je me cambre contre son torse. Sentant son sexe se tendre lorsque ma cuisse effleure son entrejambe, j'ondule du bassin en suivant la cadence d'une autre musique que je suis la seule à entendre, loin, si loin des basses pulsatiles qui ont disparu de mon esprit.

Nos mains attrapent, pétrissent, avides, nos corps tournoient ; je ne me souviens pas m'être sentie un jour si alerte. Si vivante.

Mon Dieu, si c'est ce que je ressens tout habillée, j'ai du mal à m'imaginer ce que ça me ferait d'avoir la tête plaquée contre le matelas et de me faire pilonner par ce...

— Tu comptes me dire comment tu t'appelles ? Ou as-tu l'intention de garder l'anonymat, juste pour me torturer ? marmonne-t-il tout près de ma tempe.

— Te torturer ?

Je me redresse et écarquille les yeux, comme si je n'avais pas la moindre idée de ce qu'il voulait dire par là.

— Ton corps. Ton visage..., dit-il en prenant mon menton entre ses doigts. Tu es sublime de la tête aux pieds.

Je m'autorise un petit sourire satisfait. On dirait qu'il commence à perdre le contrôle.

Je pourrais lui faire dire n'importe quoi, là.

N'importe quoi...

— Tu sais, ces histoires de prénoms, ça peut tout gâcher, réponds-je avec un sourire taquin. Tu ne trouves pas ? Ça rend les choses trop... réelles. Et puis, je n'ai pas encore décidé si *toi* tu en valais la peine.

Lorsque sa main effleure mes fesses, tout en moi sonne l'alerte. Je devrais le repousser, lui mettre un coup de genou dans les valseuses et lui écraser le pied.

Mais j'ignore ces signaux d'alarme. Et je le laisse faire.

CHAPITRE 5
JAELYN

Sergio laisse retomber la main qu'il avait posée sur mes fesses et recule de quelques pas, un sourire arrogant aux lèvres.

— On dirait que j'ai bien fait de prendre les devants, ma belle.

Il passe une main dans ses cheveux noirs et épais, qu'il porte mi-longs.

— Si tu n'es pas flic, ça ne nous laisse qu'une autre possibilité. Tu attends quelque chose de moi. Tu veux que je morde à l'hameçon. Alors, ce que je te suggère, c'est d'aller au bar, de boire un verre — cadeau de la maison — et de profiter du reste de ta soirée.

Je reste bouchée bée alors qu'il s'éloigne de la piste de danse.

Attends... quoi ? Je rêve ou quoi ? Il vient vraiment de m'envoyer balader après m'avoir accusée d'essayer de le piéger ? C'est vraiment très... perspicace de sa part.

À vrai dire, j'ignore pourquoi je suis surprise.

La tension sexuelle ne fait pas tout, surtout face à quelqu'un qui travaille son self-control.

Ce qui est clairement le cas de Sergio.

Au-dessus de ma tête, la climatisation souffle une brise glacée sur ma peau, et je m'enveloppe de mes bras.

Bon. Eh bien, voilà. Je suis toute seule, comme une conne, à me geler le cul, sans personne pour me réchauffer.

J'ai réussi à croiser ma cible et je n'ai obtenu aucune information de valeur. Tu parles d'une soirée gâchée...

— Jae ! s'écrie Ash en s'approchant à grands pas, l'air inquiet, les yeux écarquillés. Où t'étais passée ? Tu as dit que tu allais aux toilettes il y a, genre, une heure !

— Mais non, ça ne fait pas si longtemps..., me récrié-je en quittant la piste de danse sans me retourner.

— Qu'est-ce que tu faisais? insiste-t-elle en me suivant tant bien que mal.

— Rien d'important.

Je glisse mon sac à main sous mon bras et me dirige d'un pas rageur vers le lounge où les autres filles semblent m'attendre.

— C'est naze, ici, se plaint Violet. Venez, on s'arrache.

— Moi, je suis crevée, réponds-je avec un bâillement forcé. Je rentre chez moi.

Ashleigh fronce les sourcils.

— Tu es sûre d'être en état de conduire ?

— À cent pour cent. Allez vous amuser sans moi, les filles. On se voit demain.

Sur le parking, Ashleigh me prend par le bras.

— Je vais t'accompagner jusqu'à ta voiture, comme ça tu ne seras pas toute seule, murmure-t-elle.

Je la pousse doucement vers le reste du groupe.

— Tu sais très bien que Vi partira sans toi si tu n'es pas

avec elle au moment où elle mettra la clé dans le contact. Vas-y. Va t'amuser.

Je m'autorise un sourire avant d'ajouter :

— Mais pas trop, quand même.

Ashleigh mordille sa lèvre inférieure et guette ma voiture par-dessus mon épaule.

— Pourquoi tu ne t'es pas garée ici, comme tout le monde ?

Je lève les yeux au ciel.

— Je pensais que ça allait être bondé. Après, j'ai du mal à la retrouver.

— Ah, oui. C'est plutôt malin, répond-elle avec un ricanement, désignant le parking désert. En théorie, en tout cas.

— Oui, mais dans les faits, pas tant que ça.

Je lui souris et l'enlace rapidement avant de la pousser à nouveau vers les filles.

— Allez, file !

— Ouais, ouais, d'accord, fait-elle avec un brin d'hésitation. Mais tu m'appelles dès que tu es rentrée, hein ?

— Promis.

Je lui souris à nouveau. C'est assez cool, en réalité. D'avoir une amie. Enfin, en quelque sorte — parce que chaque fois que j'ai envisagé de me rapprocher de quelqu'un, les choses ont dérapé.

Je pince les lèvres, les poings serrés contre mes flancs...

Et quand les choses ne dérapent pas, ce sont les gens qui disparaissent et qui me laissent seule, l'égo en miettes.

Je me dirige vers ma voiture d'un pas rageur, le long du trottoir défoncé. Une herbe épaisse et folle pousse le long de la clôture qui délimite le parking du club. S'il y avait eu plus de monde, ce soir, j'aurais dû zigzaguer entre les voitures et les fêtards. Et je n'aurais pas eu à allonger le pas, une angoisse au creux du ventre.

Mais voilà, le parking est désert, et c'est un peu inquiétant de me retrouver là, toute seule, même avec le gaz lacrymo au fond de mon sac.

Tiens, en parlant de ça... Je décide de le prendre à la main, au cas où.

Sans ralentir, je fouille dans mes affaires jusqu'à ce que mes doigts se referment dessus. Je l'actionne une ou deux fois — juste assez pour confirmer qu'il est, en effet, inutilisable. Je le balance par-dessus mon épaule et poursuis ma route, désormais incapable d'ignorer l'ombre étirée que je perçois dans un coin de ma vision et qui semble me suivre. J'accélère encore le pas. Mes talons claquent sur l'asphalte et, en rythme, je décèle une haleine frémissante tout près de ma nuque.

Je hurle en tournant brutalement vers la droite, retirant ma chaussure d'un geste. Puis je me tourne, mon talon brandi, prête à empaler le connard qui a osé me suivre jusqu'à ma voiture.

Car on dirait que ce soir tous les pires scénarios se confirment.

Et j'ai intérêt à être sur mes gardes.

Une main puissante me saisit par la nuque et tire si fort sur mes cheveux que je trébuche contre un corps puissant et massif, posté dans mon dos. Je glapis en tournant à nouveau ; mon bras trace un arc de cercle et mon arme de fortune cueille l'assaillant à la joue.

Il recule en titubant et me donne une chance de m'échapper. Un rugissement s'échappe de sa poitrine alors qu'il arrache le talon de sa chair ensanglantée. J'enlève mon autre chaussure et je poursuis ma route, pieds nus, dans les ténèbres. Son grognement est sourd, menaçant, et ses yeux, noirs comme des billes, ressemblent à ceux d'un démon. C'est sans doute le chef de la petite bande de trous du cul qui souhaitaient rencontrer Sergio. N'osant pas me retourner vers lui, je me contente de courir, d'ignorer les graviers qui lacèrent mes pieds. Putain, il fait si sombre. Si sombre, et si...

Soudain, je me cogne l'orteil contre une canalisation qui dépasse du trottoir et pousse un hurlement. Je ne m'arrête qu'un instant, une brève seconde — celle de trop. Le type me saisit par les cheveux et me tire violemment en arrière.

— Tu pensais m'échapper, tout à l'heure, hein ? T'as cru qu'il allait te protéger ? Mais les petites *putas* comme toi, elles ont rien dans la tête, elles savent faire qu'une chose, *chupar*, sucer, sucer des bites, hein ? Eh ben j'ai une bonne nouvelle. J'ai une grosse queue, rien que pour toi. Tu vas voir, elle va te plaire, viens la voir de plus près.

Il effleure ma jugulaire de la pointe d'une lame, l'autre main plongée dans mes cheveux.

— À genoux, salope, ouvre bien grand pour papa.

Mes hurlements déchirent l'air. Je sens bien que le canif est pointé vers ma gorge, mais je ne peux pas — je ne *vais pas* le sucer. Je me laisse tomber contre lui, sans plus résister, ce qui le prend de court. Il a le choix entre m'attraper ou me laisser m'étaler au sol.

Quoi qu'il en soit, ça me laissera une ouverture.

Évidemment, ce salaud décide de me laisser tomber. Je m'effondre entre ses jambes et me tourne sur le dos, lançant mes deux poings droit dans ses valseuses, de *toutes* mes forces. Il tombe à terre, manquant ma tête de peu. Je fais une roulade pour m'écarter et me redresse d'un bond alors qu'il se tortille au sol, les mains serrées sur son entrejambe. J'en profite pour lui piétiner l'entrejambe une dernière fois, avant de lui asséner deux bons coups de talon, dans la tête puis dans la gorge, histoire de *bien* faire passer le message. Il essaie de m'attraper, mais je l'esquive sans peine.

Le sang bat contre mes tempes alors que je recule d'un pas, puis d'un autre, avant de me tourner et de courir vers ma voiture aussi vite que je le peux. Je ne jette un regard dans sa direction que pour m'assurer qu'il n'ait pas, par miracle, réussi à se relever.

— À l'aide ! hurlé-je à pleins poumons. S'il vous plaît, à l'aide !

— Qu'est-ce qui se passe, ici ?

La voix est grave, virile, et j'entends résonner sur le trottoir les pas de plusieurs personnes qui accourent dans ma direction. Je continue d'avancer en prenant de grandes goulées d'oxygène, puis j'ose un coup d'œil par-dessus mon épaule.

Je plisse les paupières pour mieux apercevoir les silhouettes qui fendent l'obscurité.

Oui. C'est lui. Ça ne fait aucun doute.

Sergio Villani.

Il ralentit en voyant le mec roulé en boule à ses pieds, puis le dépasse pour me rejoindre.

— Qu'est-ce qui s'est passé ? Ce petit merdeux est venu t'emmerder ?

— Il m'a attrapée par les cheveux, réponds-je, les dents serrées de fureur. Il m'a forcée à me mettre à genoux devant lui, il m'a mis un couteau sous la gorge.

— Et c'est lui qui se retrouve dans cet état ? enchaîne-t-il avec un sourire. Impressionnant.

Je fusille le type du regard.

— J'ai fait ce que j'avais à faire. Et je n'hésiterais pas à recommencer. *Deux fois plus fort*, s'il le faut !

Il recule d'un pas et examine mes pieds.

— Elles sont où, tes chaussures ?

— J'en ai enlevé une, et je lui ai planté l'autre dans la gueule.

— On ne va pas se mentir. Ton petit côté *Black Widow* ne me laisse pas indifférent...

Il esquisse un sourire en coin. Je lève les yeux au ciel.

— *¡Maldita puta! ¡te mataré !* hurle le mec au sol alors qu'un des hommes de Sergio le fait taire d'une grande claque.

Je le fusille du regard. Je ne sais pas ce qu'il a dit, mais ça n'avait pas l'air particulièrement aimable.

Sergio le saisit par le col et le secoue de toutes ses forces avant de le soulever jusqu'à ce que son nez touche presque le sien. Mon regard se pose alors sur une marque, juste au-dessus de la clavicule de mon assaillant, quelque chose qui m'a échappé plus tôt, à cause de l'obscurité et de sa chemise.

Je plaque une main sur ma bouche. La bile monte dans ma gorge. L'image est gravée à jamais dans ma mémoire. Jamais je ne l'oublierai... jamais je ne pourrai me débarrasser de ce souvenir. De ce qu'il s'est passé cette nuit-là.

C'est comme ça qu'on a découvert qui avait tué mes parents. Et su que c'était le cartel Becerra qui avait réduit notre famille en pièces, ainsi que nos vies.

CHAPITRE 6
JAELYN

Mes doigts frémissent au contact des symboles gravés au couteau dans l'appuie-tête en cuir de la voiture pulvérisée de mes parents. Ils glissent à travers les taches de sang, tracent des stries rouges. Les larmes coulent sur mes joues, tombent sur le cuir encore chaud, là où mon père se tenait, affalé sur le volant. Un sanglot déchire ma gorge. Je découvre le message qui a été laissé. Pour Nate... Pour nous.

305 BC.

Nate m'a expliqué que les nombres correspondaient au territoire de Miami. Et BC au cartel Becerra.

Ils ont gravé ce message sur le siège du conducteur pour s'assurer qu'on le trouverait, qu'il nous hanterait pour le restant de mes jours.

Et tant que je serai en vie, je ne pourrai pas effacer cette image de mon esprit. Je ne serai jamais libérée de la culpabilité qui plombe mon âme à tout instant. Je n'oublierai jamais les derniers mots de mon père. Et je ne me pardonnerai jamais pour ce que j'ai fait.

Trois ans plus tard, j'essaie encore de me débarrasser de cette culpabilité, de venger la mort absurde, inexplicable, de mes parents. Ils étaient innocents. C'était des gens bien. Ils ne méritaient pas de mourir.

Sergio fait signe à un de ses hommes d'approcher.

— Marvin, ramène Javier à l'intérieur. Dis-lui de se passer un peu d'eau sur le visage, et sers-lui un verre. Je vous rejoindrai un peu plus tard. Ce sera l'occasion d'avoir une petite conversation, lui et moi, sur le comportement à adopter quand on veut faire affaire avec quelqu'un.

— Faut que j'aille à l'hôpital, gémit Javier, toujours roulé en boule.

Il crache dans ma direction alors que Marvin le pousse vers une des entrées du club. Mes mains tremblent lorsque je les passe dans mes cheveux. Javier travaille pour le cartel Becerra. Sergio est sur le point de le rencontrer pour envisager une alliance. Il le fait entrer dans son club… et lui propose un *verre* ?!

Je mords mes joues pour retenir les mots que j'ai sur le bout de la langue. J'ai terriblement envie de m'en prendre à Sergio, mais c'est impossible. Il doit rencontrer Nate la semaine prochaine. Je ne peux pas lui donner d'indice sur mon identité ou les raisons de ma présence, et tant pis si j'ai envie de lui défoncer la gueule.

Calme-toi, Jae. Garde la tête sur les épaules, sinon tu vas encore t'emballer.

Nate a été furieux d'apprendre que j'essayais de me faufiler dans le bureau de Sergio. Il me taillerait en pièces si je nous trahissais par-dessus le marché. Si ça se trouve, cette offre de rachat n'est qu'une manœuvre des Becerra visant à nous distraire et nous diviser. En grillant ma couverture auprès de Sergio, je prendrais le risque de précipiter les choses et de les amener à attaquer plus tôt que prévu.

Et nous ne sommes pas prêts à céder l'emprise que l'on a sur notre territoire… loin de là.

— T'es toute pâle, me dit Sergio en se tournant vers moi. Tout va bien ?

— Ça va, réponds-je avec raideur, malgré mon cœur battant.

À cause de Javier. Et peut-être un peu à cause de Sergio, aussi…

— Ça n'a pas l'air d'aller.

— Oui, eh bien, pardon d'être un peu surprise. Tu ne vas pas lui casser la gueule ? Tu ne vas rien lui faire ? pouffé-je de rage. Sérieusement, tu vas lui mettre un petit sparadrap, lui filer à boire ? C'est quoi ce délire ? Tu veux vraiment bosser avec un mec comme lui ?

Il me fusille du regard.

— Les affaires, c'est les aff…

— Oh, non, sérieux, ne me prends pas pour une conne, sifflé-je, avant de m'interrompre.

J'ai envie d'en dire plus, mais je sais bien que c'est impossible. Je tiens là une chance d'obtenir des informations, quelque chose qui pourrait vraiment nous aider. Je ne peux pas me permettre de tout foutre en l'air.

— Viens. Rentre avec moi. Je vais te servir quelque chose à boire, reprend-il en profitant de ce silence avant d'étudier mon visage.

Je déglutis avec difficulté. Je me sens étranglée, oppressée par les battements toujours endiablés de mon cœur, et par ce tatouage que je viens de voir. L'adrénaline inonde mes veines. Si j'avais su à qui j'avais affaire quand il était au tapis, ce type… putain. Je ne l'aurais pas épargné !

— Je n'ai pas besoin de boire.

Menteuse.

Il m'ignore. Quelques instants plus tard, je me retrouve dans son bureau, toujours pieds nus. Il me fait entrer avant de claquer la porte derrière lui.

— Tout à l'heure, il n'y avait personne pour garder l'entrée de ton bureau, lui dis-je d'une voix enrouée. Je pensais que le gérant d'un club comme celui-ci serait un peu plus prudent. Surtout avec des types comme Javier dans les parages.

— Qu'est-ce qui t'intéresse tant, chez lui, au juste ?

Je hausse les épaules.

— Rien, je faisais juste cette remarque en passant.

Il se tourne pour m'observer un instant avant de saisir deux verres et une bouteille d'un alcool ambré qui ressemble à du whisky.

— Ce n'était pas mon but. De me retrouver exposé comme ça, répond-il avec gravité en me servant une lampée. Mais c'est bon, c'est arrangé.

Il me tend un des verres. Je le vide d'un trait et sens la brûlure vive de l'alcool le long de mon œsophage, traçant un sillon ardent dans mon ventre vide.

— Ça va ? demande-t-il en haussant un sourcil.

— Ouais, m'étranglé-je en acquiesçant, les dents serrées. Donc. Tu tiens un club. Pas très bien, à ce que je vois, parce que j'ai connu des cimetières avec une meilleure ambiance. Et tu bosses avec des gens vraiment pas recommandables. C'est intéressant, comme vie...

Il répond par un petit rire.

— Personne ne l'avait encore décrite de manière aussi... insipide.

— Alors c'est encore pire ?

— Disons que c'est souvent explosif.

— Explosif, genre... imprévisible ? Ou littéralement explosif ?

— Tu poses beaucoup de questions pour quelqu'un qui n'aime pas y répondre.

Il n'a pas tort. Je suis la reine de l'esquive. Mais c'est ce qui me permet de tenir, ça. Je détourne l'attention. Je louvoie. Je dissimule.

Sergio se fend d'un sourire et porte le verre à ses lèvres avant de le boire à son tour cul sec.

Je n'ai pas envie de lui rendre son sourire. Je voudrais le haïr pour ce qu'il s'apprête à nous faire subir. Le brûler vivant pour le punir de sa collaboration avec le cartel. Et plus que tout, je veux l'éviscérer pour avoir mené mon frère en bateau sur cette histoire de rachat. Il veut le pognon, ça, oui. Mais ce n'est pas le nôtre qu'il empochera. S'il passe ce deal avec nous, c'est le cartel Becerra qui l'arrosera.

Notre ennemi...

Sergio n'en a rien à foutre de moi, ou de Nate.

Tout ce qu'il veut, c'est établir son empire.

Il serait prêt à nous vendre au plus offrant pour y parvenir.

Je crois que j'ai besoin d'un autre verre... parce que j'ai beau être pleinement consciente de tout ça, les papillons qui frétillent dans mon ventre semblent l'ignorer. Tout comme le fourmillement le long de ma peau, là où ses doigts m'effleurent lorsqu'il remplit mon verre. Et mon cœur, qui bondit dans ma poitrine lorsque son regard brûlant se pose sur le mien. Avide. Intense.

Je bois le second verre et je laisse le liquide me déchirer les entrailles.

— Merci, murmuré-je.

Il faut que je me barre. Tout de suite. J'en ai assez vu. Entendu. Ressenti.

Maintenant, il faut que je me pose et que je réfléchisse à la suite.

Il repose son verre et s'approche de moi. Le bruissement rythmique du sang qui bat dans mes oreilles couvre tout, éclipse la moindre pensée rationnelle qui essaie de naître dans mon esprit.

— Je vais y aller, maintenant, dis-je sans esquisser un geste alors qu'il continue d'avancer avec une lenteur prédatrice.

— D'accord, fait-il en réduisant encore la distance entre nous.

Sa main descend le long de ma colonne vertébrale et s'arrête juste au-dessus de mes fesses. Il me presse contre lui, son autre main déjà perdue dans mes cheveux.

Oh mon Dieu, mais qu'est-ce qu'il fout ? *Et pourquoi est-ce que je le laisse faire ?*

Sergio renverse ma tête en arrière et expose ma gorge ; il y fait courir sa langue, m'arrachant un soupir troublé. L'excitation détrempe mon sexe. Puis il nous pousse contre la porte du bureau, verrouillée, ses mains de part et d'autre de ma tête. Il me tient captive d'une cage invisible, faite d'un désir ardent, débridé.

Ses lèvres sont suspendues tout près des miennes. Son haleine chaude court sur ma peau hérissée de chair de poule.

— C'est ça, que tu voulais ? C'est pour ça que tu me cherchais, tout à l'heure ? gronde-t-il alors qu'une de ses mains descend vers l'ourlet de ma robe.

Il presse sa paume contre mon sexe, écarte habilement ma culotte et glisse un doigt en moi.

— Tu voulais que je te fasse ça, hein ? C'est ça ?

Je secoue la tête, trop essoufflée pour répondre.

— Non ? murmure-t-il. Tu voulais autre chose ?

J'acquiesce. J'ai la gorge tellement nouée que je suis incapable d'émettre le moindre son. Mais putain, oui. Oui ! J'en voulais plus. Et j'aurais pu me foutre des claques, de ressentir une chose pareille.

C'est toujours le cas, d'ailleurs.

Son sourire se fait carnassier et il s'attaque à ma bouche, soudain incontrôlable. Nos langues luttent, serpentent l'une autour de l'autre, chargées d'une tension brûlante, charnelle.

J'attrape des poignées de ses cheveux noirs, piège sa lèvre inférieure entre mes dents, tandis que son doigt torture mon clitoris. De sa main libre, il défait le haut de ma robe, puis referme ses lèvres sur mes tétons dressés, les couvrant tous les deux de la même attention.

Je me laisse aller contre la porte, perdue dans le vertige du désir, dodelinant la tête de droite à gauche alors qu'il se délecte de mes seins.

C'est de la folie. Qu'est-ce que je suis en train de faire ?

Je suis incapable d'y mettre un terme.

Je ne peux plus m'arrêter.

Sa queue épaisse est si dure, pressée contre mon ventre ; mes jambes s'écartent, presque malgré moi. Ma chatte le supplie. Je défais sa ceinture et ouvre sa braguette. Son pantalon tombe à ses chevilles.

Il saisit un préservatif dans sa poche et l'enfile avant de se positionner en face de mon sexe. Je soulève une jambe, l'enroule autour de sa taille, et déjà son large gland effleure mes lèvres.

Oh mon Dieu, mais qu'est-ce que tu fous ?

Il faut que je l'arrête ! Que je le repousse ! Que je me barre !

Je le saisis par les pans de sa chemise, l'attire à moi, étouffe sa bouche de la mienne... et il plonge en moi. Je sens mon pouls déchaîné battre dans ma gorge. Dans mon esprit, c'est une explosion de lumières. L'électricité crépite entre nous, incendie chacun de mes nerfs au passage alors qu'il s'enfonce, toujours plus profondément, toujours plus puissamment, avec une ardeur sans cesse renouvelée.

Il soulève l'autre jambe et s'enfouit dans mes chairs. J'essaie de ravaler mes cris, en vain ; ils percent le silence sourd qui règne dans la pièce. Les muscles de mon sexe se contractent autour de lui à chaque fois que je me cambre, soulevant mon bassin pour accompagner ses coups de boutoir. Je plonge la tête dans son cou. Il me ravage. Me détruit. Je frémis contre lui, sentant l'orgasme qui approche, qui va se répandre dans mon corps comme un feu de brousse sauvage, calcinant tout sur son passage. Je rejette ma tête en arrière, les jambes toujours enroulées autour de son torse alors qu'il ondule du bassin une dernière fois avant de s'effondrer contre moi.

Je m'accroche à lui ; il s'accroche à moi. Nous sommes liés. À bout de souffle. Repus.

C'est parfait. Tellement parfait.

C'est horrible.

Tellement horrible.

Merde, il faut que je m'éloigne de lui, tout de suite, *tout de suite* !

Je me laisse glisser le long de son corps, évitant son regard alors que je remets ma robe. La chaleur qui émane encore de ma chair monte jusqu'à mes joues. Du bout des doigts, je me recoiffe brièvement. Puis j'agite mes orteils nus contre le parquet.

Au moins, ce sera plus facile de prendre la fuite sans mes talons de vingt centimètres.

Je me racle la gorge.

— Merci, murmuré-je.

Qu'est-ce que j'aurais pu dire d'autre ?

— Sérieux ? C'est tout ? « *Merci* » ?

— Euh... Merci. C'était bien.

— Ouah.

Il laisse tomber la capote dans la poubelle, remet son pantalon et s'éloigne de moi.

— Celle-là, on ne me l'avait encore jamais faite, ajoute-t-il.

J'essaie de réprimer un sourire, mais malgré moi, malgré l'absurdité de cette situation, je ne peux m'en empêcher.

— Il y a un début à tout, j'imagine ?

— On dirait bien, ouais.

Il répond à mon sourire.

— Tu t'appelles comment, au fait ? D'ordinaire, je m'en fous, mais, je ne sais pas, toi tu es... différente.

Je m'éclaircis la voix.

— Euh, Jae.

— Jae étant le diminutif de ... ?

— Jae, répété-je plus fermement. Juste Jae.

— OK, *Juste Jae*. On dirait que t'as besoin d'un autre verre. Qu'est-ce que tu en dis ?

Je secoue la tête et déglutis avec peine.

— Ça ira, merci. Il faut que j'y aille.

— Tu ne devrais pas prendre la route dans cet état. Tu les as bus un peu vite, les deux whiskys de tout à l'heure.

— Il y a un paquet de choses que je n'aurais pas dû faire ce soir, réponds-je à voix basse, soutenant son regard. Mais je crois que la bonne décision, là, c'est de partir. Avant que je ne commette d'autres erreurs.

Il place une main sur la mienne, déjà posée sur la poignée.

— Tu ne m'as pas demandé mon nom. Tu ne veux pas savoir qui je suis ?

Je pince les lèvres.

— C'est justement le problème. Je sais déjà qui tu es. Et c'est pour ça que je ferais mieux d'y aller.

CHAPITRE 7
JAELYN

Dès que je suis sortie du club et suffisamment éloignée de cet homme redoutablement beau – et redoutable tout court — je file à travers le parking pour rejoindre ma voiture. Je lâche un petit juron à chaque fois qu'un gravier se plante dans la peau tendre de mes pieds nus. Dans ma main, je tiens ma chaussure orpheline, prête à planter le talon dans le premier connard qui oserait interrompre ma course folle.

Mais personne ne vient me faire chier, cette fois.

Et ce bon vieux Javier est sans doute en train de se faire désinfecter la joue et de boire des coups, aux frais de la princesse — ou plutôt du prince, Sergio Villani.

Une chaleur empourpre mes joues alors que j'ouvre la portière de ma Mercedes Classe G. Je m'installe sur le siège du conducteur, me laisse retomber contre l'appuie-tête et frappe des deux poings contre le volant.

— Putain ! hurlé-je dans le silence de l'habitacle.

J'avais une mission, une mission simple ! Et il a fallu que je manque de me faire agresser… ou pire… au passage. J'ai fait mon job, j'ai confirmé que Sergio bossait avec le cartel Becerra et j'ai… *couché avec* notre *cible* ?

Bon sang, mais qu'est-ce qui m'est passé par la tête ?

Je respire de plus en plus fort, le cœur battant furieusement dans ma poitrine. Puis j'écrase la pédale d'accélérateur et retourne au Sapphire Lounge. La lumière des lampadaires m'éblouit alors que je me fonds dans la circulation du Strip, contournant toutes les voitures qui ne vont pas assez vite à mon goût.

Comment ai-je pu céder à la tentation, au risque de compromettre tous mes plans ? En me retrouvant dans les bras de l'homme qui vient tout juste de devenir notre pire ennemi ?

S'il est de mèche avec l'organisation qui a liquidé mes parents, alors c'est sûr. Il est aussi froid, calculateur et sans pitié qu'eux.

Et il mérite le même sort.

Il faut que j'aille voir un psy, sérieux, ce n'est pas possible autrement. Comment est-ce que j'ai pu me laisser distraire par… par son… parfum délicieux, sensuel, par… sa présence si charnelle…

— Arrête de penser à lui ! glapis-je toute seule.

Voilà. Voilà la solution. Il me suffit d'oublier ce que je viens de faire. Ça ne voulait rien dire. J'étais bourrée d'adrénaline et j'ai laissé l'excitation reprendre le dessus.

Point barre.

Je fais un virage à gauche et m'engage dans la rue qui mène au club. Elle est sombre, un peu désolée et rarement empruntée. Ce qui lui donne un côté sélect. À vrai dire, ces considérations ne sont venues que dans un second temps. Le seul critère qu'on avait en tête quand on a choisi cet endroit, c'était la sécurité. Et, perdus comme ça au milieu du désert, on est bel et bien protégés de ceux qu'on essaie de fuir.

Il faut que Nate mette un terme à sa réunion, putain.

J'accélère jusqu'au parking où je me gare sur ma place VIP. J'enfile une paire d'escarpins, celle que je garde toujours dans la boîte à gants en cas d'urgence, et me rue à l'intérieur en dépassant les hordes de fêtards qui attendent pour franchir les doubles portes bleu saphir.

Je ne prends même pas la peine de chercher mon frère autour de la piste de danse. Je le connais trop bien pour ça.

Sans surprise, c'est dans son bureau que je le trouve, surveillant les écrans des caméras de sécurité.

— Il... faut qu'on... qu'on annule..., m'empressé-je de dire en m'appuyant sur le dossier d'une chaise pour reprendre mon équilibre.

Dans ma course, j'ai perdu mon souffle et mes dernières onces d'énergie.

— Qu'on annule quoi ? demande-t-il.

— Le rendez-vous ! Avec Villani !

Nate se lève d'un bond et me rejoint sur le canapé où je viens de m'effondrer, accueillie par le cuir capitonné.

— Jae, de quoi tu parles ? Dis-moi que tu n'es pas allée fouiner dans son bureau ! Je t'ai dit de ne pas y aller !

Je prends de grandes bouffées d'air et il s'apaise, glissant un verre de vodka dans mes mains.

— Bon. Respire. Et parle-moi, murmure-t-il en s'asseyant à mes côtés.

— Bon... d... d'accord, réponds-je, les mains encore tremblantes. Mais promets-moi de ne pas t'énerver...

Nate lève les yeux au ciel et passe une main sur son visage.

— Putain, Jae...

— Écoute, je sais que c'est pas terrible, mais j'ai fait ce que j'avais à faire.

— Alors tu m'as menti.

— Bien sûr que je t'ai menti ! Je ne suis pas allée là-bas

pour papoter avec trois greluches et boire des cosmos toute la nuit, bordel !

Nate lève les mains vers le ciel, exaspéré.

— Tu vas me faire faire une crise cardiaque un de ces quatre, tu te rends compte ?

J'ébauche un petit sourire.

— Qu'est-ce que tu veux que je te dise. J'aime bien te tenir en haleine.

— Parle, répond-il d'une voix plus sévère.

— J'ai rencontré Sergio Villani, dis-je à voix basse. Et au passage, c'est un sale con, ce mec. Il est arrogant, égocentrique, et... et...

Je pousse un soupir pour mieux retenir les mots plus salaces que j'ai sur le bout de ma langue.

— Bref, un sale con. Complètement narcissique. Il se pavanait partout, comme si tout lui appartenait, là-bas.

— C'est le cas, fait remarquer Nate.

Je pousse un grognement de frustration.

— Oui, d'accord, d'accord... Bref. Quand j'ai essayé d'entrer dans son bureau, il était sur le point de rencontrer un groupe de types. Des vraies têtes de nœuds. Les choses ne se sont pas bien passées. La réunion n'a pas eu lieu.

— Pourquoi ?

Je hausse les épaules.

— Une embrouille, comme quoi leur patron n'avait pas pris la peine de se déplacer. Sergio était furieux et il a refusé de leur parler.

— Je ne comprends pas. Quel rapport avec le fait qu'on doive annuler notre rendez-vous ? Il faut qu'on en apprenne davantage sur ce qu'il prépare... ce qu'il nous veut, ce type, et avec qui il b...

— Il bosse avec le cartel Becerra ! complété-je aussitôt.

Nate grimace, le regard brûlant d'une fureur croissante à la simple évocation de ce nom.

— Comment est-ce que tu peux en être sûre, Jae ? siffle-t-il en s'approchant de moi.

— Promets-moi de ne pas t'énerver, d'abord, soufflé-je.

— Putain, arrête de répéter ça, marmonne-t-il en passant une main dans ses cheveux.

— Les types qu'il a rembarrés ont eu les mains... baladeuses, on va dire. Il s'est interposé et les a foutus dehors. Mais quand j'ai essayé de retourner à ma voiture, l'un d'eux m'a chopée. Il m'a... attaquée.

Je mordille ma lèvre inférieure et m'efforce de ne pas repenser à cette expérience répugnante.

— Sergio et ses hommes sont venus à ma rescousse. Mais quand ils ont traîné le gars, j'ai... je l'ai vu. Le même symbole gravé sur le siège de la voiture de papa. C'était eux, Nate. Ils étaient là pour discuter de quelque chose. D'un partenariat, sans doute.

Nate plonge son visage dans ses mains et marmonne quelque chose que je ne comprends pas. Puis il lève les yeux.

— Tu te rends compte à quel point c'était *stupide*, d'essayer de jouer les enquêtrices comme ça ? Tu te rends compte des risques que tu as pris ? Et s'ils n'étaient pas arrivés à temps pour te sauver ? Tu aurais pu être blessée. Ou pire.

— Je sais, mais...

— Non ! tonne-t-il en posant ses mains sur mes épaules. J'ai déjà assez morflé comme ça, Jae. Les choses auraient pu se passer très différemment, ce soir. Tu as eu de la chance. Tu en as conscience, oui ou non ? T'aurais pu finir dans un de ces merdiers !

— Oui, oui ! Ça va, j'ai compris ! Mais Nate, c'est bon, je me suis barrée. J'ai réussi à m'en sortir, m'emporté-je en secouant la tête. Tu ne comprends pas que t'es la personne la plus importante de ma vie ? Je ne vais pas rester là, les bras ballants, pendant qu'ils détruisent tout ce que tu as construit. Pour moi, tu en valais la peine.

Je parviens à lui offrir un sourire incertain.

— Et je sais que tu aurais fait la même chose pour moi..., continué-je dans un souffle, submergée par les larmes pour la deuxième fois de la soirée. La famille, c'est tout ce qui nous reste...

Je serre sa main dans la mienne.

— Je n'aurais jamais dû te demander un service pareil. Je ne me le serais jamais pardonné s'il t'était arrivé quelque chose.

— Eh, on fait équipe. On se serre les coudes, dis-je en posant ma tête contre son torse. Je ferais n'importe quoi pour toi.

— Et dire que j'ai cru *une seconde* que t'allais suivre mes ordres, poursuit-il avec un sourire en coin. Franchement, ma p'tite. Autant faire confiance à une grenade dégoupillée.

— Ouais. Je ne peux pas dire le contraire.

C'est même un sacré euphémisme. Pourtant, je ne peux pas m'empêcher de me sentir heureuse à l'idée que, quoi qu'il arrive, je serais prête à tout, pour lui ; et lui, pour moi.

— Et maintenant, qu'est-ce qu'on fait ? demandé-je. On est obligés d'annuler, non ?

Nate pousse un profond soupir, mais ne répond pas tout de suite. Je m'écarte de lui, les yeux écarquillés.

— Attends, tu n'envisages quand même pas d'aller à ce rendez-vous avec lui, j'espère ? Après tout ce que j'ai découvert ?

Nate fronce les sourcils, le front plissé par l'inquiétude.

— Jae, c'est pourtant clair, non ? Si Villani travaille avec le cartel Becerra, ce n'est pas en annulant ce rendez-vous qu'on va arranger les choses. Si tu es encore en vie à l'heure qu'il est, c'est parce qu'ils ne savent pas qui tu es.

Ouais. Enfin, il y a une *autre raison.*

— S'ils sont ici, s'ils essaient d'entrer en jeu, il n'y a pas une place forte dans tout Vegas qui pourra les retenir. Il va falloir qu'on trouve un autre plan. Ou...

Il marque une pause et frotte sa nuque.

— Ou quoi ? insisté-je, raidie par la tension qui étreint chacune de mes vertèbres.

— Ou alors, on quitte Vegas. Pour de bon.

— Alors ça, c'est hors de question. Je refuse de prendre la fuite une fois de plus. Ils ne vont pas encore nous arracher à la vie qu'on s'est bâtie, Nate ! S'enfuir, c'est pour les faibles !

— S'enfuir, c'est ce qui nous permet de survivre, répond-il, les dents serrées.

— Oui, eh bien, maintenant on a... tu sais... des *ressources*, balbutié-je, étranglée par la frustration, en levant les mains. On a de l'argent. On a des hommes. On a de *l'argent* !

Je déglutis avec difficulté. Les pensées filent dans mon esprit comme des balles.

— On peut leur tenir tête. On pourrait remporter la bataille. Mais il faut qu'elle se joue selon *nos* termes. Si les Becerra essaient de se faire une place, je suggère qu'on leur barre la route, à ces salauds ! Ils veulent du sang ? On va leur en donner !

Je refuse de partir. Je refuse de prendre la fuite une fois de plus. Je suis prête à défendre tout ce qu'on possède, parce que ça représente tout, à nos yeux. Absolument tout. Je sens palpiter mon pouls au creux de mon cou. Il y a forcément quelque chose qu'on peut faire. Il doit y avoir un moyen de garder le contrôle... quelqu'un qu'on pourrait manipuler...

— Tu veux te frotter au cartel ? C'est ça que tu me dis ?

Nate secoue la tête et se dirige vers son bureau. Il se sert un verre et le boit d'un trait, puis reporte son attention sur moi en plissant les yeux.

— C'est ça, ton plan de génie ?

Le cœur battant, un sourire s'étire lentement sur mes lèvres. Le brouillard se lève dans mon esprit et je vois enfin clairement ce que nous devons faire, et comment nous y prendre. Les pensées fusent si vite que je sens presque l'odeur de la fumée qui s'échappe de mes oreilles, mais *bon sang*, oui ! Je la tiens, la solution. Maintenant, il ne reste plus qu'à convaincre Nate.

— Ouais. On se frotte au cartel ! C'est exactement ce que je compte faire. Mais on ne sera pas seuls.

Je prends une grande inspiration et me prépare aux félicitations dont mon frère me couvrira sans doute — en tout cas, il a intérêt — une fois qu'il aura vu l'étendue de mon génie.

— On pourrait se servir de notre partenaire potentiel, Sergio Villani, et de son désir de contrôler Vegas. On pourrait l'intégrer à notre plan de bataille, frangin.

— Et ça fonctionnerait comment, au juste ? On se fout à poil et on décide de se jeter corps et âme dans les bras de ceux qui cherchent à nous vendre ?

Bon. Il n'a peut-être pas besoin de savoir que c'est déjà précisément ce que j'ai fait.

— Tu refuses d'annuler le rendez-vous. Tout ce que je dis, c'est qu'on devrait s'y préparer, dans ce cas. Avant toute chose, on lui fait savoir qu'on ne cherche pas à vendre, quel que soit le montant. Laisse-lui entrevoir ce qu'il a à gagner en mettant la main sur notre business. Fais-le saliver un peu. On joue la comédie, on lui dit qu'on ne vendra jamais, qu'on ne se séparera jamais de ce qu'on a bâti. Les types comme lui adorent ce genre de défis. Et puis, de ce que j'ai vu ce soir, son club ne va pas faire long feu. Il a un besoin urgent de cash. On fait en sorte que la perspective du rachat soit trop tentante pour qu'il baisse les bras. Et *là*, on s'accorde sur un partenariat, selon *nos* termes.

— Attends... Tu penses qu'il faut qu'on vende ?

Je fixe Nate pendant de longues secondes.

— Je pense juste qu'on devrait envisager de faire entrer des investisseurs dans la course si on veut conserver une emprise sur ce qu'on possède déjà. Ce ne serait pas à proprement parler une vente, mais... Oui. Si on peut s'allier à eux avant le cartel Becerra, on bénéficiera de la protection de Villani. C'est tout ce dont on a besoin pour continuer à dominer cette ville. Il veut une part du gâteau en échange ? Peu importe. On possèdera le reste.

— Ça, c'est en partant du principe qu'ils s'en tiendraient au plan et accepteraient de ne pas prendre le dessus sur nous.

— C'est mieux que rien. Et *rien*, c'est le stade où on en est pour le moment.

Nate hausse un sourcil.

— Et si les types du cartel décident de l'accompagner le soir du rendez-vous ? Et si on n'a même pas l'occasion d'exécuter ton plan génial parce qu'on est trop occupés à se faire exécuter tout court ?

Je hausse les épaules.

— On s'est déjà chargés d'eux par le passé. On n'a qu'à recommencer. Ça ne me fait pas peur.

— T'es complètement tarée, t'en as conscience, j'espère ?

— Avoue que tu l'adores, mon idée, réponds-je avec un sourire. Avoue ! Tu l'aimes bien, mon plan !

— Il nous permet de garder un peu de contrôle, c'est vrai..., admet Nate.

J'acquiesce avec enthousiasme.

— On pourra définir les termes du contrat qui nous arrangent quand Villani nous aura suppliés d'avoir des parts dans notre business. Notre partenariat permettra de garder les

Becerra à distance. Ils ne voudront pas déclarer la guerre aux Italiens et prendre le risque de se faire doubler par leurs alliés russes. Ce serait du suicide.

Nate frotte son menton, rendu râpeux par la repousse de sa barbe.

— Ça nous permettrait de garantir la sécurité du club et de nos affaires...

— Et de rester en vie.

— Mais tu pars du principe qu'il n'est pas déjà trop tard. Qu'est-ce qui te dit que les Becerra n'ont pas déjà réussi à convaincre Villani de faire équipe avec eux ?

— J'essaie d'être optimiste, c'est vrai. Il faut s'entourer de ses ennemis. Si on arrive à faire croire à Villani qu'on n'a pas besoin de lui, il essaiera de nous convaincre du contraire. Et il ne saura pas à quel point il aura raison.

— Tu penses vraiment que ça fonctionnerait ?

— J'en suis absolument certaine.

Je me garde bien de préciser que je compte me servir de mes talents de séduction pour peser dans la balance. Nate n'apprécierait pas trop cette idée.

Ah, alors comme ça, il faut que Villani nous désire ?

Enfin... désire acheter notre club ?

Je saurai l'amadouer. Le prendre au piège. Les types comme lui ne résistent pas à la tentation que représente un défi de taille. Ils mordent toujours à l'hameçon s'ils pensent que c'est eux qui mènent la danse.

Quand on les envoie chier la queue entre les jambes, ils reviennent avec deux fois plus d'ardeur. Après tout, sa petite famille ne le laisserait pas partir bredouille. Il va faire tout ce qui est en son pouvoir pour arranger ça.

C'est sûr. Certain. Je le sens.

Tout comme je sens les papillons qui dansent dans mon bas-ventre quand je me remémore la chaleur de ses doigts le long de ma peau brûlante, il y a quelques heures encore. Tout comme je sens le fourmillement entre mes jambes, là où son corps était pressé contre le mien.

C'est moi qui dois le prendre au piège ?

Et si j'étais déjà tombée *dans le sien* ?

CHAPITRE 8
SERGIO

— Tu as fait couper la main de Javier ?! Putain ! tonne mon frère Matteo en frappant du poing contre mon bureau, un peu plus tard ce soir-là. T'es complètement taré ?!

Je hausse les épaules.

Peut-être.

Non… pas *peut-être*…

C'est même certain.

— Il a eu les mains baladeuses. Et il a mal choisi sa victime.

— Quoi ? Tu parles de la fille ? Combien de fois t'ai-je dit de ne pas baiser pendant tes heures de boulot ?

— Assez pour que je cesse de t'écouter.

Il traverse mon bureau d'un pas rageur avant de faire demi-tour, incapable de contenir sa frustration.

— Je savais que c'était une mauvaise idée. Te confier un deal avec le cartel ? fait-il en secouant la tête. C'est moi qui aurais dû m'en charger. Moi…

Il continue de grommeler dans son coin.

— Alors c'est ça, ton problème ? m'emporté-je en me levant

d'un bond. Que je sois aux commandes? Que ce soit à *moi* qu'on ait confié ce deal?

— C'était une mauvaise décision que notre organisation n'aurait jamais dû prendre, répond-il du bout des lèvres. Et ça vaut aussi pour papa. Regarde un peu la *merde* dans laquelle tu nous as fourrés.

— Écoute, dis-je en me plantant devant lui. Je sais que tu aurais fait les choses différemment. Peut-être que toi, en voyant qu'il s'était attaqué à une pauvre fille innocente, tu aurais su garder ton calme, tu aurais laissé couler. Tu as toujours eu plus de patience que moi avec les trous du cul dans son genre.

Il lève les yeux au ciel.

— Je vais partir du principe que ce n'est pas vraiment un compliment.

— Prends-le comme tu veux. Comprenne qui pourra...

Il balaie ma remarque du revers de la main et continue de faire les cent pas.

— Tu as envoyé un message aux Becerra, en faisant ça. Et c'était *après* avoir reçu un pourcentage de leurs bénéfices sur leurs réseaux de distribution.

— S'il voulait vraiment qu'on bosse ensemble, il n'avait qu'à ramener son gros cul l'autre soir, au lieu d'envoyer sa bande de débiles. Mais il s'en fout. Il m'a adressé un message en ne se pointant pas l'autre jour. Et ce message était clair comme de l'eau de roche. Il disait : « Eh, petit, on va te faire manger notre merde et tu vas en redemander. »

— Écoute, on est à ça, à *ça* de prendre le contrôle de cette ville, Sergio. Tu es sur le point de couvrir Nate Torres de pognon pour avoir accès à son cheptel de filles, et on a l'opportunité d'accéder à un nouveau réseau de distribution de came, le plus important de la région. On ne pouvait pas se louper sur ce coup, et t'as peut-être tout foutu en l'air !

— Oh, ça va, je ne l'ai pas buté, non plus, ce mec..., réponds-je en passant une main dans mes cheveux.

— Tu leur as envoyé un *message*, Sergio, soupire Matteo, et maintenant on va tous devoir en assumer les conséquences.

— Je suis sûr que les Becerra vont revenir vers nous. On verra ce qu'ils ont à nous dire à ce moment-là. De mon point de vue, on est quitte. Il m'a manqué de respect, je lui ai coupé la main. Il a de la chance, je lui ai laissé son bras.

— *On est quitte...* En quoi êtes-vous quittes, au juste ? insiste Matteo, le regard noir. Parle-moi de la fille. Pourquoi est-ce qu'ils s'en sont pris à elle ?

Je détourne les yeux et me mets à jouer avec un stylo, l'air de rien.

— Elle était là quand ils se sont pointés.

— *Là*, au club ?

— Non, dans mon bureau.

Matteo presse une main contre son front.

— Et je peux savoir ce qu'elle fichait dans ton bureau, nom de Dieu ?

— Détends-toi, elle n'était pas *dans* mon bureau.

Enfin, pas au début, en tout cas, mais je me garde bien de le préciser. Il n'a pas besoin que je lui fournisse davantage d'éléments à charge contre moi. Je le connais, il est déjà en train de tout cataloguer soigneusement pour la prochaine réunion entre les familles de notre organisation. Et puis, il serait capable de me planter un stylo dans l'œil si je lui donnais tous les détails sordides de notre partie de jambes en l'air — or je tiens à conserver mes deux yeux, merci bien.

— J'imagine que c'est moi qu'il visait, dans un sens, en s'attaquant à elle.

— Et c'était qui, *elle* ?

— J'en sais rien.

— Tu te fous de ma gueule ? Comment ça, tu n'en sais rien ? Elle n'avait pas de nom, cette fille ?

— Elle ne me l'a pas donné.

— Et tu n'as pas demandé ?

— Pas mon genre.

— Sergio... Tu ne peux pas foirer ce rendez-vous avec Torres. Si tu te plantes, je ne vais pas te faire de fleur, tu n'auras jamais ta place auprès des autres familles. C'est compris ?

— Je suis sûr que c'est déjà le cas, mais comme j'aime bien les défis... j'accepte.

Matteo pousse un petit rugissement — de frustration, j'imagine. À sa place, j'aurais fait la même chose. Je peux vraiment être irritant, des fois. J'en ai bien conscience.

— Il va falloir que je rentre à New York tôt ou tard, dit-il d'un ton plus mesuré. Je ne peux pas rester ici indéfiniment pour t'empêcher de tout foutre en l'air. Il faut que je puisse compter sur toi, tu comprends ? Que je sache que nos opérations sont entre de bonnes mains. Et pour l'instant, ce n'est pas le cas.

Difficile de lui en vouloir — même si je ne l'admettrais jamais. Je laisse libre cours à ma colère, sans penser aux conséquences. Certes, je me suis peut-être emballé avec cette histoire de machettes. Je suis sans doute allé trop loin en l'abattant sur son poignet. Enrico m'a passé un savon quand on s'est retrouvés seuls. Mais je n'ai pas réussi à chasser de mon esprit l'image de cette petite brune, le visage inondé de larmes. Elle était tellement sexy, au club. Pleine d'assurance. Chaude comme l'enfer.

Mais plus tard, après l'agression de Javier, elle m'a semblé... Je ne sais pas. Brisée. Effondrée. Quelque chose en elle avait juste... changé.

Et quand on a baisé, plus tard, dans mon bureau... Putain.

Je pourrais dire que c'était incroyable, mais franchement, ce serait par manque de vocabulaire.

Je ne comprends toujours pas pourquoi elle a pris la fuite, après ça. Sans autre explication que ses quelques mots énigmatiques — comme quoi elle me connaissait et qu'il fallait qu'elle file avant de faire une autre connerie.

C'est ironique quand on sait que c'est précisément ce que j'ai fait à cause d'elle.

On ne va pas se mentir, j'ai passé la nuit entière à chercher le sommeil, à repenser à ma queue solidement plantée en elle et à ses mots cryptiques. À me demander si j'aurais pu la convaincre de rester, si j'avais essayé.

D'ailleurs...

Qui est cette fille, au juste ?

Comment pourrais-je la retrouver ?

Car je ne peux pas m'empêcher de me demander quelle mauvaise décision elle était sur le point de prendre...

CHAPITRE 9
SERGIO

« Cet endroit, c'est le nerf de la guerre. La clé de notre expansion à Vegas, Sergio. Si tu foires ce rendez-vous, je te fous dans le premier avion pour la Sicile et tu passeras le restant de tes jours à faire des vendanges. »

Une semaine s'est écoulée depuis ma petite altercation avec Javier, et l'avertissement caustique de Matteo résonne encore dans mon esprit lorsque je gare ma Porsche Panamera dans l'allée circulaire qui mène au Sapphire Lounge, le club *très sélect* de Nate Torres. J'ai passé tout le trajet perdu dans mes pensées, incapable de me concentrer sur ce que disaient mes hommes de main, Bruno et Enrico.

Je serre les dents, les mains fermement agrippées au volant alors que les pneus crissent sur l'asphalte devant les portes bleu foncé.

Je ne supporte pas quand Matteo prend cette attitude à la con, en mode « Je suis ton grand frère, ton boss ».

Je m'en fous qu'il soit le successeur direct de mon père, une fois que ce dernier aura pris sa retraite. Il n'a pas à me dire quoi faire sur *mon* territoire, comment gérer *mes* affaires, avant de collecter son pognon... pognon que *j'ai gagné* pour le compte de l'organisation. Et puis, il n'y a pas moi qui lui cause du souci. Il ferait mieux de s'inquiéter de mon petit frère, Roman, qui pourrait bien faire flamber notre empire à Manhattan.

Matteo a temporairement placé Roman à la tête de nos opérations new-yorkaises, pendant que lui et sa femme Heaven se la coulent douce à Sin City. Je le connais, Roman. Je suis sûr qu'il est en train de causer un tas d'emmerdes que Matteo devra gérer à son retour.

Je me tourne vers la droite et croise le regard de mon cousin Bruno.

— Est-ce qu'on est bien au clair sur le déroulé du rendez-vous ?

Bruno acquiesce puis désigne Enrico, assis sur la banquette arrière, d'un mouvement de tête.

— On est prêts.

J'ouvre la portière et monte sur le trottoir, glissant la clé et un billet de cinquante dans la main du voiturier, qui accepte le pourboire avec courtoisie avant de s'installer derrière le volant. Il va garer ma voiture sur une place libre, aux côtés des autres bolides de luxe — des Maserati, des Lamborghini, des Ferrari, des Bugatti...

Il y a du pognon dans l'air, ce soir, et tant d'autres choses à saisir.

Il nous faut prendre le contrôle de cet endroit.

Ce n'est que le début.

Putain... quand je pense au flux de cash qui va transiter par ici et tous les autres clubs affiliés, j'en ai le vertige. Et une fois que l'affaire sera conclue, c'est *moi* qui dirigerai tout ça. Enfin, c'est l'idée.

Comment est-ce qu'il pourrait me le refuser si je le revendique *de facto* ?

Cette histoire avec le cartel finira bien par se tasser. Et s'ils n'apprécient pas ma décision de refuser leur offre ? Eh bien ils pourront toujours aller se faire foutre.

Si je parviens à mettre la main sur cette mine d'or, je n'aurai même pas besoin du cartel Becerra.

Ce sont *eux* qui auront besoin de nous. Comme tous les autres, ici, à Sin City.

Notre position est enviable.

Flanqué de mes hommes, je fixe l'entrée du Sapphire Lounge. Je prends une grande inspiration. L'air du désert est frais et sec, rehaussé d'un parfum de sexe, de luxure, de désir. C'est un mélange détonnant, voire entêtant, qui pèse lourd et imprègne la file interminable de clients qui s'agitent fébrilement en attendant d'entrer, amassés jusqu'à l'angle du club.

J'ai du mal à croire que le mec qui tient cet endroit ait réussi à en faire le club le plus prisé de la ville. Il est niché dans un coin paumé, tout au bout du Strip de Vegas, au fin fond d'un chemin reculé qui lui donne un côté très sélect. Il y a du glamour, aussi, dans cette architecture soignée, presque cachée par ce feuillage riche, ses enseignes discrètes.

Pas besoin de néons tape-à-l'œil pour savoir où l'on se trouve.

Le gratin de Vegas s'est déjà fait passer le mot : si tu peux franchir ces doubles portes à la couleur si unique, tu fais partie des VIP. De la crème de la crème.

Celui qui contrôle le Sapphire Lounge tient toute la vie nocturne de Vegas dans sa main — surtout qu'il est affilié à d'autres établissements éparpillés à travers la ville. Le Platinum, le Ruby Red, l'Emerald. Ces boîtes de nuit raflent plus d'argent en une nuit que tous les autres bars de Vegas en une semaine. On y trouve les barmans et les serveuses les plus sexy du coin, les danseuses les plus séduisantes, les chattes les plus fermes.

Rien n'est interdit, ici. Rien n'est du domaine de l'impossible.

Et c'est bien pour cette raison qu'on veut s'en emparer.

Au-delà de ces portes se joue la concrétisation de notre plan. Contrôler le moindre recoin de Las Vegas.

Putain, il me le faut, ce deal !

Je viens me placer devant un des agents de sécurité qui bloquent l'entrée.

— Sergio Villani. Je suis ici pour rencontrer Nate Torres.

Il me détaille de la tête aux pieds, et soudain, son expression peu amène, typique des videurs blasés, cède la place à un respect courtois.

— M. Villani, dit-il en sortant son téléphone. M. Torres m'a informé que vous vous joindriez à nous, ce soir. Je vais lui annoncer votre arrivée.

Je hoche brièvement la tête tandis qu'il nous guide à l'intérieur, vers un endroit un peu à l'écart, délimité par un cordon rouge. Un petit lounge désert pourvu d'un bar.

— Eh, dis-je au videur. En fait, nous allons faire un tour au rez-de-chaussée. Il n'aura qu'à nous y retrouver.

Le videur acquiesce et désigne le couloir qui y mène. Dès qu'il retourne à son poste, je me tourne vers Bruno et Enrico.

— Bon. Je vais faire le tour du propriétaire. Il y a deux ou trois choses que j'aimerais inspecter. Allez vous chercher un verre, mais... bas les pattes, OK ? ordonné-je en esquissant un sourire. Pour une fois, essayez de bien vous tenir.

Bruno ricane et se dirige, avec Enrico, en direction d'un des bars, me laissant à la contemplation de la piste de danse.

La musique fait vibrer le sol sous mes pieds. Je suis entouré de pièces plongées dans la pénombre où se pressent des foules tapageuses, des corps ivres, défoncés, transis, ondulant les uns contre les autres. Celle dans laquelle je me trouve, au centre, est dénuée de danseurs. Elle semble faite uniquement de verre

— les colonnes, les poutres, le bar ; tout brille de reflets chatoyants qui tirent sur le bleu à chaque contraction cadencée des stroboscopes. Des canapés en cuir blanc délimitent le périmètre de la pièce. Ils se teintent d'un mauve vibrant sous les lumières noires.

Cet espace n'est pas dédié à la danse, non ; il est rempli d'hommes et de femmes qui viennent chercher là un tout autre plaisir. Érotique. Le bar est presque invisible derrière la foule de clients qui s'y presse. L'attente a l'air de valoir le coup. Ils sont tous en train de se rincer l'œil sur le personnel qui s'y affaire.

Le propriétaire des lieux sait précisément comment faire cracher de la thune, ça, je veux bien l'admettre.

Je m'appuie contre le mur et croise les jambes. Il y a huit mois, ma famille a décidé de faire équipe avec trois autres mafias pour former un consortium. Les Marcone, les Severinov et les Salesi, unis sous un but commun : contrôler les principaux casinos des États-Unis.

Naturellement, Las Vegas a été la première de nos conquêtes.

Et on a beau avoir une mainmise sur la ville, notre empire ne vaut pas grand-chose en termes de vie nocturne. Les hôtels, les restaurants, ça, on gère. Mais pour le moment, nos boîtes de nuit sont coincées au stade des préliminaires.

Nous, ce qu'on veut, c'est l'orgasme.

Et ça commence avec le Sapphire Lounge.

Je me tourne vers la scène. Des lumières blanches font scintiller les épais rideaux, et sur l'estrade, ça bosse dur ; des danseuses s'étirent autour des pôles, grimpent avec aise, languides, malgré leurs talons de vingt centimètres.

Je suis sur le point de tourner la tête. Une fois qu'on a vu une belle paire de seins, on s'en lasse rapidement. Et en bon amateur qui ne passe pas une soirée sans en tenir dans ses mains — ou contre sa bouche — je me détourne bien vite pour chercher ma cible, à la place.

Je suis sûr qu'il est en train de faire la même chose, à cet instant précis.

Quand Torres a accepté de me rencontrer, je me suis dit qu'il avait la gnaque. À ce qu'il paraît, il ne reçoit jamais personne, et il ne se montre que rarement dans ses clubs. C'est un fantôme. Ce qui ne peut vouloir dire qu'une chose : quelqu'un veut sa peau.

Mais ça, c'est son problème.

Le mien, c'est de prouver ma valeur à notre organisation.

Ce qui signifie que je ne vais pas repartir sans avoir obtenu un accord de vente.

— On dirait que tu as besoin d'un verre, murmure une voix aguicheuse à mon oreille.

Je prends une grande inspiration. Un parfum riche envahit aussitôt mes sens. Pourquoi est-il si familier... ?

Je tourne la tête. À ma gauche, je tombe nez à nez avec une fille aux cheveux d'un noir de jais, qui doit avoir la vingtaine. Son corps de déesse me coupe le souffle — sa peau effleure la mienne, et ses yeux émeraude, perçants, me clouent sur place, m'empêchent de parler, de penser, de...

C'est... c'est elle.

Jae.

Celle qui occupe le premier rôle dans tous mes fantasmes depuis une semaine.

Celle qui a affirmé savoir qui je suis et qui a ensuite disparu de mon club, de ma vie.

Elle ne voulait sans doute pas m'avouer qu'elle bossait pour la concurrence. Surtout que la concurrence en question nous bat à plates coutures.

Lorsque le voile de confusion et de désir se lève sur mes pensées, j'arrive enfin à aligner deux mots.

— C'est une proposition ? J'espérais avoir un jour une deuxième chance...

Elle incline la tête et papillonne de ses longs cils, plissant ses yeux rehaussés de khôl.

— Moi, je me contente de prendre la commande. Je ne fais pas le service.

Mmh... J'imagine sans mal tous les services *qu'elle* pourrait me rendre, pourtant.

Une fois de plus. Juste une fois...

Je souris.

— Alors, tu bosses ici ? Je comprends mieux pourquoi tu ne l'as pas mentionné, l'autre soir.

— Je travaille ici, oui, dit-elle en hochant lentement la tête, un sourire aguicheur aux lèvres. Entre autres choses...

— C'est prometteur, réponds-je d'une voix trop rauque.

L'avertissement de Matteo résonne encore dans mon esprit. Je le fais taire, ce con – même si je dois admettre que je ne suis plus aussi concentré sur mes objectifs qu'à mon arrivée au club. À la périphérie de ma vision, les lumières blanches virent au rouge. Il est temps de se remettre les idées en place. De se préparer à cette entrevue. Mais putain, cette fille me fait disjoncter, quoi que je fasse. Je suis incapable d'empêcher le désastre qui s'annonce. J'ai l'impression d'être un train lancé dans une course folle, et l'extrémité des rails approche à toute allure.

Alors pourquoi ai-je si peu envie de ralentir ?

— Quel genre de choses ? ajouté-je.

Elle réduit la distance entre nous et glisse une main à l'intérieur de ma veste. De l'autre main, elle laisse tomber ses cheveux en cascade sur son épaule nue à la peau hâlée, puis se penche vers moi, si près que je sens presque le parfum de ses lèvres cerise. Oh mon Dieu, une bouchée, juste une bouchée...

Lorsqu'elle les entrouvre, c'est pour dire, d'un ton énigmatique :

— Le genre de choses qui tiennent les voyous, les bons à rien, les connards comme toi à distance. Aussi loin que possible de ce qui m'appartient.

Je recule d'un pas, sous le choc. Du coin de l'œil, je repère Bruno et Enrico qui s'approchent de nous à travers la foule.

— Putain, mais qui es-tu ? sifflé-je. Il est peut-être temps qu'on en parle.

— Mon identité n'a aucune importance. *Pas encore*, répond-elle d'une voix douce en se retournant, alors que deux autres types vêtus de noirs se dirigent vers moi. Ce qui compte, c'est ce que je suis capable de te faire endurer. Et crois-moi... Ça ne sera pas aussi douloureux que tu le penses.

Elle sourit. Une fossette creuse sa joue gauche.

— Ce sera bien pire.

CHAPITRE 10
SERGIO

Je suis tellement déstabilisé par la réponse de cette petite brune que ma bite ne sait plus où donner de la tête. Son joli petit cul qui se dandine de droite à gauche, au rythme de sa démarche chaloupée, ne m'aide pas à formuler la moindre réponse. Rien d'autre n'existe à cet instant ; puis elle disparaît dans la foule.

— C'était quoi, ce bordel ? siffle Bruno en gardant un œil sur les hommes en noir et leur air menaçant.

— Aucune idée, grommelé-je en bombant le torse alors qu'un des gorilles s'approche de moi.

Je masse ma nuque. Elle était déjà tendue avant mon arrivée au club, mais à présent, elle est nouée comme jamais. J'ignore qui est cette fille, mais de toute évidence elle me connaît. Et à en croire le venin à peine dissimulé dans ses mots, elle ne m'apprécie pas beaucoup.

Tant pis. J'avais bon espoir de pouvoir lui faire changer d'avis.

— M. Villani, dit un des sous-fifres d'une voix grave. Venez avec nous, s'il vous plaît.

Je les suis avec mes hommes jusqu'à un ascenseur. Au lieu de monter, la cabine descend. Intéressant... Sans doute y a-t-il quelque chose de métaphorique dans le fait de plonger dans les chaudes profondeurs de cet antre du sexe.

Je poserai bien assez vite mon cul sur ce trône.

Car c'est comme ça que l'histoire se terminera, pas autrement.

Peu importe ce que cette serveuse, toute sexy qu'elle est, semble penser.

On sort de l'ascenseur et, instinctivement, j'effleure des doigts la crosse de mon arme pressée contre mon dos. Ce n'est pas dans mes habitudes, d'aller rencontrer des rivaux au fond d'un labyrinthe souterrain doté d'une seule issue. Encore moins quand je n'ai pas le sentiment que tout est sous contrôle.

Autant dire que je me trouve dans une position peu enviable.

Matteo ne serait pas content.

Les hommes en noir s'arrêtent devant une porte et frappent trois fois avant qu'une voix leur ordonne d'entrer.

L'un des types ouvre la porte et un grand brun se lève, derrière son bureau. Je tends ma main pour la serrer ; mais il se contente de la fixer, impassible. Lorsque je hausse un sourcil, il croise les bras sur sa poitrine.

— Ce n'est pas une visite de courtoisie, grogne-t-il. Pas la peine de faire semblant.

OK. Donc ça se confirme, c'est un gros con. Mais comme ce con-là en particulier possède quelque chose que je désire, je réprime mon envie de lui éclater la mâchoire. De toute évidence, il ne sait pas encore à qui il a affaire.

Ceci dit... moi non plus. Personne ne sait grand-chose sur ce type, d'où il vient, et où est-ce qu'il a pu se procurer assez de pognon pour bâtir cet empire du sexe. Pour être parfaitement honnête, j'en ai rien à foutre de son passé. Je veux juste assurer mon avenir, et pour ça, il me faut sa signature.

— Très bien, dis-je d'une voix tendue. Vous savez pourquoi je suis ici. Je veux vous racheter. Le Sapphire. L'Emerald. Le Ruby Red. Le Platinum. Tout. Et je suis prêt à payer le prix fort.

— Je ne suis pas à vendre, répond-il sans détour.

J'écarquille les yeux.

— Quand je vous ai contacté, vous m'avez affirmé que vous étiez prêt à négocier.

— J'ai menti.

Je serre les poings. La rage se met à bouillonner dans ma poitrine.

— Pourquoi est-ce que vous avez accepté ce rendez-vous si vous n'avez pas la moindre intention de vendre ? Vous cherchez à me faire perdre mon temps ?

— Je voulais vous prouver quelque chose. Que malgré toute *l'influence* que vous pensez détenir sur Vegas, vous n'obtiendrez jamais ce qui m'appartient. Vous ne possèderez jamais cette ville, Villani. J'ai travaillé trop dur et trop longtemps pour construire cet héritage de mes mains. Vos gros muscles n'y changeront rien. Je n'ai pas peur de vous, ni de vos...

Il désigne Bruno et Enrico avec un sourire dédaigneux qui hérisse mes muscles d'une pulsion destructrice.

— Vos *acolytes*.

— Avez-vous conscience de tout ce qu'on possède dans cette ville, Torres ? On tient par les couilles ceux qui ont le pouvoir de prendre toutes les décisions... Est-ce que vous le comprenez, ça ? Si vous essayez de faire quoi que ce soit dans ce comté, on peut vous faire mettre la clé sous la porte en un claquement de doigts. N'est-ce donc pas clair, ça, pour vous ?

— Ah. Vous me menacez, maintenant ? demande-t-il, l'air sombre. Dans mon propre club ? Vous avez du culot, Villani. Je vous rappelle que vous n'êtes pas en position de force, ici.

— En effet.

Je tourne vivement la tête en direction de la porte, restée ouverte, d'où a émané cette voix féminine et veloutée qui m'est un peu trop familière. Son expression est aussi fermée que celle de Torres. Mais je ne suis pas dupe. Elle a beau essayer de me faire croire qu'elle est dangereuse, je n'hésiterais pas à la plier en deux sur mon canapé et à la baiser jusqu'au petit matin, si l'occasion devait se présenter.

— Jaelyn, je t'ai dit de ne pas te mêler de ça, grommelle Torres, les dents serrées.

Ses narines frémissent lorsqu'elle répond :

— Je voulais juste m'assurer que ces garçons aient bien compris le message. Je ne voudrais pas qu'il y ait le moindre malentendu lorsqu'ils iront faire leur rapport à leurs petits copains de la mafia. Qu'ils sachent qu'on ne se laissera pas faire.

— Et je t'ai dit que je m'en chargerais, je crois.

Elle plisse les yeux.

— Ah, vraiment ? C'est bizarre. Pourquoi est-ce qu'ils sont encore là, dans ce cas ?

Je commence à y voir clair, dans cette histoire. Et le peu que je comprends ne me plaît pas. Du tout.

Je me tourne vers Jaelyn, les sourcils froncés.

— Alors l'autre soir, tu étais juste venue tâter le terrain, je me trompe ? Bien joué. Mais la partie est finie. Tu vas vite le comprendre.

Torres lève les yeux au ciel et reporte son attention sur moi.

— Ma sœur est d'une loyauté sans faille. C'en est presque un problème.

— Ah, oui... la *famille*, fulminé-je, les dents serrées. Toujours là pour filer un coup de main, pas vrai ? N'importe où. N'importe quand. Sans poser de question. Vous voyez où je veux en venir, quand je parle de *famille*, pas vrai ?

— Vous croyez me faire peur, Villani ? répond Torres. Vous me donnez juste une raison de plus de vous faire mordre la poussière.

— Je ne cherche pas à te faire peur, dis-je, abandonnant toute marque de respect. C'est censé te ramener à la réalité, mon gars. Enfin, *si tu survis assez longtemps* pour ouvrir les yeux.

Torres contourne son bureau. Lorsqu'il se tient face à moi, il me dépasse d'une bonne dizaine de centimètres, mais je ne flanche pas.

Jamais.

Cette ville est à nous et je ne vais pas renoncer à ma part du gâteau sans me battre. Je vais juste devoir changer de méthode pour lui montrer à quel point ça peut être douloureux, de refuser une main tendue.

Douloureux pour *lui*.

— Tu te crois malin, hein ? grondé-je. À me traîner ici pour poser tes petites couilles sur la table, faire le bonhomme. Tu te trompes. Je suis venu ici pour conclure un accord. Un accord que tu m'as fait miroiter.

— Ce n'est pas ma faute si tu ne sais pas lire entre les lignes, répond-il sur le même ton, la mâchoire contractée. Les Italiens, les Russes... Putain, mais vous avez qui d'autre, dans votre petit cercle de mafieux ? Enfin, je m'en branle. J'ai tenu tête à pire que vous. Et s'il y a bien *une chose* que j'ai apprise, c'est qu'il suffit de trouver votre faiblesse. Votre point névralgique. Dès lors vous baissez systématiquement les armes, de peur que ça s'ébruite. Que tout le monde découvre la brèche dans votre armure, ou mieux, que votre armure à la con n'est qu'une façade en papier mâché. Vous vous croyez puissants, hein ? C'est ce qu'on va voir.

Le sang afflue dans mes oreilles. L'air entre nous devient électrique, échaudé par le venin de ses mots. La crosse de mon flingue me paraît brûlante contre ma peau. J'ai envie de la saisir et de lui coller une balle, juste là, entre ses deux yeux brillants de colère.

— Tu vois, la différence entre nous et les connards auxquels t'as eu affaire, c'est que nous, on n'a aucune faiblesse. Juste du pouvoir, plus que tu ne peux imaginer, sous sa forme la plus simple : l'argent. C'était plus facile de racheter vos clubs que d'en construire de nouveaux, mais tu sais quoi ? Puisque tu as décidé de nous baiser, c'est exactement ce qu'on va faire. On va voir les choses en grand. On va t'assécher, mec. On va te faire saigner chaque centime de tes bars à putes.

Un sourire haineux étire mes lèvres.

— Et quand on en aura fini avec toi... quand *tu* seras fini... je regarderai fuir cette ville avec la queue entre les jambes. Tu n'auras plus rien.

Mon regard se fait glacial. Je presse mon torse contre le sien.

— Je vais te détruire, Torres. Je vais t'arracher tout ce que tu possèdes. Puis je vais m'occuper de ton cas. Personnellement. Et au cas où tu te poserais la question... ce n'est pas une menace. C'est une promesse.

— Tu sais ce que tu peux en faire de tes putain de promesses ? Tu peux te les mettre bien prof...

— Jae ! aboie Torres d'une voix sévère alors que sa sœur fait mine d'approcher de moi. Assez.

— Quoi, tu comptes les laisser te parler comme ça? s'étrangle Jaelyn, les poings serrés sur ses hanches.

Je ne peux empêcher mon regard de glisser dans sa direction. Du haut de son mètre soixante, elle se tient là, furieuse, dans cette robe noire limite obscène. Il y en a à revendre, de la rage, dans ce petit corps tonique, et j'ai deux ou trois trucs en tête qui pourraient la calmer.

Torres reporte son attention sur moi, un sourire aux lèvres.

Quel connard, celui-là. J'ai envie de lui éclater la mâchoire. De la pulvériser. La *démolir.*

— Il me semble que je suis ton hôte, aujourd'hui, n'est-ce pas ? Ce serait très malpoli de te fracasser la gueule sous mon propre toit, fait-il avec une soudaine douceur en approchant sa bouche de mon oreille. Alors... je vais te laisser une chance de ranger ta bite dans ton pantalon, de faire demi-tour et de me foutre le camp. J'espère que ta famille prendra mieux la nouvelle que toi. Quand j'envoie un message, aucune réponse n'est nécessaire. Ils vont vite comprendre à qui ils ont affaire, et ce dont je suis capable.

Il marque une pause, le temps de ricaner.

— Peut-être qu'ils auraient mieux fait d'envoyer quelqu'un de compétent, pour le coup. J'aurais sans doute été plus ouvert à l'idée de *négocier* si j'avais eu le sentiment d'être pris au sérieux. Ils n'avaient qu'à mieux choisir leur messager...

La colère coule au fond de mes tripes comme un flot lent de magma, une masse informe, prête à entrer en éruption, à exploser, à tout ensevelir. Des éclairs rouges strient ma vision, et le temps que j'essaie de m'en empêcher, c'est déjà trop tard. J'arme mon poing et je l'écrase contre son nez. Il titube — à peine. J'aimerais pouvoir dire que la vue du sang apaise ma rage. Me console d'avoir été roulé.

Mais non.

Même si je pouvais réduire sa petite gueule d'ange en bouillie, ça ne me suffirait pas. Ses mots ont frappé juste, avec une précision chirurgicale ; il a raison. Je vais devoir faire demi-tour et rapporter son refus à ma famille... ma famille qui n'avait déjà pas confiance en moi. Il m'a fallu tellement d'énergie, tellement de patience pour les convaincre que je pourrais décrocher cet accord, pour leur prouver que je pourrais gérer notre projet d'expansion. J'avais tellement *hâte* de mettre le nez de Matteo dans mon succès, comme un chiot dans sa pisse. J'étais censé rafler une putain de mine d'or, bordel.

Au lieu de ça, je me retrouve pris au piège, coincé face à un Torres qui se délecte de son mauvais coup. Il m'a manqué de respect. Il m'a taillé en pièces. Et maintenant, il a le culot de se foutre de ma gueule ?

Je serre les dents. Mon cœur bat à tout rompre. Je sors mon flingue et le pointe directement sous son nez. Bruno et Enrico font de même ; l'un vise Torres, l'autre Jaelyn.

— Vous croyez vraiment que c'est une bonne idée d'en arriver là ? Vous avez conscience qu'il va falloir sortir d'ici en un seul morceau, ensuite ? Et que mes hommes ne ratent pas une miette de cette scène ? fait Torres d'un ton moqueur en essuyant le sang sous son nez, du revers de la main.

Du coin de l'œil, je vois une lueur passer dans le regard de Jaelyn, qui fait un grand geste du bras et envoie le flingue d'Enrico par terre.

Un bruit assourdissant fait exploser l'air autour de nous et je me jette contre elle, la plaquant au sol tandis que tout le monde tressaille et s'accroupit, dans l'espoir d'échapper à la balle perdue.

Je plonge mon regard dans celui de Jaelyn, dans ses grands yeux remplis de haine. Je sens son pouls qui bat, sourd, contre mon torse. Elle lève les mains et les resserre contre ma gorge, coupant ma respiration, son genou solidement planté contre mon abdomen.

— Tu vois ? Moi, je n'ai pas besoin de flingue, siffle-t-elle, les dents serrées.

J'arrache ses mains de ma gorge et les plaque contre le sol, au-dessus de sa tête.

— T'aimes bien quand ça fait mal, hein ? grondé-je. Je tâcherai de m'en souvenir.

— Va te faire foutre ! répond-elle en se débattant avec une

énergie si brutale, si sauvage que le sang se met à affluer dans ma queue.

Et ce, malgré la présence menaçante de son frère, juste au-dessus de moi. Je me relève, la saisis par le bras et l'aide à se redresser à son tour. Enrico a récupéré son arme et la braque à nouveau sur elle.

Elle baisse les yeux sur le flingue, incrédule, et incline la tête.

— Sérieux ? Tu veux encore jouer à ça ? Tu sais ce qu'il va se passer, la deuxième fois ? Je ne vais pas me contenter de te désarmer, mon gars. Je vais te l'enfoncer dans le cul !

— Jae ! tonne Torres.

— *Quoi ?* hurle-t-elle en serrant les poings. J'essaie de défendre notre *empire*, Nate. Il t'a mis son poing dans la gueule, bordel de merde !

Il la fusille du regard, inflexible.

— Ramène-les à l'étage. Assure-toi qu'ils foutent le camp de mon club.

Et, reportant son attention sur moi, il ajoute :

— Toi et moi, c'est terminé. *Capice* ?

— Terminé ? Oui, pour le moment. Mais crois-moi, je n'ai pas dit mon dernier mot, Torres. *Comprende* ? réponds-je d'un ton moqueur.

— Et toi, tu les laisses juste filer ? s'emporte Jaelyn, les joues empourprées de rage. Comme ça ? Alors qu'ils viennent de nous menacer ?

Torres hausse les épaules.

— Je possède quelque chose qu'ils désirent. Quelque chose dont ils ont besoin. Ce n'est pas à moi d'avoir peur, répond-il avant de se tourner vers moi. Tes menaces ne me font pas peur. Rien ne me fait peur. Tu vas vite le comprendre, Villani.

Je hoche la tête.

— Je veux bien te croire. Mais c'est parce que t'es complètement con, Torres. Tôt ou tard, je le trouverai, ton *point névralgique* — c'est comme ça que tu l'as appelé, hein ?

— Bonne chance, conclut-il. Merci d'être passé. C'est toujours un plaisir de rencontrer la concurrence. Avant de l'anéantir.

Je range mon flingue dans mon pantalon.

— Si j'étais toi, je ferais gaffe, Torres. Tu n'as pas envie de te tromper de cible. Ça pourrait t'éclater à la gueule.

Je sors de son bureau d'un pas rageur, flanqué de Bruno et d'Enrico, et me dirige vers l'ascenseur. Dans notre dos, des talons hauts claquent contre le sol. Je m'empresse d'appuyer sur le bouton d'appel.

— Il m'a demandé de vous raccompagner, dit Jaelyn en dépassant mes hommes et en s'interposant entre moi et l'ascenseur.

Je la sens vibrer de colère ; impossible d'ignorer l'énergie négative, et pourtant si charnelle, qui crépite entre nous.

— On n'a pas besoin d'une escort, chérie, grommelé-je en guise de réponse.

Je sors mon téléphone et examine l'écran. Des messages de Matteo, qui veut savoir où ça en est. Je déglutis pour retenir le filet de jurons qui brûle mes lèvres.

On pourrait presque croire que c'est lui qui a monté cette affaire en épingle pour mieux me voir échouer.

Comme ça, il lui suffirait d'intervenir et de sauver la mise.

Je serre le téléphone plus fermement dans mon poing et pousse un bref soupir.

Il en serait capable, ce con. Il a toujours besoin d'être au centre de l'attention. D'être celui qui décroche les plus gros contrats. Il a toujours détesté qu'on lui fasse de l'ombre. Et ce rachat, ça aurait été l'affaire du siècle, pour nous. Pour *moi*.

C'est pour ça que je ne vais rien lâcher. Les négociations ne font que commencer.

Même si Torres n'en a pas encore conscience.

Je vais mettre la main sur ses clubs.

Son empire m'appartiendra.

— Ben alors, *chéri* ? Tu réfléchis déjà à ce que tu vas dire à ta famille au sujet de ce rendez-vous pour leur faire croire que tu n'as pas complètement merdé ? demande Jaelyn avec un sourire satisfait aux lèvres.

Je n'ai encore jamais levé la main sur une femme. À vrai dire, jamais je n'ai ressenti assez de fureur pour en arriver là. Mais cette petite conne parvient à me faire sortir de mes gonds, et je ne sais pas encore si j'ai plus envie de lui pilonner le cul ou de lui arracher la langue à mains nues.

— Non, j'essaie d'imaginer tous les moyens de te buter, là, réponds-je avec un rictus en fourrant mon téléphone dans ma poche. Et j'aurais besoin que tu la fermes deux minutes pour que je puisse me concentrer.

— Ne te fatigue pas trop, roucoule-t-elle. Il ne faudrait pas que tu t'épuises les neurones, ce n'est pas comme si tu en avais à revendre.

Une fois parvenu au rez-de-chaussée, l'ascenseur émet un petit tintement et les portes s'ouvrent. Jaelyn pousse Bruno et Enrico hors de la cabine, pouffant de rire quand ils manquent de trébucher, et passe son bras autour du mien. Elle se presse contre mon flanc avec force et refuse de me lâcher, ses longs doigts fermement enroulés autour de mes bras.

— Ne va pas te faire des idées, murmure-t-elle. Je veux juste m'assurer que tu retournes tranquillement à la case départ, sans toucher vingt-mille francs. Et attention, avec moi, il n'y a pas de carte « Sortie de prison ». Quand je t'aurai mis en cage, tu y resteras.

Je m'arrête net près d'une épaisse colonne transparente, qui réfracte les lumières stroboscopiques, et la presse contre la paroi. Elle pousse un petit glapissement lorsque son dos heurte le verre, clairement surprise que j'aie le cran de la remettre à sa place. Je sens son pouls accélérer lorsque je presse mon torse contre le sien, forçant ses seins à remonter, toujours plus près de son décolleté. J'humecte mes lèvres, plongeant mon regard sur sa poitrine généreuse, avant de remonter lentement les yeux vers les siens, brûlants et pleins de défi.

— On admire la vue ? souffle-t-elle. Profite bien, parce que je vais t'arracher les yeux avec les ongles si tu t'y attardes une seconde de plus.

— Oh, je vois. Tu n'aimes pas que je les regarde ? C'est pour ça que tu me les mets sous le nez à la première occasion ?

Je recule d'un pas, un sourire mauvais aux lèvres.

— Tu préfères que je les touche, plutôt ?

Je pose une main sur sa hanche et remonte lentement le long de son flanc. Son corps tout entier tremble sous mes doigts mais elle ne fait rien pour arrêter mon geste. Sa poitrine se soulève au rythme de ses respirations, et ses jambes cèdent, écartées par mon genou.

Elle me désire.

Et maintenant, nous le savons tous les deux.

CHAPITRE 11
SERGIO

— Lâche-moi, s'emporte-t-elle en pressant son coude contre mon torse.

Mais mon emprise est trop ferme et, pour être tout à fait honnête, je commence à apprécier cette petite visite du Sapphire Lounge. Je compte bien prendre mon temps.

Elle ne se débat pas avec beaucoup de conviction, elle non plus.

— Jaelyn ! Il y a un problème avec une des filles ! s'écrie une voix stridente, étranglée par la panique, qui déchire le voile charnel qui était tombé sur nous.

Je la relâche et recule d'un pas. Elle pince les lèvres et, à cet instant précis, j'imagine tout ce que je voudrais leur faire. Des images claires, en grand format, inavouables, défilent dans mon esprit, mais une douleur lancinante transperce mon pied lorsqu'elle y plante la pointe de son talon.

Je pousse un grognement, les dents serrées.

— Il faut que j'y aille ! dit-elle d'un ton joyeux avec un petit geste de la main, alors qu'elle me contourne et s'éclipse. Merci d'être venu, et surtout, va te faire foutre !

Et juste avant de disparaître tout à fait, elle me décoche un sourire éclatant ; le plus grand, le plus beau que j'aie vu ce soir.

Ha. Elle sait donc faire *autre chose* de sa bouche que cracher son venin, cette diablesse.

C'est bon à savoir.

Laissons les fantasmes faire leur œuvre, dans ce cas.

Je baisse les yeux sur l'extrémité de ma chaussure. Elle n'y est pas allée de main morte... Heureusement que c'est du cuir italien, c'est de la qualité, ça. Je grimace en changeant de pied d'appui et me tourne vers Bruno et Enrico qui m'attendent près de la sortie.

Une fois devant le club, Bruno fait mine de dire quelque chose, mais je le fais taire d'un geste. On est en territoire ennemi. Je refuse de laisser filtrer la moindre information tant qu'on n'aura pas levé le camp. Quoi qu'il ait à dire, ça attendra.

Une fois que le voiturier a ramené ma voiture, je grimpe derrière le volant. Je démarre en trombe autour de l'allée circulaire et m'engage sur la route privée qui nous ramène au Strip. Chaque mètre qui m'éloigne des Torres et de leurs embrouilles m'ôte un poids.

Non mais sérieux... m'espionner, comme ça ? Comme s'ils pouvaient nous battre sur ce terrain-là.

Putain, je pensais qu'on était tordus, mais eux alors !

Ils sont complètement tarés.

Surtout la fille.

Dans d'autres circonstances, je pourrais apprécier ce genre de petits jeux — je dois admettre que je me suis bien amusé avec elle. Mais ce rejet, cette humiliation ? Ça me reste en travers.

Je frappe du plat de la main sur le volant, encore et encore, avec un rugissement de frustration... sexuelle, entre autres.

— Putain, mais quel merdier ! Quel merdier ! hurlé-je. Qu'est-ce que je vais bien pouvoir dire à Matteo, moi ? C'est exactement ce qu'il espérait ! Il voulait que je me plante comme une merde.

Je secoue la tête.

— Je n'ai même pas pu négocier sur le montant. Ils m'ont roulé !

— Il n'avait pas l'intention de vendre, grommelle Bruno en allumant la clim'.

Même de nuit, la chaleur de Las Vegas m'oppresse. J'ai l'impression que ma voiture s'est transformée en four, alors même qu'elle n'est restée garée qu'une heure devant le club.

— Tu as vu la queue, dehors, quand on est partis ? Il n'est même pas onze heures. Blindé comme ça, un soir de semaine... tu imagines combien ils touchent les weekends ? Jamais il n'allait te céder une part du gâteau, Sergio. Encore moins le gâteau tout entier.

— Mais où est-ce qu'il a trouvé le pognon pour monter des boîtes pareilles ? renchérit Enrico. Il est là depuis, quoi... quelques années ? C'est qui, son investisseur ? Il y a forcément de l'argent qui arrive de quelque part, non ?

— On n'a pas grand-chose sur lui, réponds-je alors que les palmiers défilent par les fenêtres, dans un flou directionnel. Lui et sa connasse de sœur — complètement tarée, celle-là — sont arrivés à Vegas il y a quelques années. Personne ne sait d'où ils viennent, et pourquoi ils sont partis. Ils ne dépendent même pas d'une énorme organisation, ou un truc du genre. Ils gèrent leurs affaires entre eux, ils ne gardent que les meilleurs, que le strict minimum pour faire tourner leur business. Ils tiennent tout ça d'une main de fer, et jusque là, ça leur a suffi pour garder le pouvoir.

— S'ils n'ont personne sur qui s'appuyer, on devrait pouvoir les saper sans trop de difficulté, non ? demande Bruno. On a trois familles avec les poches bien pleines, nous. Ils n'ont pas intérêt à vouloir lancer les hostilités contre nous. Parce que s'ils veulent la guerre...

— Il n'y aura pas de guerre, le coupé-je en prenant un virage à gauche. C'est exactement ce que Matteo espère. Que je perde les pédales et que je les renvoie par la force dans le trou à rats dont ils sont issus. Mais ce n'est pas ce que je vais faire. Il doit y avoir un autre moyen.

Par le pare-brise, mes yeux se perdent déjà dans l'obscurité. Mes phares n'éclairent que quelques dizaines de mètres de cette route monotone, avec, pour seules rivales, un croissant de lune et le ciel étoilé.

C'est aussi cette atmosphère qui contribue à l'image sélecte et intrigante du club.

Bon sang, je la veux, cette atmosphère ! et je trouverai un moyen de me l'accaparer !

Une soudaine embardée m'arrache un cri. La voiture se secoue à nouveau alors que je lâche l'accélérateur.

— C'était quoi, ça ? demande Bruno. T'as roulé sur quelque chose ?

— Genre, un cactus ? réponds-je, sarcastique. Qu'est-ce que tu veux que j'en sache, avec le noir qu'il fait ?

Un filet de vapeur s'échappe de l'avant de la voiture et, bien vite, c'est un nuage de fumée qui nous immerge entièrement.

Je me gare sur le côté de la route et ouvre la portière. J'essaie de soulever le capot, mais le métal surchauffé me brûle les doigts, que je retire avec un hoquet de surprise.

— Rah, putain ! crié-je au ciel étoilé.

N'ai-je pas déjà eu mon compte, pour ce soir ? La route est complètement vide, on ne capte aucun réseau sur nos téléphones... Cette parcelle de désert est connue pour ça. Un vrai triangle des Bermudes.

Alors, à part attendre...

— Qu'est-ce qu'on peut faire ? On la pousse jusqu'à la ville ? demande Bruno en levant les mains au ciel, impuissant.

Je sors mon téléphone et tends le bras au-dessus de ma tête. Rien.

Je plonge ma main dans mes cheveux. Je ne m'autorise jamais à craquer devant quiconque, mais Enrico et mon cousin sont mes bras droits. Si je dois péter les plombs, autant le faire devant eux.

Je fais les cent pas autour de la voiture dans l'espoir de trouver un signal, même infime, pour communiquer avec quelqu'un… n'importe qui… avec ce *putain* de *téléphone*. Je lève les yeux au ciel. Je n'avais vraiment pas envie d'annoncer la nouvelle à Matteo plus tôt que nécessaire. Mais ce n'est pas comme si on pouvait pousser la caisse jusqu'à l'hôtel. Alors, les dents serrées, je compose son numéro en arpentant le bord de la route comme un débile, en priant pour entendre…

Biiip. Biiip. Biiip.

Ô ! Miracle !

— Allez, sérieux ? Décroche, putain ! hurlé-je dans le téléphone. T'es où ?

Des crissements de pneus me font sursauter et je me tourne vers les pleins phares qui m'aveuglent, en amont de la route.

— Eh, y a quelqu'un, commence Enrico. Peut-être qu'ils vont pouvoir nous filer un coup de m…

Le reste de ses mots sont noyés par le tumulte des balles qui balaient les portières et les vitres de ma voiture. Je plonge à terre, rapidement imité par Bruno.

— Qu'est-ce qui se passe ? hurle Enrico en cherchant son flingue à tâtons.

Moi, je suis déjà armé du mien, et je réponds aux coups de feu dans l'espoir d'éclater la cervelle des occupants de ce van, qui qu'ils soient.

Qui qu'ils soient.

Comme si je n'avais pas déjà ma petite idée…

J'ignore peut-être *qui* est au volant de ce van, par contre, je connais leur commanditaire.

Putain de Torres de mes couilles !

Il n'a pas apprécié mes menaces, alors il a décidé de prendre les devants.

Je titube jusqu'au flanc de ma voiture tandis que l'air si paisible du désert crépite à présent sous les coups de feu. Le van s'est arrêté, et des deux vitres ouvertes à l'arrière fusent des myriades de balles qui font éclater le métal et le verre. Les secondes passent, longues comme des années, alors que je m'accroupis et rampe pour échapper aux débris.

Sans me relever, je redresse la tête par-dessus le parechoc avant droit et tire une dernière balle dans le pneu. Dans un crissement strident, le van perd le contrôle de sa course et louvoie de droite à gauche avant de se stabiliser en s'appuyant lourdement sur la roue endommagée et de prendre la fuite.

Je me laisse retomber contre la voiture, pantelant, cherchant mon souffle. J'ai l'impression que mes poumons sont remplis de bris de verre qui déchirent ma poitrine. Chaque respiration qui franchit mes lèvres entrouvertes me fait grimacer. Je repose ma tête contre la portière.

— Les gars, dis-je quand je peux enfin formuler un son.

Seul le silence me répond.

— Les gars ! hurlé-je alors en me tournant à la recherche de Bruno et d'Enrico.

Comme je ne les vois pas, je contourne la voiture. Enrico est étendu au sol. Une plaie, sur son côté droit, saigne abondamment. Bruno est penché sur lui et presse la veste de son costume contre l'impact pour contenir l'hémorragie.

— Ça ne marche pas, grogne-t-il. Si on ne le sort pas vite de là, il va bientôt claquer !

Une sonnerie tonitruante retentit alors dans ma poche. Je décroche le téléphone d'un doigt rageur.

— Matteo ? crié-je.

— Pourquoi t'es pas déjà rentré ? Tu négocies encore *à ta manière* ? s'emporte-t-il.

— Ne commence pas avec tes conneries. Ce fils de pute a essayé de nous buter.

— Je t'avais dit que tu avais les yeux plus gros que le ventre, avec lui.

— Matteo, poursuis-je d'une voix tremblante. Il a trafiqué ma voiture et il a envoyé ses hommes nous descendre après le rendez-vous. Ils ont touché Enrico, putain ! Il va crever si tu ne nous envoies pas de l'aide. Trouve un toubib, et vite ! On est sur la route qui mène au club !

Je pose les yeux sur le visage d'Enrico qui, à chaque seconde, prend une teinte plus pâle.

— Il ne va pas tenir longtemps, soufflé-je. Bouge-toi.

Matteo laisse échapper une flopée d'injures et raccroche sans un autre mot. Je suis sûr qu'il aura d'autres jurons en réserve, quand on sera rentrés à l'hôtel.

Je fourre mon téléphone dans ma poche et me laisse tomber à genoux près de Bruno, puis je pose une main sur la joue d'Enrico. Sa peau est glaciale, couverte de sueur froide. Ses lèvres ont perdu toute couleur.

— Qu'est-ce qu'on fait, maintenant ? demande Bruno en balbutiant.

— Avant toute chose, on sauve Enrico, réponds-je en serrant les poings. Et ensuite ? Ensuite… On fait découvrir à Torres la saveur de la vengeance *à la Villani*.

CHAPITRE 12
JAELYN

Une musique électronique assourdissante éclate partout autour de moi depuis les haut-parleurs qui entourent la boîte de nuit. Les basses ricochent contre les murs et pulsent dans mes tempes alors que je me dirige vers les loges. Cassia et Velvet sont encore à couteaux tirés. Ce sont vraiment les deux plus gros boulets de l'équipe, mais il se trouve que ce sont aussi elles qui nous rapportent le plus d'argent, quel que soit notre public.

Elles se sentent à l'étroit dans notre club. L'une essaie toujours d'éclipser l'autre. Et quelqu'un a commis l'erreur fatale de les programmer toutes les deux sur la même scène, alors que *tout le monde* sait pertinemment qu'il faut faire attention, avec ces deux-là. Donc les voilà, en train de s'écharper, de me menacer de partir en claquant la porte si l'autre n'abandonne pas sa place. Chacune veut être *la* meilleure chatte de la soirée.

Toutes les autres filles se préparent pour leur numéro de danse lorsque j'entre en trombe dans les loges, les poings serrés au point d'enfoncer mes ongles dans ma peau. Je me dirige droit vers Cassia qui, du haut de ses talons, me dépasse de vingt bons centimètres. Elle ouvre la bouche pour prendre la parole, mais je la fais taire d'un regard noir.

— Cassia, dis-je d'une voix à peine mesurée. Dis-moi... Pourquoi travailles-tu ici ?

Elle fronce les sourcils avant d'esquisser un sourire.

— Parce que vous payez mieux que tous les autres clubs de Vegas et que je me fais un paquet de thunes en pourboires, patronne.

Elle marque une pause et décoche un coup d'œil assassin en direction de Velvet.

— Et aussi parce que je suis en tête d'affiche chaque fois que je monte sur scène.

Je me tourne vers Velvet, un sourcil arqué.

— J'imagine que c'est le cas pour toi aussi ?

Velvet se raidit et coule un regard en direction de Cassia avant de soutenir le mien, de plus en plus courroucé.

— Ouais, Jae. Cet endroit, c'est le meilleur de tout Vegas.

— Alors, aboyé-je, puisque vous êtes toutes les deux ravies de votre situation professionnelle, je peux savoir pourquoi vous essayez de tout foutre en l'air ? Vous voulez vraiment remuer votre cul au putain de Flamingo, à la place ? Ou est-ce que vous allez enfin accepter le fait que *quelqu'un* a fait une erreur dans le planning et vous a *accidentellement* programmées pour la même soirée ? Est-ce que vous allez *enfin* donner à notre public ce pour quoi il paie — et au prix fort ?

Cassia et Velvet échangent une rapide œillade rancunière, grommelant chacune dans son coin quelque chose que je ne comprends pas. Mais ça n'a aucune importance. De mon côté, tant qu'elles sont sur scène à l'heure et qu'elles dansent, je me contrefous de ce qu'elles pensent l'une de l'autre. Ou de moi, d'ailleurs.

Elles ne sont pas ici par amour pour leur job. Ni pour se

faire des amies. Elles sont ici pour faire le boulot et collecter les liasses de billets qui vont avec.

Et mon boulot à moi, c'est de m'assurer qu'elles ont mérité chaque centime qui leur tombe tout chaud dans la main à la fin de la soirée. Autant dire que leurs crêpages de chignons n'ont pas leur place dans ce tableau, et qu'y mettre un terme fait partie de mes prérogatives.

Je les fixe, impassible, pendant une longue minute, jusqu'à ce qu'elles retournent se préparer pour leur spectacle, en silence.

— Bien joué, soupire Ashleigh.

Je lève les yeux au ciel et mordille ma lèvre pour me retenir de sourire. Tout le monde me voit comme le grand méchant loup, et j'endosse ce rôle avec bien trop de plaisir. Pas la peine d'essayer de se lier d'amitié avec les filles. Je n'ai pas le temps de développer des sentiments pour quiconque, à part mon frère. Sans compter que la moitié de ces minettes sont plus tarées que moi...

— Viens avec moi, réponds-je à voix basse alors que je tourne les talons pour quitter les loges.

Elle obéit et me suit de près. Je referme la porte derrière nous.

— Dis, c'était qui, les mecs avec qui tu étais tout à l'heure ? demande Ashleigh d'une voix plus aiguë, soudain intéressée. Sous tes airs de connasse, j'ai bien vu qu'il te plaisait bien, celui que tu as presque rendu boiteux à coup de talon.

Elle pouffe et je l'imite, amusée par sa réaction.

Sous mes airs de connasse.

Oui, c'est un costume que j'endosse plutôt bien.

Et Ash n'est pas dupe ; elle le décèle toujours avant les autres.

— C'était juste des gars qui voulaient rencontrer Nate. Tu

sais, il envisage d'agrandir le club. Ils possèdent une... entreprise. Dans le bâtiment.

Inutile de lui dire la vérité — surtout qu'elle ne m'a pas vue fricoter avec Sergio la semaine dernière, trompée, sans doute, par mes talents d'espionne.

— Et tu as empalé le plus mignon avec ton talon pour une raison ? Ou...

Elle arque un sourcil pour m'inciter à poursuivre. Je me contente de hausser une épaule.

— C'est une grande gueule.

— Ha ! fait Ash avec un petit rire. Ce ne serait pas un peu l'hôpital qui se fout de la charité ?

— Je suis une femme d'affaires, réponds-je avec raideur. Je n'aime pas quand les mecs se comportent comme des petits connards condescendants, qui se croient permis de faire des... *sous-entendus* parce qu'ils sont en train de négocier avec une femme. Qui pensent qu'on va juste se jeter à leurs pieds.

Je sens pourtant une chaleur monter au creux de mon cou et gagner mes joues, ce qu'Ashleigh ne peut s'empêcher de me faire remarquer avec une pointe d'amusement dans la voix.

— Il ne te laisse pas indifférent, en tout cas, ce « mec », fait-elle avec un clin d'œil appuyé. Peut-être qu'ils ne t'ont pas autant dérangée que tu voudrais me le faire croire, ses *sous-entendus*.

— Oh, arrête, gloussé-je. Et puis, peu importe, ça ne se reproduira plus. Nate n'était pas intéressé par leur offre, de toute façon.

Je me détourne d'Ashleigh, me maudissant d'avoir laissé Sergio Villani me faire un tel effet. Je m'étais figuré qu'en lui plantant mon talon dans le pied, il me laisserait enfin tranquille, et que je pourrais oublier la force, la sensualité avec laquelle il m'a plaquée contre cette colonne ; la chaleur de sa main avide, posée sur ma hanche, la manière dont ses caresses brutales ont enflammé chaque centimètre de ma peau et m'ont fait ressentir… des choses. Des choses inavouables. Dangereuses.

Des choses qui ne pourraient jamais mener à rien de bon.

Auxquelles je ne me laisserais jamais aller.

Je me racle la gorge.

— Si je t'ai prise à part, c'est pour te demander de garder un œil sur ces deux-là, ce soir. Si l'une d'entre elles me fait une scène, je m'assurerai personnellement qu'elle n'occupe plus jamais le premier rôle.

Bordel, parfois, j'ai l'impression d'être une vraie baby-sitter, avec ces filles.

Je pousse un profond soupir alors qu'Ashleigh es dépêche de retourner dans les loges après avoir acquiescé avec vigueur. Tellement d'hormones, tellement d'égos froissés… et c'est sans parler des costumes.

Je mérite une augmentation. Et une belle.

De nouvelles chaussures et le sac à main assorti, par exemple.

Je ferais mieux de monter dans mon bureau et de transmettre mes doléances à mon frère.

Oui, voilà, ce serait une distraction parfaite, pour mieux oublier Sergio et son énorme… égo.

Je bombe le torse et me fraie un chemin à travers la masse grouillante, transpirante et transie de fêtards qui se frottent les uns aux autres, dans une des salles du club.

À quel moment de ma vie est-ce que je me suis imaginée devenir la gérante d'une boîte pareille ?

Je mordille ma lèvre inférieure.

Après tout, il faut être réaliste.

Je n'aurais jamais cru être encore en vie pour mes vingt ans, après les tragédies qui se sont déroulées à Miami. Je plante mes ongles dans mes mains et me dirige droit vers mon bureau, le seul endroit où je peux jouir d'un peu de paix et de tranquillité. Il n'est pas au sous-sol, comme celui de Nate. Le mien est en hauteur, loin du tumulte du club, et le seul moyen de s'y rendre, c'est d'emprunter un escalier dérobé. Je force un sourire en direction des clients qui trinquent, des cocktails ou des verres de champagne hors de prix à la main, en train de danser ; ivres, défoncés, insouciants.

Je me demande ce que ça fait. D'être libre, comme eux.

Peut-être que je ne le saurai jamais.

Je déverrouille la porte qui mène à l'escalier privé, retire mes talons et grimpe les marches pieds nus. Une fois à l'étage, je me faufile dans mon bureau, me délectant de la moquette épaisse et chaude sous mes orteils. Je traverse la pièce et me laisse tomber dans un large sofa de cuir, les yeux rivés sur l'écran plasma géant qui occupe le mur en face de moi. Mon émission de télé-réalité a déjà commencé.

J'avoue que je suis une vraie junkie, dans ce domaine. Je crois qu'il y a quelque chose qui me fascine, là-dedans. Chez ces gens qui acceptent d'être observés par des millions de personnes, qui livrent leur vie entière, pour le meilleur et pour le pire. Les bonnes décisions, les mauvaises : ils mettent tout sur le tapis.

Sans retenue. Ils sont tellement exposés, tellement vulnérables, aux yeux du monde entier.

Ça doit être tellement libérateur. De se foutre de ce que pensent les gens. De ne pas s'inquiéter des spectateurs, bien qu'ils soient constamment livrés à leurs indiscrétions.

Voilà un autre luxe auquel je ne pourrai jamais prétendre.

Ces inconnus à l'écran, si familiers, sont en train de se disputer. Ça parle de vendre un manoir dans les Hamptons, ça se dispute, ça se chamaille... Je me laisse absorber par cette extraordinaire superficialité. C'est toujours mieux que de penser à notre couverture, qui risque d'être grillée d'un moment à l'autre.

Ou à la menace, plus grande encore, qui plane constamment sur nos vies.

Nate non plus n'y prête pas vraiment attention ; du moins, il ne me fait jamais part de ses angoisses à ce sujet. Il garde tout pour lui, ne fait confiance à personne et ne s'autorise pas à avoir d'amis. En laissant quelqu'un se rapprocher de lui, il prend le risque que cette même personne voie ou entende des choses, voire lui pose des questions. Certes, il est entouré de quelques hommes de main, mais même au sein de ce cercle restreint, personne ne sait vraiment qui il est, ce qu'il a fait, ni comment nous avons fini au milieu du désert, aux commandes d'une improbable vache à lait. Nous avons changé de nom de famille, c'est la seule chose qui m'apporte un peu de réconfort, de sécurité. Mais concrètement, combien de temps est-ce qu'on peut espérer se cacher de cette manière ? Est-ce que ce changement d'identité va suffire à nous assurer la protection dont nous avons besoin pour survivre ?

J'en doute. Mais je me garde bien de lui faire part de mes craintes. Je suis sûr que Nate nourrit les mêmes, mais c'est comme ça. Nous avons pris l'habitude de composer avec cette épée de Damoclès suspendue au-dessus de nos têtes.

Les jambes croisées, je laisse mes yeux se fermer lentement, et l'émission de télé-réalité se réduit à un bruit de fond. Mais ce bruit constant ne suffit pas à couvrir les sirènes de police, les cris, les coups de feu qui tournent en boucle dans mon esprit.

Parce que je ne contrôle pas les ténèbres qui envahissent mes pensées chaque fois que je baisse la garde, loin de cette nouvelle réalité, toute temporaire qu'elle soit. Quand je ferme les paupières, c'est comme si j'invitais les plaies du passé qui tourmentent mon âme à se rouvrir, exposant à nouveau le deuil, la culpabilité, la panique, intacts, toujours aussi vifs.

J'enterre ces émotions inutiles qui ne font que m'affaiblir et les enfouis au plus profond de mon être, sous ma langue bien pendue et mon sale caractère. Les gens ont moins envie de gratter sous la surface, comme ça. Je ressemble peut-être à n'importe quelle danseuse de ce club, mais je sais mieux me battre que tous les videurs réunis.

C'est une manière de me défendre contre le monde extérieur qui m'a bien rendu service pendant toutes ces années. Personne n'essaie de se rapprocher de moi, parce que je ne les laisse pas faire.

Ils n'ont pas le choix.

C'est moi qui fixe les règles, strictes, inflexibles, inviolables.

Ces règles qui m'ont permis... *nous* ont permis de rester en vie.

Je ferme les yeux avec plus de force pour mieux repousser les images abominables qui défilent dans mon esprit. Des souvenirs épouvantables, sanglants, qui reviennent me hanter depuis les profondeurs de cette vie passée que nous avons abandonnée. Mon pouls accélère à chaque seconde qui passe alors qu'elles affluent et refluent comme une marée, grignotant chaque fois davantage ma conscience, me ramenant dans cette noirceur que je redoute tant et dont je ne pourrai jamais sortir tout à fait, cette noirceur qui me retient captive, et qui m'avalera tout entière si je n'y prête pas attention.

Les événements qui ont précédé cette nuit-là, dans la maison de mes parents, hantent toujours mes rêves. Jamais je ne pourrai revenir en arrière, modifier le cours des choses. Parfois, je me dis que le sort me punit ; que si je me retrouve dans cette situation, c'est pour enfin subir la conséquence de mes actes, et de mes mots. Parfois, je me dis que je l'ai bien mérité.

Je déglutis avec difficulté.

J'ai l'impression d'être piégée dans une sorte de purgatoire, entre deux mondes, dans l'attente fiévreuse — dans l'espoir, même — d'un soulagement qui ne viendra jamais.

Chaque jour, je me réveille en sursis.

Un jour, tôt ou tard, les derniers grains qui marquent la marche du temps glisseront dans le sablier, et notre heure sera venue.

Il faudra être prêts, alors.

À tout.

Je ne peux pas rendre justice à mes parents, mais je peux m'assurer que ceux qui leur ont fait du mal connaissent le même sort — c'est la dernière pensée qui me traverse alors qu'un brouillard épais, somnolent, s'abat sur mon esprit et enveloppe mon corps tout entier.

CHAPITRE 13
JAELYN

Je défroisse ma minijupe en jean et tourne sur moi-même devant le miroir. Puis j'enfile mes bottes de cuir noir qui remontent jusqu'à mi-cuisse, et admire mon reflet. Il me suffit de rabattre mes longs cheveux brun foncé par-dessus mon épaule et de plisser les yeux. Un déhanché, pour marquer le coup, et une moue boudeuse pour mettre mes lèvres en valeur. Voilà.

Un frisson d'appréhension parcourt mon échine et me fait vibrer de joie. Je frappe des mains, pousse un petit cri, puis je danse au rythme de la musique qui s'échappe des haut-parleurs.

Ce soir, je vais offrir ce que j'ai de plus précieux à Eli.

Ce sera ma première fois.

Notre première fois.

Je mordille ma lèvre intérieure et jette un regard circulaire dans ma chambre à la recherche de mon sac à dos. J'ai déjà dit à mes parents que j'allais dormir chez Maria, ma meilleure amie, et que je ne rentrerais qu'au petit matin. Je n'avais pas d'autre choix. Ils ne sont pas vraiment fans d'Eli. Lui, il a donné une excuse à la con, au club, que mon frère Nate a avalée sans broncher.

Ça va être absolument parfait.

Je fredonne l'air de ma chanson préférée en ouvrant le tiroir de ma commode, puis fouille parmi les T-shirts pour trouver quelque chose de léger. Avec de la dentelle, du rouge, de préférence.

Quelque chose de spécial qui soit à la hauteur de cette soirée.

Le rouge, c'est ma couleur préférée.

La couleur de l'amour.

Et je suis amoureuse !

*Oh, mon Dieu, qui aurait pu imaginer un truc pareil. Jaelyn Ramirez, folle amoureuse d'un petit geek à lunettes, tout maigrichon, comme Eli Wilson ! Eli, qui a toujours le nez plongé dans un roman de science-fiction, un numéro d'*Omni *magazine ou un truc du genre, quand il n'est pas en train de bricoler sa bécane. Eli, avec ses cheveux blonds aux boucles indisciplinées, au regard tendre, au sourire généreux. Ce n'est pas un biker comme les autres, ça, c'est sûr. Jamais je n'aurais cru avoir un faible pour un type comme lui. Enfin, je veux dire... il est intelligent, déjà. Je le suis aussi, mais plutôt dans le sens où je suis débrouillarde. En tout cas, je ne suis pas du genre à bouquiner toute la journée. Eli, lui, il est capable de faire des phrases entières sans une seule grossièreté, contrairement aux autres gars du club.*

D'ailleurs, il est entré dans ma vie par un coup du sort, un soir où Nate l'a aidé à repousser deux gars d'un gang rival. Ils étaient en train de le faire chier alors qu'il bossait comme commis dans un café du coin, un vrai boui-boui situé dans un des pires quartiers de Miami. En voyant les bécanes garées devant, Nate s'est douté que quelque chose n'allait pas.

Il avait raison. C'était même la merde.

Alors il a fait ce que tout bon samaritain aurait fait : il a défoncé la gueule de ces types, histoire d'envoyer un message à leur club, et il a embauché Eli dans sa carrosserie pour le garder sous sa houlette et lui permettre de se faire un peu d'argent. C'était gagnant-gagnant pour tout le monde. Eli a pu démissionner de son job à la con, il a même fini par se faire plus d'argent qu'au café. Nate a pu renforcer son contrôle sur cette partie de son territoire en renvoyant les deux connards dans leur club, la queue entre les jambes.

Et moi, dans l'histoire, je suis tombée amoureuse.

Et pas qu'un peu.

Tout à coup, c'était comme si j'avais toujours rêvé de devenir mécano. J'ai passé tout mon temps libre au garage, à faire semblant d'apprendre tout ce qu'il y a à savoir sur les réparations de motos et de voitures. J'ai passé des heures et des heures, penchée sur des moteurs, à changer des filtres à huile, à faire les niveaux, à diagnostiquer des transmissions foireuses.

Mais tout ça, je m'en foutais complètement.

Ce que je voulais, moi, c'était Eli.

Nate n'est pas complètement débile, il a vite compris ce qui se tramait, mais il n'a jamais fait de commentaire.

Il ne devait pas percevoir Eli comme une menace.

Si seulement le reste de ma famille pouvait être du même avis.

Mais bon. On ne peut pas tout avoir dans la vie. Voilà pourquoi je n'ai pas dit à mes parents où j'allais ce soir.

Et où je vais, à peu près tous les soirs.

Je frotte ma nuque. Je ressens comme un nœud à la base de ma colonne vertébrale, une tension. Une culpabilité. Je ne comprends pas pourquoi ils ne peuvent pas simplement accepter mes sentiments pour Eli, pourquoi il faut qu'ils fassent les difficiles, et soi-disant vouloir « ce qu'il y a de mieux » pour leur fille. Oui, je sais, Eli n'est pas à proprement parler un bon parti. Mais je m'en fiche. Il est drôle, intelligent. Aimant.

Au bout du compte, c'est plus important que l'argent, non ?

Je sursaute lorsqu'on frappe doucement à ma porte et pousse un soupir en voyant ma mère passer la tête par l'entrebâillement. Je prends une grande inspiration, prête à dérouler mon mensonge. Ça me gave de voir à quel point on est mal à l'aise, l'une avec l'autre, depuis qu'Eli est entré dans ma vie. On était si proches, avant. On se disait tout. Depuis quelque temps, notre relation est devenue super-

ficielle. On échange des politesses, des bavardages sans conséquence, rien de concret. On n'a plus ces longues conversations sincères que j'aimais tant, où on buvait du thé et on se marrait pendant des heures. Ça me manque. Ça me manque de passer du temps avec mon père, à son club de golf, à faire mes neuf trous avant d'aller déjeuner avec lui, pour entendre tous ses conseils sur mes swings, ma posture, mes petites erreurs techniques.

Et dans ce domaine, il est intarissable… mais il a toujours été si patient, comme s'il espérait me voir un jour participer au PGA tour.

Enfin, jusqu'à ce qu'Eli n'entre dans ma vie.

Les choses ont commencé à tourner au vinaigre quand on s'est mis à sortir ensemble. Je sais ce qu'il leur inspire, mais il va falloir qu'ils apprennent à accepter mes sentiments pour lui.

Enfin, je ne compte pas avoir ce débat ce soir.

Ce soir, ça va être le plus beau moment de ma vie, et rien ne viendra le gâcher.

Ma mère fronce les sourcils en m'apercevant.

— Intéressante, ta tenue, Jae. Vous allez où, au juste, avec Maria ?

— Oh, juste à une soirée. Chez un gars de l'école. Ce sera assez tranquille. On ne restera pas trop tard, promis.

Je parle vite, dans l'espoir qu'elle n'ait pas le temps de poser d'autres questions et qu'elle referme rapidement cette porte. J'ai dit à Eli que je serais disponible à sept heures, c'est pratiquement l'heure, déjà !

Elle hoche la tête, les lèvres pincées.

— Pourquoi êtes-vous encore là ? Vous n'étiez pas censés aller à ce truc de charité ? Vous devez être contents. C'est une sacrée reconnaissance pour vous deux.

Je continue de l'assommer de bavardages en me disant que si elle ne peut pas en placer une, avec un peu de chance, elle ne posera pas davantage de questions — questions dont elle ne veut de toute façon pas connaître la réponse.

— Oui, répond-elle avec lenteur, un brin froide. C'est un honneur, en effet. Et ton père et moi comptions sur votre présence, la tienne comme celle de ton frère.

Ma mère me fixe d'un air désapprobateur.

— Je pense que ton père sera très déçu d'apprendre que vous ne vous joindrez pas à nous. C'est censé être un événement familial.

— Ce n'est pas ce que j'avais compris..., commencé-je, les sourcils froncés. Maman, pourquoi est-ce que vous ne nous avez rien dit ? Nous, on pensait que vous préfériez y aller en amoureux.

Maman pousse un bref soupir.

— Tu sais, Jae, des fois, ce serait agréable de ne pas avoir besoin de vous obliger à faire des choses avec nous. Vous pourriez être à l'initiative, de temps à autre.

— Oh. Euh...

Je jette un bref coup d'œil à l'horloge. Six heures cinquante-huit. Eli n'est jamais en retard.

— Je suis désolée. J'y ai juste... euh... pas pensé.

Elle hoche à nouveau la tête et détaille ma tenue une dernière fois.

— J'espère simplement qu'il n'y a pas une autre... raison pour laquelle tu ne viens pas avec nous ce soir, Jae.

— Je ne vois pas où tu veux en venir, réponds-je, en priant pour que la confusion sur mes traits semble sincère.

Maman soupire une fois de plus.

— Je sais que nous ne sommes pas tout à fait d'accord au sujet d'Eli, toi et moi, ma chérie. Mais je serais blessée si j'apprenais que c'est pour cette raison que tu ne nous accompagnes pas. Tu sais que ton père et moi, nous voulons juste nous assurer que tu aies la meilleure vie possible. Et ces derniers temps, je trouve que les choses ont été si... tendues, entre nous. J'ai l'impression qu'on... s'éloigne, toi et moi, et je ne veux pas que... ça abîme notre relation.

Elle tend la main, que je prends entre les miennes, et ajoute :

— Je t'aime, ma chérie. Je t'aimerai toujours. Je veux juste que tu sois heureuse.

— Je sais, maman, soufflé-je. Et je sais aussi que tu ne voudrais jamais me faire de mal.

J'aimerais tellement pouvoir être honnête avec toi, maman, mais je ne peux pas. Vraiment, il ne vaut mieux pas. Pour ne rien arranger, elle me sourit...

— Amuse-toi bien avec Maria.

Je force un sourire en retour.

— Merci.

Maman se tourne pour quitter la pièce et je cherche aussitôt mon téléphone des yeux. Il est encore temps d'empêcher Eli d'arriver avant qu'il ne soit trop tard. Il ne saura pas que mes parents ne sont pas partis, mon père gare toujours sa précieuse BMW série 7 dans le garage.

Dans quelques minutes, ils auront mis les voiles, et notre soirée pourra enfin commencer.

Mais un petit tiraillement persiste au creux de mon estomac. Il me dicte de faire amende honorable, de suivre mes parents, d'aller à leur soirée, d'oublier mes plans.

Arrête de te leurrer, Jae. C'est en train de foutre en l'air votre relation.

Je tape du bout du pied pendant les quelques secondes qu'il me faut pour prendre ma décision.

Je rédige un bref message que j'envoie aussitôt, je jette mon téléphone sur le lit, puis je me rue vers le placard de ma chambre pour y dénicher une petite robe noire, modeste et élégante.

— Maman, papa ! crié-je en passant la tête par la porte. Ne partez pas sans moi ! Je vais venir au...

Le reste de ma phrase est couvert par la sonnerie, à la porte.

Et à chaque note fatidique qui retentit, mon cœur sombre davantage.

Oh, non...

— Qu'est-ce que tu fais là, toi ? beugle mon père depuis le hall, d'une voix si forte qu'elle résonne dans la maison tout entière. Je croyais t'avoir dit de garder tes distances avec ma fille !

Je dévale les escaliers quatre à quatre, serrant la rambarde de toutes mes forces alors que je m'arrête net au rez-de-chaussée.

— Papa, s'il te plaît ! glapis-je alors qu'il s'approche d'Eli d'un air menaçant.

Mon père se tourne vers moi, la bouche tordue dans une grimace.

— Et dire qu'on t'a fait confiance… Ça fait combien de temps que tu nous mens, Jaelyn ? Ça fait combien de temps que ça dure, cette histoire ? On t'a pourtant dit de ne pas te mélanger avec ces gens, de ce club de moto !

— Ces gens, ce sont mes amis ! hurlé-je, les poings serrés. Ils tiennent à moi. Oui, ils ne sont pas comme toi et maman. Et alors ? Ça ne veut pas dire qu'ils ont une mauvaise influence pour moi.

— Tu ne comprends pas comment la vie fonctionne, ma fille. J'ai tout fait pour t'offrir la meilleure vie possible, et tu gâches tout. Comme ton frère quand il a rejoint ce… cette espèce de gang de motards !

— Il ne gâche rien du tout ! m'époumoné-je. Il a sa propre entreprise, maintenant ! Alors qu'il n'a que vingt-deux ans ! Pourquoi vous ne pouvez pas être fier de lui, au lieu de le descendre en flammes à la moindre occasion ?

— Parce qu'on avait de l'ambition pour lui ! Pour toi !

Mon père se tourne vers Eli.

— Tu ne seras jamais, JAMAIS assez bien pour elle.

Eli hoche lentement la tête, soutenant le regard de mon père.

— Vous avez raison, monsieur. Mais je l'aime.

Oh, mon Dieu… d'ici, je vois déjà la fumée qui s'échappe des oreilles de mon père.

— Pardon ? siffle-t-il entre les dents. Tu l'aimes ? C'est donc de ça qu'il s'agit ?

Il s'avance lentement d'Eli.

— Tu rencontres une jolie jeune fille de bonne famille, qui te suit partout comme un petit chiot, et tu essaies de me faire croire qu'il s'agit d'amour ? Est-ce que tu crois que je suis stupide, garçon ? rugit-il.

Une veine palpite sur son front alors que la rage submerge l'intégralité de son corps. Il garde les poings fermement serrés contre ses flancs, et même si je sais que jamais mon père ne lèverait jamais la main sur lui, je sens qu'il est à deux doigts de lui arracher la tête.

— Tu ne l'aimes pas, mon petit gars, poursuit-il sur le même ton brûlant. Ce que tu aimes, c'est ce qu'elle peut faire pour toi. Ce que ma famille, MON argent peuvent faire pour toi !

— Marco. Assez, intervient maman en le tirant par le bras.

Il jette un coup d'œil dans sa direction et secoue lentement la tête. Puis il se tourne vers moi et plisse les yeux en détaillant ma tenue. J'ai envie de disparaître sous terre.

— Alors, c'est ça, le choix que tu as fait. Tu as décidé de nous désobéir, de t'encanailler avec ce… ce…

Il examine Eli de la tête aux pieds, rouge de colère.

— Cette racaille ?

— Ce n'est pas une racaille ! crié-je. Et tu n'as pas à me dire quoi faire. C'est ma vie, je fais ce que je veux !

— Mais bien sûr ! tonne-t-il. Tu as dix-huit ans, bon sang ! Tu n'es encore qu'une enfant. Mon enfant ! Et tant que tu vivras sous ce toit, tu feras ce que je te dis.

— Eh bien, dans ce cas, je ne devrais peut-être pas vivre sous ce toit ! réponds-je dans un sanglot.

Ma mère hoquette de stupeur.

— Assez, vous deux ! Assez ! s'écrie-t-elle en tirant sur le bras de mon père. Marco, arrête. Arrête avant que ça n'aille trop l…

— Quoi ? demande-t-il en se tournant vers maman avec un rictus mauvais. Tu as peur qu'elle s'en aille ?

Son regard brille d'une lueur démente lorsqu'il le pose sur moi.

— Qu'elle s'en aille ! Qu'elle parte ! Tu crois que tu vas mieux t'en sortir sans nous ? Eh bien, vas-y ! Rien ne te retient !

Il s'avance vers moi d'un pas rageur, pointant un doigt accusateur sous mon nez.

— C'est terminé, maintenant. Ces mensonges, ces trahisons, ces petites escapades nocturnes. Terminé !

— Tu ne peux pas m'empêcher de le revoir !

— Ce que je peux faire, c'est te donner un choix, répond-il dans un grondement sourd. À toi de trancher, Jaelyn ! Tout de suite !

— Je te déteste ! Je te déteste, je te déteste, je te déteste ! hurlé-je sans réfléchir en frappant du pied contre le parquet parfaitement ciré.

Des larmes de fureur coulent le long de mes joues et mes dents se mettent à claquer.

Eli écarquille les yeux. Maman plaque une main contre sa bouche.

Et l'expression de mon père... Je vois le dédain céder la place à une forme de désespoir, d'impuissance. Il recule lentement, clignant rapidement des yeux, comme s'il doutait de la véracité de la scène, comme s'il n'était pas sûr d'avoir bien entendu. Comme si ces mots terribles flottaient encore entre nous.

Comme s'il se demandait si oui ou non, sa petite fille, son unique fille, venait de prononcer les pires paroles qu'un père puisse entendre.

La réalité me heurte de plein fouet.

Oui, ces mots, je les ai bien prononcés.

Et lorsque je vois son visage figé par le choc, pâle comme la mort, je devine qu'ils se sont plantés dans sa chair comme autant de dards, libérant leur lent poison qui le dévore de l'intérieur.

Jamais je n'oublierai le regard de mon père, à cet instant.

Cet instant terrible où j'ai brisé son cœur.

CHAPITRE 14
SERGIO

Le visage cireux d'Enrico m'arrache un soupir tremblotant.

C'est un môme, putain. Il n'aurait jamais dû se retrouver au milieu de l'immense merdier qu'est ma vie.

Enrico a intégré ma bande le jour où je l'ai chopé en train de piquer de la bouffe dans un de nos restaurants en Sicile, il y a quelques années. Il voulait uniquement subvenir aux besoins de sa famille, dont il avait pris la tête après la mort de son père. Mais il était à peine un homme, à l'époque, et il ne savait rien faire de ses dix doigts.

Lorsque j'ai compris que quelqu'un pillait notre réserve, j'ai commencé à monter la garde afin de trouver le coupable. Et c'est alors que j'ai vu Enrico se pointer, soir après soir, et fourrer tout ce qu'il pouvait dans ses poches quand il estimait que personne ne faisait attention à lui. Sa furtivité et son talent m'ont beaucoup impressionné. Ses gestes étaient nets et précis, même lorsqu'il était à ça de mourir de faim.

Quand je l'ai enfin confronté en lui balançant des menaces de mort à la con – que je ne comptais pas mettre à exécution, je voulais juste voir sa réaction — il a platement accepté sa sentence. Et s'est même excusé pour m'avoir manqué de respect. Il ne m'a pas supplié de lui laisser la vie sauve, il n'a pas versé une seule larme. Il m'a juste demandé de le laisser filer avec son butin pour nourrir sa famille une dernière fois... une toute dernière fois... pour qu'ils ne se couchent pas le ventre vide.

Alors j'ai su, à cet instant précis, que je voulais un type comme lui à mes côtés. Jamais il ne craquerait sous la pression, ce gamin-là. Il était capable de regarder son destin dans les yeux et de faire le nécessaire pour protéger ce qui comptait le plus pour lui.

C'était quelqu'un en qui je pouvais avoir une confiance aveugle. Enfin... dans les limites de ce que j'étais capable d'accorder.

J'ai alors décidé de lui donner du travail, sur un coup de tête, et il ne m'a jamais déçu depuis.

Mais ce soir, c'est moi qui l'ai laissé tomber.

Il s'est pris une balle, mais il a survécu. Heureusement, la blessure n'est pas mortelle. Les toubibs ont été en mesure d'extraire la balle et de le recoudre proprement. Je jette un coup d'œil à la perfusion qui diffuse lentement des fluides dans son corps, et ma poitrine se serre.

La balle aurait pu transpercer n'importe quel organe sur sa route et le tuer sur-le-champ. Juste parce que j'étais prêt à tout pour décrocher un deal qui n'avait aucune chance d'aboutir.

Parce que je me suis montré trop cupide. Parce que j'ai accordé trop d'importance au jugement des autres familles.

Et parce que j'ai voulu me bâtir un avenir à moi, à moi seul, sans qu'il soit dicté par quelqu'un d'autre.

J'ai convaincu les familles de me laisser négocier en leur nom en pensant que l'argent serait toujours roi.

J'ai eu tort.

Peut-être qu'on ne peut pas acheter tout le monde, au bout du compte.

Torres n'en avait rien à foutre, de mon offre. Il n'a jamais eu l'intention de vendre. S'il a tenu à me voir en tête à tête, c'était pour me faire miroiter tout le pouvoir que je désirais si désespérément, et me faire comprendre que je ne l'obtiendrais jamais.

Il a joué sa main à sa manière, avec toute la traîtrise dont ce salaud est capable. Et j'ai été incapable de le mettre au pied du mur à temps pour sauver mon propre jeu.

Lorsque je repense à son petit sourire arrogant, mon sang se met à bouillir.

Il pensait vraiment pouvoir s'en tirer à bon compte avec son petit numéro ? Il pensait qu'on allait fuir la queue entre les jambes, après sa tentative d'assassinat ? Qu'on allait se disperser dans l'ombre et ne jamais nous retourner ? Qu'on allait lui laisser la vie sauve après ce qu'il s'est passé ?

Il n'est pas si brillant, ton plan, Torres. Parce qu'on peut t'écraser comme un insecte.

Torres n'est pas aussi fin qu'il le croit, surtout en termes de communication. Parce que là, il a commis une grave erreur.

Il n'a manifestement pas compris à qui il avait à faire.

Sa sœur non plus, d'ailleurs.

Alors il est peut-être temps qu'ils le découvrent.

Je presse deux doigts contre ma tempe. Le sang y afflue maintenant avec force alors que j'observe Enrico, profondément endormi.

Les choses auraient pu se passer bien différemment, ce soir, et prendre un tour plus... irrémédiable.

Moi, je veille toujours sur mes alliés. Enrico n'est peut-être pas de mon sang, mais il m'a rendu assez de services pour que je le voie comme un membre de ma famille.

Et je protégerai toujours ma famille.

— Qu'est-ce que tu crois que ça signifie ? demande Bruno à voix basse en s'approchant, dans mon dos.

— Ça signifie qu'on a sous-estimé notre cible, réponds-je dans un marmonnement, une main dans mes cheveux.

— Et es-tu certain que notre cible soit Torres ? renchérit Bruno.

Je fronce les sourcils.

— Qui d'autre ? Putain, ne viens pas me reparler des Becerra. J'ai juste coupé la main de Javier, rien de plus. Ça ne justifie pas une attaque pareille, quand même !

Bruno acquiesce lentement.

— C'est vrai. Bon, et maintenant, comment est-ce qu'on se venge de Torres ? On va au club et on leur colle une rafale ? On le fait sauter ?

Je secoue la tête. Toutes ces suggestions sont trop… indélicates. Plus que nécessaire.

— Je n'en sais pas suffisamment sur ceux avec qui il trempe. Si on s'attaque à lui, on risque de se retrouver face à un ennemi trop puissant. Aucune chance qu'il bosse en solo, lui. Il y a forcément quelqu'un, dans l'ombre, qui l'arrose de pognon — entre autres. J'en suis certain.

J'arrache mon regard du corps d'Enrico et pousse Bruno vers la sortie en refermant la porte derrière nous. La moindre des choses, c'est de le laisser se reposer en paix.

— Je suis sûr qu'ils dealent autre chose que des petites chattes. En apparence, c'est l'essentiel de leur business, mais en coulisse, ça doit circuler. Drogues, armes… tu peux y aller qu'ils brassent beaucoup de cash. Est-ce que tu as vu les bagnoles garées dans le parking VIP ? Leurs propriétaires n'étaient pas juste venus pour une pipe. Enfin, j'imagine qu'ils ne se privent pas, ces salauds, mais il doit y avoir autre chose.

Je m'approche de Matteo, assis près du comptoir de la cuisine, Heaven penchée contre lui. Heaven… cette femme apporte une toute nouvelle définition au mot « *badass* ». Il y a quelques mois, quand son père l'a forcée à épouser Matteo pour sceller un accord, elle a exécuté le boss d'une mafia rivale. Puis, quand elle a découvert que son vieux père l'avait vendue pour couvrir ses arrières, elle a coupé les ponts avec tout le monde — y compris ses propres frères. Autant dire que ma belle-sœur n'est pas un cœur tendre, même si son mariage l'a sensiblement adoucie.

Enfin, pas tant que ça.

Au départ, ils ne pouvaient pas se supporter, elle et Matteo. Mais ils ne se quittent plus d'une semelle à présent. Ce qui fait d'elle le seul rempart contre les sautes d'humeur qu'il me faisait subir avant qu'elle ne le mène par le bout du nez.

Maintenant, ils s'occupent de renforcer les liens avec les autres familles de notre organisation, celle qui va s'emparer de toute l'industrie des jeux d'argent des États-Unis, ville après ville. Les hôtels, les restaurants, les casinos... ce sont juste les prémisses de notre empire. Et avec la puissance de feu dont on dispose, entre la brutalité des Severinov et la cruauté de la famille Marcone — des Siciliens, eux aussi —, rien ne peut plus nous arrêter.

Du moins, c'est ce que je pensais avant que le rendez-vous avec Torres parte à ce point en couille.

On s'est pris un beau revers. À croire qu'on a eu les yeux plus gros que le ventre.

Mais je ne compte pas faire dans la demi-mesure, moi. Je ne veux pas *une part* du gâteau. Je veux le gâteau tout entier.

— Sergio, me dit Heaven sur un ton d'avertissement. Tu ne peux pas t'en prendre à Torres. Si ce que tu dis est vrai et qu'il bosse avec un des cartels pour faire passer de la drogue par ses clubs, je comprends mieux pourquoi il ne veut pas vendre. Il a trop à perdre, et le cartel ne serait pas content qu'on foute en l'air un de leurs réseaux. D'ailleurs, si ça trouve, c'est un de ses partenaires qui a essayé de vous descendre. Des petits merdeux du cartel qui voulaient vous faire peur. Peut-être les Becerra ?

Je pose sans réfléchir mon pied blessé et une vive douleur transperce ma jambe jusqu'au mollet. Bordel. Juste au moment où je me pensais enfin libre du souvenir de Jaelyn Torres, elle revient me hanter et me ramener à son tourbillon de chaos irrésistible. Je prends une grande inspiration pour repousser l'image de son sourire aguicheur, bien que sinistre, qui envahit mon esprit. Au cours des quelques heures qui ont suivi notre embuscade, j'ai tout fait pour l'oublier, pour reléguer au fond de ma conscience les sensations qui ont émergé en moi quand elle m'a jeté ce regard brûlant, létal. Pour ignorer le dédain dans sa voix, dans ses yeux. Elle voulait sans doute me désarmer, mais ses efforts ont eu l'effet inverse. Je ressens encore la chaleur de son corps le long de mes doigts, de mes paumes, de mes bras, là où j'ai pu toucher sa peau nue ; sur mon visage, là où j'ai senti courir son haleine ; contre mon torse, là où j'ai perçu les palpitations de son cœur.

Elle n'a pas essayé de me repousser.

Garde tes amis près de toi et tes ennemis plus près encore...

À cet instant précis, elle nous a déclaré la guerre. À nous. À *moi*.

Et je suis prêt à livrer cette bataille.

— C'est Torres qui a voulu nous transmettre un message, Heaven. J'en suis certain. Becerra ne fricoterait pas avec Torres tout en essayant de faire affaire avec nous. Et puis, je n'ai pas dit à Becerra que je refusais de bosser avec lui. Je n'ai tué personne. J'ai juste envoyé un message, à ma manière, pour lui faire comprendre que s'il voulait collaborer, il avait intérêt à se pointer à la table des négociations et à laisser ses copains attendre dans la voiture, lui dis-je, les dents serrées.

Ma peau se hérisse alors que je suis assailli d'images de Jaelyn, bras et jambes écartés, au milieu de mon lit, baisable comme jamais dans ses talons impossiblement hauts. Putain. Qu'est-ce qu'elle fout encore *là*, elle ? Pourquoi est-ce que je suis incapable de penser à autre chose qu'à ses doigts glissant le long de sa fente humide, qu'à ses plaintes chaque fois que son pouce effleure son clitoris ? Enrico a failli se faire buter ! J'ai d'autres chats à fouetter !

Mais mon corps n'est pas de cet avis. Mon pouls palpite avec force dans le creux de mon cou, et ma gorge se serre à chaque seconde qui défile.

— Quelqu'un a saboté ma caisse pour nous prendre en embuscade. Et Torres nous a menacés !

Je serre de toutes mes forces le plan de travail en granit noir jusqu'à ce que l'articulation de mes doigts blanchisse.

— Sergio, tu ne peux pas leur déclarer la guerre sur un coup de tête. Tu n'es même pas sûr que Torres soit à l'origine cette attaque ! répond Matteo en approchant de moi, les yeux plissés. Ce n'est pas comme ça que ça marche. Nous devons rapporter ces informations aux autres familles, et décider *ensemble* de la meilleure chose à faire.

Je sens un picotement au bout de mes doigts. Des étoiles dansent dans mon champ de vision et un bruit blanc engloutit mon environnement sonore.

Au lieu de me concentrer sur cette conversation, pourtant cruciale, je suis transporté dans le club, perdu dans ses yeux... dans ce vert puissant et moqueur, au fond duquel je vois danser des étincelles de furie. Je repense à ses lèvres d'un rouge carmin, rendues plus pulpeuses encore par une moue dédaigneuse — je revois ces mêmes lèvres serrées autour de ma queue, puis cette poitrine généreuse qui rebondit avec force au rythme de sa chevauchée, perchée sur moi. Je revois...

— Tu m'écoutes ? s'emporte Matteo.

Mais sa voix est ouatée, distante, comme si j'étais sous l'eau.

Mon esprit s'emballe, au rythme effréné des battements de mon cœur.

Des risques... Je prendrais tellement de risques, avec un plan pareil.

C'est impossible.

Je ne peux pas faire un truc aussi irréfléchi.

Ce serait injuste, de se lancer dans la bataille sans en avoir discuté avec nos troupes.

Pas vrai ?

Ouais. Voilà.

Je connais les règles du jeu. Je sais comment ça marche.

Pourtant... il s'est passé quelque chose, ce soir.

Quelque chose que je n'ai pas su contrôler.

C'est le souffle court que je revois Jaelyn en train de s'écarter de moi avec ce sourire, ce seul sourire sincère, cette démarche chaloupée, cette robe étroite qui couvre à peine son cul lorsqu'elle s'éloigne, avalée par la pénombre et l'éclat des lumières.

Putain, qu'est-ce qui m'arrive ?

Je n'arrive plus à réfléchir. Je n'arrive plus à respirer.

— Sergio ! aboie Matteo, m'arrachant à ma transe.

Il semble inquiet.

— T'es avec moi ou quoi ? On dirait que t'as décroché, pendant une seconde.

Je cligne rapidement des yeux et passe une main dans ma nuque. Qu'est-ce qui m'arrive, bordel ? Je suis en train de péter les plombs, ou quoi ? Pourquoi est-ce que je suis à ce point obsédé par son image ? La texture de sa peau ? Son odeur ?

La voix de Matteo s'estompe à nouveau, et mon cœur repart au galop. Je ne sais pas si c'est la rage qui s'est emparée de moi, la culpabilité que je ressens vis-à-vis d'Enrico, ou la frustration de ne pas savoir ce que je dois faire... mais mon cerveau déraille.

Je vais craquer, comme un élastique sur lequel on aurait tiré trop fort.

— Bon, d'accord. On fait notre rapport et on les laisse décider, dis-je enfin d'une voix blanche avant de m'éloigner en boitant.

Je claque la porte de ma chambre et me laisse tomber contre le mur, de l'autre côté, en inspirant autant d'oxygène que possible.

Je ne perds jamais le contrôle. Jamais !

Je ne me laisse pas dominer par mes émotions, comme mes frères Dante et Roman !

Mais alors même que ces mots tonnent dans mon esprit, je défais tant bien que mal ma ceinture, baisse mon pantalon jusqu'aux chevilles et prends ma queue dans ma main. À cause des images saisissantes qui tournent en boucle dans mon esprit depuis plusieurs minutes, elle est déjà raide sous mes doigts, presque douloureuse. Je rejette ma tête en arrière et ferme les yeux de toutes mes forces. Je vois aussitôt Jaelyn, attachée à mon lit.

Nue. Bâillonnée.

En train de se tortiller alors que ma langue plonge dans sa fente, sans ménager ses lèvres tendres.

Je me caresse de plus en plus fort, le souffle court.

C'est notre némésis...

Une ennemie sexy, diabolique, aussi létale qu'érotique.

Ma respiration se bloque lorsque je me remémore la sensation de sa chatte qui se resserre autour de ma queue. Détrempée, avide, à mesure que je m'y enfonce. La détermination, la fermeté de ses gestes, lorsqu'elle enroule ses jambes autour de moi, lorsque son bassin accompagne mes coups de reins, les talons plantés dans le matelas.

Je plonge en elle, encore et encore, toujours plus loin ; des pétillements commencent à fourmiller dans mon aine et convergent avec rage jusqu'à l'éruption vengeresse, la coulée de sperme chaude qui se répand sur mon poing. Je saisis ma queue plus fermement, aveuglé par les étoiles rouges qui explosent sous mes paupières. Mes halètements s'apaisent jusqu'à devenir une respiration plus superficielle, encore frémissante, et bientôt, ma vision s'éclaircit. Mon irritation se dissipe, elle aussi, tout comme le brouillard qui s'était abattu sur mes pensées.

Il faut répondre au message de Torres.

Et je sais exactement comment m'y prendre.

CHAPITRE 15
SERGIO

Au moment de me coucher, j'espérais vivement qu'une bonne nuit de sommeil me débarrasserait de l'emprise démoniaque que Jaelyn Torres semble avoir sur moi.

Ça aurait fonctionné, d'ailleurs, si je ne m'étais pas réveillé en sursaut à deux reprises, assailli par des fantasmes explicites où elle occupait le premier rôle. Après la deuxième branlette infructueuse, je me suis directement rendu dans la salle de bain pour prendre une douche glacée — le seul remède qui me soit venu à l'esprit pour me libérer, le temps d'un bref répit, du charme diabolique dont elle m'a fait prisonnier.

Et ça a fonctionné, pendant un temps. Jusqu'à ce que ma température corporelle monte à nouveau en flèche, à l'heure du déjeuner.

— Pourquoi est-ce que tu transpires comme ça ? demande Bruno alors que j'approche de la table du café où on a nos habitudes.

Il prend une grande bouchée de pancake tandis que je me laisse tomber sur une chaise à côté de lui.

— Je sors de la salle de sport.

C'est un mensonge.

— Et tu n'as pas pris de douche ?

— Quoi, t'es flic ? Tu veux vérifier si je me suis bien brossé les dents avant le dodo, aussi ?

Il esquisse un sourire.

— Je m'en fous si tu pues, tu sais ? On ne couche pas ensemble, Sergio. Essaie juste de ne pas transpirer dans mon expresso, s'il te plaît.

Je pousse un soupir et m'éponge le front avec un coin de serviette. Je suis en surchauffe, c'est ridicule ! Qu'est-ce qui m'arrive ?

— Est-ce que tu as vu Enrico, ce matin ? me demande-t-il.

— Ouais. Il dormait. Je n'ai pas voulu le réveiller. Le toubib est venu jeter un œil ce matin et il va rester dans les parages jusqu'à mon retour.

Je détourne les yeux, parce que je sais déjà la question qui m'attend au tournant.

— Où est-ce que tu vas ?

Une question à laquelle je ne veux pas donner de réponse.

Mais le pire, ce serait qu'il la devine.

— J'ai un rendez-vous.

— Avec qui ? insiste-t-il en haussant un sourcil.

— Avec un type, au sujet d'un endroit.

Je prends une grande gorgée de café et déglutis avec difficulté. Le liquide me brûle le long de mon œsophage, jusqu'à mon ventre vide.

— C'est une devinette ou quoi, ton truc ? ricane Bruno en secouant la tête. Un code pour « je vais baiser » ?

Putain, il a fallu qu'il le dise à voix haute...

Je serre la serviette dans mes mains, le cœur battant.

— Ce n'est pas une affaire de sexe, sifflé-je avec force, comme pour me convaincre de la véracité de mes propos.

J'espère que Bruno y croira davantage que moi.

Bruno hausse brusquement les sourcils.

— C'est un sujet sensible ? C'est quoi, le problème ? Une petite traversée du désert ?

S'il savait...

— Écoute, des fois j'aime prospecter un peu, rencontrer des gens, voir s'il y a des opportunités pour nous. Je n'ai pas besoin de te donner mon emploi du temps, t'as pas à savoir qui je rencontre !

— Olah, cousin, fait Bruno en levant les mains. Ça va ! Je me demandais juste si t'allais parler aux autres familles du bordel d'hier soir, rien de plus. C'est ce que vous avez décidé de faire hier soir, non ?

Je pince les lèvres.

— C'est ce que *Matteo et Heaven* ont décidé de faire.

— Sergio... Ne me dis pas que tu vas essayer de gérer ça tout seul, répond-il avec un regard appuyé et une pointe de reproche dans la voix. Les patrons vont être furax et tu vas finir par te faire buter. Ça ne nous mènera nulle part, bordel, on sera pas plus avancés dans le rachat de ces clubs !

J'éclate d'un rire sans joie.

— Tu penses vraiment que je vais affronter Torres tout seul ? Non, non... Lui, je le laisse aux familles. Ils n'ont qu'à trouver un moyen de lui faire payer, à ce connard, et je serai ravi d'exécuter la sentence.

Bruno me jette un regard en coin en prenant une autre bouchée.

— Très convaincant, ton histoire. Est-ce que tu penses pouvoir faire avaler des conneries pareilles aux autres ?

Je plisse les yeux.

— Je ne raconte pas des conneries. Je les laisse se charger de toute cette histoire, et de Torres. Il a essayé de nous buter, Bruno. Il va falloir s'occuper de son cas, réponds-je avec un sourire pincé. Et ce sont les boss qui vont décider de son châtiment. Moi, en attendant, je ne veux plus entendre parler de tout ce bordel.

Je me lève et repousse vivement ma chaise.

— Quant à moi, il faut que j'y aille. J'ai un rendez-vous qui m'attend. Je dois trouver un autre moyen de mettre la main sur la vie nocturne de cette putain de ville, puisque personne n'a l'air d'avoir une meilleure idée.

— Eh, Sergio, commence Bruno en reposant sa fourchette avec une impatience contenue. Écoute... Je sais que tu ne veux pas te retrouver les mains vides, mais es-tu sûr que ce soit une bonne idée de continuer à négocier des contrats dans ton coin, comme ça ? Enfin... on ne peut pas dire que ça s'est bien terminé pour toi, hier soir. En tout cas, ça ne s'est pas bien terminé pour Enrico.

Il pousse un soupir avant de poursuivre :

— Je sais que tu penses devoir faire tes preuves, mais...

— Ne me dis pas ce que je pense, le coupé-je d'une voix étranglée. J'en ai assez fait pour notre famille. Quand Matteo a eu besoin de moi à Manhattan, il y a quelques mois, je n'ai pas hésité une seconde. J'ai suivi Heaven pour descendre ce baron de la drogue et démanteler leur réseau de trafic d'êtres humains, pendant que Matteo gisait dans un lit d'hôpital ! Matteo, c'est l'héritier naturel après papa, alors c'est *lui* qui se permet de prendre toutes les décisions, de tout planifier à notre place. Eh bien, j'en ai *ras le cul* ! J'ai assez prouvé ma valeur, c'est bon, j'ai donné ! Je suis prêt à agir selon mes *propres règles* ! Je n'ai pas besoin que Matteo me donne des ordres et me dise comment faire mon boulot. Je me débrouille très bien sans lui, je fais le nécessaire. Pour moi. Pour notre famille !

— Doucement, doucement..., m'enjoint-il en jetant un regard circulaire. Tu t'emballes avec cette histoire. Toi et Matteo, vous allez juste vous réunir avec les patrons et décider d'un nouveau plan. Quel rapport avec Matteo, ou avec tout ce que t'as fait pour la famille ? Je n'ai pas dit que tu avais merdé...

Il se fend alors d'un sourire et ajoute :

— Enfin, *pas cette fois*, en tout cas.

Je lève les yeux au ciel.

— On dirait bien que Torres est un électron libre, poursuit-il. Personne ne s'attendait à ce que les choses se passent comme ça. Ce n'est pas de ta faute, si...

— Mais bien sûr, fait une voix dans mon dos.

Je tourne sur mes talons et le sourire de Matteo devient un rictus ironique. Il s'avance de quelques pas, vêtu de noir de la tête aux pieds. Veste, chemise, chaussures. Pas de cravate.

Il ne porte jamais de cravate.

Il n'a pas besoin d'être étouffé par un accessoire. Son égo lui suffit, à celui-là.

— Pas la peine de le ménager, Bruno, poursuit Matteo en me fusillant du regard. Si le rendez-vous a échoué, hier, c'est parce que tu n'as pas su gérer Torres. Tu crois avoir les épaules pour t'asseoir à la table des négociations, mais clairement, tu te plantes. N'importe qui avec un minimum de compétences en affaires et en psychologie aurait pu le faire signer selon nos termes.

Il se tient devant moi, son visage à quelques centimètres du mien. Nous faisons plus ou moins la même taille, mais tout chez lui est plus sombre — sa peau, comme son attitude. Il est plus menaçant, surtout quand il parle business. Il sourit rarement. Et ne rit jamais.

Ouaip. Matteo est vraiment un sale con, quand il s'y met.

— Tu fais la grande gueule, tu parles d'avoir une place à la table des négociations, réponds-je, les dents serrées. Mais toi, qu'est-ce que tu as fait pour mériter la tienne ? À part être né avant moi ?

Matteo hausse un sourcil.

— Attention, frangin, gronde-t-il. Je pourrais transmettre le message et te faire mettre au placard, si tu ne tiens pas ta langue. Tu vois ? C'est la différence entre toi et moi. Quand je fais des promesses, je les tiens.

Il se penche vers moi. L'énergie qui crépite dans ses yeux est turbulente, volatile.

Mais c'est le seul indice trahissant le tumulte qui gronde derrière ce regard.

Il faut le connaître pour déceler cette lueur, savoir ce qu'elle annonce.

Parce que quand l'orage éclate, avec lui, il est déjà trop tard.

Moi, j'ai dû en faire les frais toute ma vie. Je sais comment il fonctionne, mon frère.

Je sais ce qui le fait sortir de ses gonds.

Ma dernière pique est une des plus efficaces, dans son genre.

Chaque fois que j'insinue que c'est sa position dans la fratrie qui lui a permis de grimper les échelons, et non son mérite, il pète les plombs.

Ce n'est pourtant pas tout à fait exact. Mais ça le met dans un tel état de rage...

Je lève les mains avec un sourire mauvais aux lèvres.

— Pardon. Je sais que c'est un sujet sensible, le... *rôle* que tu joues, dans l'histoire.

Ses narines frémissent, et si on n'était pas en public, là, je sais que je m'en prendrais une. Voire trois.

Bien sûr, il finirait à terre. Parce que sous son attitude arrogante, de nous deux, c'est moi le plus rapide.

Ça a du bon d'être un assassin professionnel.

— Ne commence pas à me chercher, Sergio. Papa m'a fait venir pour conclure des accords que t'es incapable de négocier. Et maintenant, il va falloir qu'on sauve les meubles avec Torres, dit Matteo, la mâchoire crispée.

L'adrénaline inonde mes veines à la mention de ce nom.

Et dans le même temps, le souvenir de gémissements plaintifs émergeant du fond de mon esprit converge vers mon aine comme un courant électrique.

Non, non, non !

Encore ? Putain, pas maintenant !

— Il n'y a rien à sauver, réponds-je d'une voix étranglée. Il a essayé de nous descendre après notre rendez-vous. À ce stade, il n'y a plus de conversation, plus de discussion, plus d'invitation à négocier. C'était juste une manière d'instaurer un rapport de force. De démontrer l'étendue de *son* pouvoir. Sur *nous*. Hors de question que je discute à nouveau avec ce connard.

— Qui dit que tu vas discuter avec qui que ce soit ? demande Matteo en tapotant son menton, où repousse une barbe drue.

— Quoi, qu'est-ce que tu suggères ? Tu veux te pointer là-bas et essayer de...

— « On fait. Ou on ne fait pas. Il n'y a pas d'essai », récite Matteo avec un sourire en coin. Mais tu n'as pas l'air d'en être capable.

— Oh, ferme-la, Yoda, m'emporté-je. Ce que Torres a fait hier soir, c'est pisser devant nous aux quatre coins de son territoire. Il voulait nous montrer qu'il ne plierait pas, quel que soit le montant qu'on lui proposerait. Qu'est-ce que tu penses obtenir avec un autre rendez-vous ?

— Tout le monde a un prix, répond Matteo. Tout le monde désire quelque chose. Il suffit de découvrir quoi. C'est comme ça qu'on négocie efficacement. Mais quand on est trop occupé à apprendre le maniement du sniper...

— Le seul moyen d'obtenir ce qu'on souhaite, c'est d'y aller par la force, c'est de lui montrer qu'il ne fait pas le poids face à nous ! Il faut qu'on le batte à son propre jeu, qu'on l'écrase avec toutes les ressources dont on dispose !

— Tu vois, Sergio, c'est pour ça que personne ne te prendra jamais au sérieux. Tu fais des projets, tu échafaudes tous ces plans… mais tu n'arrives jamais à les concrétiser. T'es un rêveur. Et la réalité n'a jamais l'air de suivre. Il est mignon, ton plan, mais il est où l'argent, frangin ? Elles sont où, les opportunités, dans l'histoire ? T'es capable de quoi, à part de couper des doigts et de péter des rotules ? C'est comme ça que tu comptes te faire un nom ?

Il secoue la tête, l'air abattu.

— C'est pour ça que papa m'a envoyé ici. Au bout du compte… il sait qui, de nous deux, est capable de faire le job.

Je mords mon poing pour me retenir de l'abattre contre son petit sourire arrogant. Ses mots déclenchent un grondement sourd dans mes oreilles. Parce qu'il a raison. J'ai toujours des plans. Des idées. Mais chaque fois que j'ai l'occasion de les mettre à exécution, je manque de me faire buter. Le deal avec Torres, c'était *mon* idée. La clé de *mon* avenir ! Et Matteo a raison, j'ai merdé, j'ai complètement merdé ! Je suis ressorti de cette boîte sans avoir pu découvrir ce qu'il voulait.

Ce qu'il voulait vraiment.

Je ne mérite pas de siéger avec les autres boss de la famille si je ne suis pas capable de conclure une affaire de A à Z.

Je ne mérite pas de prendre des décisions si je ne peux pas prouver que je suis un bonhomme, moi aussi, que je suis digne de confiance !

Badam. Badam. Badam.

Ma gorge se serre. Mon cœur bat avec une force croissante dans ma poitrine.

Matteo pense que sa grande gueule lui ouvre toutes les portes. Que son charme, son talent pour la manipulation lui suffisent. Il pense pouvoir convaincre Torres qu'on gérera mieux ses clubs que lui.

Et il a l'expérience nécessaire pour le prouver, ça, je veux bien l'admettre.

À vrai dire, je ne sais même pas pourquoi je cherche à lui tenir tête. Qu'il y aille, au Sapphire. Qu'il essaie de décrocher son deal. Qu'il se fasse trouer la peau, lui aussi !

Mais je ne veux pas obtenir sa place par défaut.

Je veux la mériter.

Torres ne veut pas qu'on se mette à genoux et qu'on lui suce la bite.

Il a besoin de ressentir de la peur. De la vraie peur.

— Enrico est cloué au lit à cause de ce mec, à l'heure qu'il est. On combat le feu par le feu. Pas avec des putains de *cannoli* et des cafés !

Matteo lève les yeux au ciel.

— S'il avait vraiment voulu te buter, tu serais mort. C'est juste un petit jeu d'intimidation. À notre tour, maintenant. Je prends le relais.

Il me fusille alors du regard, les yeux plissés.

— Et que les choses soient claires, je ne te laisse pas le choix.

Les tambourinements de mon cœur résonnent dans mes oreilles. Mais ça ne m'empêche pas d'entendre son message.

Il a raison.

Je n'ai pas le choix.

CHAPITRE 16
JAELYN

Le matin suivant, je touille mon café en cherchant une position plus confortable, lovée dans le fauteuil en bois de mon café préféré, sur le Strip. Je me demande combien de temps vont encore durer ces commérages. J'ai du travail à faire au Sapphire, et toute cette histoire… je ne sais pas. J'imagine que c'est normal, entre filles, d'échanger des potins, mais j'ai l'impression que mon crâne se remplit de porridge.

Drôle de coïncidence, puisque je viens de finir mon petit-déjeuner.

Nate me répète toujours qu'il faut que je me fasse des amies, que j'élargisse mon cercle de connaissances.

Je lui réponds généralement que j'ai déjà Ashleigh et que je n'ai besoin de personne d'autre.

Il faut dire que je n'ai jamais eu l'habitude d'être entourée d'amies, comme ça. À Miami, je passais le plus clair de mon temps au club-house, et quand Eli est entré dans ma vie, il a éclipsé tout le reste.

Je ne me suis jamais très bien entendue avec les autres filles.

De vraies salopes. Et méchantes, avec ça.

Tiens, ça me fait penser à ces chamailleries débiles entre Velvet et Cassia, hier soir, au Sapphire. Enfin, tout est arrangé. Elles se sont fait tellement de cash grâce à leur petit duo impromptu qu'elles ne se quittent plus. On les croirait de vieilles amies qui viennent de se retrouver. Peut-être que ça pourrait leur donner des idées pour leurs prochains numéros ?

À voir.

Tant que ça rapporte plus de pognon au club, ça me va.

— Jae !

Je cligne rapidement des yeux et reporte mon attention sur Ash.

— Ouais ?

— Ça fait trois fois que je t'appelle !

Je hausse les épaules.

— Ouais, eh bien, je t'écoute, maintenant. Ou tu t'attendais à voir apparaître un Bloody Mary ?

Ash lève les yeux au ciel.

— Heureusement que tu m'écoutes, je viens d'avoir une idée de génie !

— Dis-moi...

— Tu as vu comme ça s'est bien passé, quand Velvet et Cassia sont toutes les deux montées sur scène ? commence-t-elle.

Les deux danseuses échangent un regard et, aussitôt, leur joie apparente cède la place à une froideur plus habituelle.

Celle que je vois moi-même dans le miroir après chaque journée de boulot. Probablement les risques du métier...

Du moins, c'est ce que je me dis pour me rassurer.

De toute évidence, elles appréhendent de savoir ce qui

enthousiasme Ashleigh à ce point, soucieuses à l'idée que ça puisse impacter leurs profits pour la soirée qui vient.

— Je me disais… On pourrait faire monter toutes nos têtes d'affiche sur scène pour une soirée exceptionnelle, et en inviter quelques autres, histoire d'attirer du monde ?

Elle esquisse un sourire.

— Savais-tu que le salon de l'érotisme se tient à Vegas la semaine prochaine ? Pourquoi n'inviterait-on pas des grands noms à nous rejoindre ? On pourrait même en inviter une par club et les faire tourner dans d'autres boîtes toute la semaine ! Ça rapporterait gros, non ? Tu dis toujours qu'il faut savoir prendre les devants.

L'entrain d'Ashleigh est contagieux. Vraiment. Mais Cassia et Velvet semblent à deux doigts de sauter sur la table et de la tailler en pièces à coup de talons multicolores.

— Ash… Ce n'est pas aussi simple que ça. Il faut prévoir les contrats, les agents, la sécurité supplémentaire…, commencé-je en serrant amicalement son épaule. Je pense que ce serait une super idée, mais il faudrait d'abord en parler à Nate. Tu le connais… Il va vouloir explorer toutes les failles de ton projet avant de l'envisager sérieusement.

— Et puis, tu n'as pas besoin d'actrices pornos, ma belle. On est là, nous, ronronne Cassia.

— Même les plus belles danseuses finissent par fatiguer, Cassia, répond Ashleigh avec raideur.

— Je rêve ou tu viens de me traiter de vieille, là ? glapit Cassia en frappant du poing sur la table en formica.

— Ce que je dis, c'est que le public va finir se lasser à force de voir les mêmes têtes depuis des lustres.

— Tu vois ? Elle a encore insinué qu'on était vieilles ! s'écrie Velvet. Tu me cherches, salope ?

Ashleigh pousse un soupir de frustration et écarte une mèche de cheveux blonds.

— Vous n'y connaissez rien, au business, toutes les deux ! Il faut donner aux gens une raison de revenir dans notre club, de découvrir de nouveaux talents, sinon ils iront ailleurs ! Là où ils peuvent voir quelque chose de neuf, quelque chose de plus... je ne sais pas... *étincelant.*

— Alors quoi, je suis pas étincelante, moi ? Tu me trouves *terne*, peut-être ? rugit Cassia en se levant d'un bond, le poing dressé.

Je saisis son poignet avant qu'elle n'assène le coup.

— Eh ! fais-je sur un ton sévère en les observant tour à tour. Il y a du monde. Sors-toi la tête du cul, Cassia. Je suis sûre que vous n'avez pas envie de dépenser tout votre pognon pour payer une caution, je me trompe ?

Elle arrache son poignet à mon étreinte et plisse les yeux.

— Je refuse de partager la scène, Jae. Hier soir, c'était cool, mais ma chatte se suffit à elle-même. Elle est magique, ma chatte, elle attire les foules. Et ce n'est pas près de changer, compris ? N'importe quel autre club *tuerait* pour m'avoir à l'affiche.

Elle saisit son sac et, avec un dernier regard assassin en direction d'Ashleigh, elle quitte le café d'un pas rageur, suivie de près par Velvet.

Je masse mes tempes en me laissant retomber dans mon fauteuil. Avec des mecs, ce serait différent. L'échange donnerait quelque chose du genre : « Et si on mettait une bite de plus sur scène ? Ouais, grave ! Et plus de bière dans les loges, aussi. »

Fin de la conversation.

Mais ce genre de *drama* ?

J'en ai ma claque...

J'ai déjà une migraine d'enfer et il n'est même pas onze heures du matin.

Ashleigh laisse retomber ses épaules, l'air défait.

— Je pensais que ce serait bon pour les affaires...

— Tu sais, elles se portent déjà très bien, les affaires.

Elle lève les mains d'un geste impuissant.

— Alors tu comptes juste en profiter en te tournant les pouces ? Non ! Il faut savoir innover, inventer quelque chose de différent, de spectaculaire !

— Écoute. Je sais que tu aimerais apporter ta touche au club, mais il faut que tu apprennes à sonder ton auditoire. Ces filles, elles sont pires que des lionnes. Territoriales. Vicieuses. Elles seraient capables de te casser la gueule sur le parking si elles imaginaient que tu voulais leur piquer leur pognon.

— Mais je n'essaie pas de leur piquer quoi que ce soit ! Au contraire, je cherche des idées pour qu'elles en gagnent encore plus !

Je secoue la tête, agacée.

— Non. Plus de compétition, c'est moins d'argent. Leur raisonnement s'arrête là. Elles pensent avec leur chatte, ces filles. Et qu'est-ce qu'elle dit, leur chatte ? Elle dit : « À moi, à moi ! Je veux être toute seule sous le feu des projecteurs ! »

Ashleigh pouffe de rire, recrachant son jus d'orange sur la table.

— Il faut que tu arrives à convaincre Nate de nous laisser le champ libre, pour le club. On a besoin de nouvelles idées !

— Et c'est exactement pour ça qu'on t'a embauchée, ma belle, réponds-je en lui souriant. Ne t'inquiète pas pour ces vieilles connasses. Laisse-moi parler à Nate, on va trouver un plan. Et puis, si tu veux tout savoir, j'aime bien ton idée. Ça pourrait vraiment bien marcher. Des actrices pornos en invitées surprises ? C'est la classe, franchement.

Je lui décoche un clin d'œil avant de saisir mon sac à main.

— Bon, je file au Sapphire. On en reparle ce soir. Peut-être que j'aurai l'occasion d'en glisser un mot à Nate, d'ici là.

Elle ouvre la bouche, incrédule.

— C'est vrai ?

— Ouais !

Je serre brièvement son épaule et jette quelques billets sur la table avant de quitter le café à grands pas.

Nate va être content.

J'ai *sociabilisé*. J'ai *parlé avec des filles*. Et j'ai même réussi à empêcher une bagarre générale d'éclater.

Il va être fier de moi.

C'est un bilan autrement plus glorieux que ma petite soirée entre filles de la semaine dernière.

Je passe mon sac sur mon épaule et me dirige vers ma voiture. Mon corps est encore tout endolori. Quelle idée de s'endormir sur le canapé, aussi... Quand j'ai enfin quitté le club, sous le regard de Nate, bien sûr, il était presque six heures.

Depuis, j'ai l'impression d'être complètement bloquée.

Comme toujours, Nate m'a escortée jusqu'à la maison, et je me suis effondrée dans mon lit pendant les quelques heures qui me séparaient du réveil. Mais mon sommeil a cette fois aussi été entrecoupé de souvenirs. Des bons, des mauvais... et d'autres torrides comme pas permis.

Ces derniers étaient de loin les plus nets.

Et dans le rôle principal, on retrouvait toujours Sergio Villani. Ce connard égocentrique et arrogant qui pensait pouvoir se pointer dans nos clubs, avec son membre d'étalon italien et son couteau, pour nous menacer *chez nous*.

Ah, ils veulent nous racheter ? Si ces fils de putes ont vraiment autant de pognon, pourquoi est-ce qu'ils ne le dépensent pas pour sortir leurs *propres* boîtes de la merde, au lieu d'essayer de s'accaparer ce qu'on a construit, *nous*, de nos propres mains ?

Putain de mafieux de merde.

De ce point de vue, Vegas est vraiment un cloaque. Un vrai repaire à connards qui pensent pouvoir s'accaparer chaque recoin de la ville. Mais Nate ne se laisse pas intimider. Il ne veut pas se retrouver au milieu de leurs guéguerres stupides. On n'a pas besoin de se faire davantage d'ennemis.

Il a su garder la tête froide ; je n'en attendais pas moins de lui.

Et la réaction de Sergio a été parfaite. Ce mec est désespéré. Il a les dents qui rayent le parquet. Ce qui ne peut signifier qu'une chose : il a besoin du Sapphire, et c'est une question de vie ou de mort.

Il a besoin de nous.

Ça veut aussi dire qu'on aura une chance de combattre le cartel Becerra sur un pied d'égalité, dès lors que Sergio sera tellement sur les dents qu'il sera prêt à faire n'importe quoi pour avoir sa part du gâteau.

Et j'ai beau *fulminer* quand je repense à son arrogance, le jour où il s'est pointé au Sapphire en pensant que son pognon et l'influence de sa famille suffiraient à nous faire céder à ses demandes... je n'arrive pas à oublier la chaleur qu'ont déposée ses doigts sur ma peau. Leur insistance. Leur avidité. Je n'arrive pas à oublier l'intensité dans son regard, planté dans le mien, qui incendie encore mes chairs. Et je n'arrive pas à oublier la sensation de sa queue pressée contre moi, longue, épaisse, dure comme de la pierre. Oui... je ne suis pas près de l'oublier, celle-là.

Quand je dis étalon italien, ce n'est pas une image.

J'ouvre la portière de ma voiture et m'installe derrière le volant. J'aime tellement ma voiture. Ma Mercedes à moi. Absurdement chère, pas pratique pour un sou — mais le modèle exact dont je rêve depuis toujours.

Nate me l'a achetée cette année pour mon anniversaire, aux frais de la princesse. Techniquement, elle est enregistrée au nom de l'entreprise, mais ce ne sont que des formalités administratives. Car au bout du compte, c'est *moi* qui suis derrière le volant.

Je démarre en direction du club, à l'autre extrémité du Strip. Il est encore tôt à l'heure de Vegas, alors la circulation est plutôt clairsemée. J'aime bien arriver au Sapphire avant midi. C'est calme. Je m'entends penser, sans être assaillie par des divas pleurnicheuses ou les basses assourdissantes de la musique.

C'est aussi l'occasion d'avoir un peu de paix et d'intimité. Nate ne vient que bien plus tard, et j'apprécie toujours d'avoir la boîte rien que pour moi.

Sans qu'il soit là, à surveiller mes moindres faits et gestes.

Je sais pourquoi il est comme ça. Et je suis reconnaissante de la sécurité qu'il nous a apportée au cours des dernières années. Mais entre nous… ce n'est pas une vie.

Pas celle que je compte mener sur le long terme, en tout cas.

Je quitte le Strip et m'engage sur ma gauche en direction du Sapphire. Cette route, c'est ce qui a décidé Nate à choisir cette propriété. À l'écart de tout, sans signe distinctif, elle confère au club une aura élitiste. Sélecte. On ne *tombe pas* sur le Sapphire. On s'y rend, *exprès*, parce que quelqu'un nous a mis au jus, parce que d'une manière ou d'une autre, on traîne avec les bonnes personnes, on est dans la confidence. On est de ceux qui méritent d'être vus. On est un VIP.

C'est toute une mentalité pour nos clients.

Qui rapporte gros.

Le soleil frappe fort à son zénith et réchauffe l'air de l'habitacle malgré la climatisation. J'adorerais rouler les fenêtres ouvertes, laisser le vent fouetter mes cheveux, mais avec une chaleur pareille, autant conduire dans un four. J'accélère encore et prends une profonde inspiration pour retrouver mes esprits. Le petit-déjeuner a été éreintant, mais je suis bien décidée à laisser derrière moi les potins et les prises de tête.

Nate insiste lourdement pour que je trouve ma place et que

je mène ma petite vie dans cette nouvelle réalité, mais je n'y parviens pas. Je ne suis même pas sûre d'en avoir envie. Une partie de moi est convaincue que cette situation est de toute façon temporaire. Soyons sérieux une seconde — peut-on sincèrement croire qu'un puissant cartel de drogue *perde la trace* d'une de ses cibles ? Des cibles qui n'ont même pas pris la peine de quitter le pays ? Des cibles qui commettent l'impensable... comme oser se faire un nom ? Ou un beau paquet de pognon ?

C'est une manière de chercher la merde.

Et maintenant que nos ennemis sont ici, à Vegas, à moins d'établir un plan de bataille solide... on est fichus.

C'est là qu'intervient mon plan génial. Mon idée de partenariat.

Imaginez un peu, si on avait le soutien non pas *d'une*, mais de *plusieurs* familles. Et pas des moindres.

Becerra se chierait dessus.

Mon frère, qui a la tête sur les épaules — quatre-vingt-dix pour cent du temps —, a tendance à balayer mes inquiétudes au sujet du cartel chaque fois que j'aborde le sujet. Je sais qu'il essaie de rattraper le temps perdu. De compenser tout ce qu'on a perdu. Il s'imagine que c'est à cause de lui que nous avons été obligés de quitter une vie qu'on aimait. Selon lui, la décision qu'il a prise a détruit notre famille. Mais tel que je vois les choses, on était perdants dans tous les cas. Nate a fait le nécessaire pour sauver notre peau. Son choix devait tous nous protéger. Mais au lieu de ça, tout est parti en couille, parce que s'il y a bien un mot que les barons de la drogue détestent, c'est « non ». Nate essaie de se refaire, comme un joueur qui aurait subi un sale revers au poker. Il veut qu'on soit en mesure de faire front face à quiconque nous barrerait la route.

Ces types de la mafia, pour moi, c'est notre solution.

Notre salut, même.

Je pousse un profond soupir. De toutes les voies que j'aurais pu emprunter, jamais je n'aurais cru finir dans ce cabaret. J'avais des plans, moi. Des ambitions. Des rêves. J'avais Eli.

Enfin, si je devais être parfaitement honnête, Eli ne m'a *jamais* fait ressentir ce nœud au creux des tripes. Il n'a jamais, d'un simple regard, fait vibrer mon cœur comme un marteau-piqueur. Il ne m'a jamais fait mouiller en amenant, d'une simple caresse, mon esprit dans des recoins où il ne s'était encore aventuré.

Et, franchement, ça m'arrache la gueule de l'admettre, mais il n'y a qu'un homme qui me fasse cet effet. Sergio Villani.

J'aimais Eli de tout mon cœur, mais il ne m'a jamais excitée au point de faire couler du métal en fusion dans mes veines. Il était *gentil*, respectueux, toujours très doux. Rien à voir avec les types du club de Nate qui cherchaient tous à baiser, vite, fort, sans lendemain. J'adorais le voir avant tout comme mon ami. J'aimais l'image qu'il renvoyait de moi. Avec lui, je me sentais belle et désirée. J'aimais aussi les papillons qui virevoltaient dans mon ventre chaque fois qu'il posait sur moi ses grands yeux noisette.

Peut-être que ce qui me plaisait le plus, c'était la manière dont on se complétait l'un l'autre. Il me ramenait sur terre, dans un sens. Moi qui ai toujours eu tendance à m'emballer, j'ai dû trouver ça agréable, d'enfin connaître une forme de tranquillité, de quiétude, au milieu du tumulte de ma vie.

Enfin, *tumulte*... Ce n'était rien par rapport à ce que j'ai traversé au cours de ces trois dernières années.

Et j'ai comme le pressentiment que ça va péter.

Parce qu'on ne peut pas passer notre temps à fuir.

Mais je dois bien admettre que là, au volant de ma voiture chérie, j'ai un minuscule aperçu de la sérénité qui m'a été dérobée.

Je laisse mes épaules se détendre, un sourire aux lèvres, bercée par le ronronnement du moteur que je pousse à fond.

Je pourrais faire ça toute ma vie.

Suivre cette route sans jamais m'arrêter.

Continuer, encore, et encore, et encore, et...

Mon téléphone se met à sonner et je presse un bouton sur le tableau de bord pour y répondre.

— Salut ! dis-je à mon frère.

— Comment s'est passé ton petit-déjeuner avec les filles ? demande-t-il.

— Disons que c'était... animé. Comme d'habitude, réponds-je avec un petit rire. Mais Ash a eu une super idée que j'aimerais bien te soumettre tout à l'heure.

— D'accord.

Je mordille ma lèvre inférieure, parce que je sais que si sa réponse est succincte, un brin tendue, c'est parce qu'il en pince pour Ashleigh. Il croit que je ne me doute de rien, mais je vois clair dans son jeu et j'adore le tourmenter à ce sujet aussi souvent que possible. Ne serait-ce que pour lui faire penser à quelque chose de positif. Après tout, ses journées et ses nuits sont saturées par la peur d'un désastre imminent.

Il a besoin de sourire davantage.

Et putain, moi aussi.

— Je suis en route pour le Sapphire. Quand est-ce que tu y seras, toi ? demandé-je.

— Sans doute dans quelques heures. Mais, Jae, fais gaffe à toi, d'accord ? Tu entres, tu mets l'alarme et tu m'appelles tout de suite. Je vais surveiller les caméras à distance.

— Et la barrière électrique, elle s'active à quelle heure ? plaisanté-je.

— Très drôle. J'essaie de m'assurer que tu restes en...

— En vie, je sais, je sais, complété-je. Ne t'inquiète pas pour moi. J'ouvre l'œil, moi aussi. Tout ira bien, promis.

— Bon. À tout à l'heure.

Je mets un terme à l'appel et accompagne, en chantant faux, la chanson qui passe à la radio, quand tout à coup une explosion puissante retentit autour de moi.

Dans la foulée, la voiture fait une embardée vers la droite et fonce dans la poussière.

— C'est quoi ce bordel ? hurlé-je en agrippant le volant de toutes mes forces pour éviter de m'écraser dans un des palmiers qui bordent la route.

Un autre *boum* fait claquer l'air, et maintenant c'est l'arrière de la voiture qui se met à déraper, hors de contrôle. Elle fait un tête-à-queue avant de s'immobiliser dans un crissement strident. Je suis secouée sur mon siège, le cœur battant, le souffle court. Je lâche quelques jurons, étranglée par la panique, les épaules tremblantes, incapable de lâcher le volant.

— Oh, mon Dieu ! Putain, c'était quoi, ça ? crié-je.

Ma poitrine se soulève au rythme de ma respiration alors que j'essaie d'ouvrir la boîte à gants. Mon flingue ! Il me faut mon flingue !

Je revois les frères Bowman, leurs visages couverts de sang, comme un flash d'horreur alors que mes doigts se replient sur la crosse.

Je savais que ça finirait par arriver. Je le savais !

J'ai dit à Nate que ça nous pendait au nez !

Je tremble si fort que je n'arrive même pas à tenir correctement mon flingue, qui m'échappe et tombe sous le siège passager. Du coin de l'œil, je distingue une grande silhouette qui s'approche. Je plonge pour récupérer mon arme, vérifie si elle est bien chargée, et...

Merde !

Putain ! Pas de munitions !

Puisqu'elle ne me sert plus à rien, je la balance sur le siège passager et saisis dans la foulée un stylo sur le tableau de bord, prête à poignarder quiconque s'approcherait trop près de moi.

Ma vision est encore trouble sous l'effet de l'adrénaline, mais l'image de l'homme se dessine avec une clarté croissante, et je me fige, le dos raide.

Je cligne des yeux.

Mais... Je le connais !

Cheveux noirs.

Corps de rêve.

Regard perçant, dur.

C'est Sergio Villani.

Et il pointe un putain de flingue contre ma tempe !

Il écarte le canon de mon visage pendant une fraction de seconde, le temps de faire éclater le pneu avant gauche. Le châssis de la voiture racle l'asphalte en s'abaissant.

Je pousse un cri perçant jusqu'à ce qu'il me tienne à nouveau en joue. Il ouvre la portière et me fait signe de sortir. OK. C'est l'occasion ou jamais. Quitte à mourir, je peux au moins lui crever un œil !

Je garde mes bras serrés le long de mes flancs, le stylo toujours fermement dans ma main droite. Je le fusille du regard.

— Ça va pas, non ? Qu'est-ce que tu fous, bordel de merde ?

— Sors de la voiture, Jaelyn, aboie-t-il.

Le rictus sur ses lèvres le rend encore plus sexy, à compter que cela soit possible. La vache, il est vraiment intimidant quand il s'y met.

Il a dû être sacrément bon élève à l'école des mafieux, lui.

Je me rue hors de la voiture avec un cri sauvage, le poing tendu vers sa jugulaire ; au même instant, une vive douleur déchire mon bras gauche. Sergio ne cligne même pas des yeux en esquivant mon attaque. L'élancement dans mon bras cède aussitôt la place à une sensation glaciale qui coule dans mes veines et engourdit mes doigts. Elle se répand dans mes tripes et m'immobilise en l'espace de quelques secondes. J'essaie de lancer un coup dans sa direction, mais mon attaque, déjà affaiblie, est maintenant parfaitement vaine. Le stylo gît à mes pieds. Je chancelle. Mes genoux ne me portent plus.

Je m'effondre contre lui.

Je ne peux plus bouger. Je ne peux plus crier. Je ne peux rien faire d'autre que de me couler dans ses bras, alors que la substance qu'il vient de m'injecter irrigue chaque recoin de ma conscience.

Et alors que l'engourdissement m'envahit, remplaçant la panique qui m'étreignait un instant plus tôt, un épais brouillard tombe sur mes pensées et je me laisse plonger, impuissante, dans le trou noir qu'est devenue ma vie.

CHAPITRE 17
SERGIO

M*erde. Merde, merde !*

Ça s'est passé beaucoup, *beaucoup* plus vite que prévu. Le Dr Arlo avait stipulé qu'il faudrait quelques minutes pour que le produit fasse effet. Je lui avais posé la question, au cas où Enrico aurait besoin d'un petit coup de pouce pour soulager sa douleur. Quand il m'a tendu la seringue, je ne pensais pas que je m'en servirais sur quelqu'un d'autre. Ce plan-là s'est ébauché plus tard, après le coup d'éclat avec Matteo.

Jaelyn est tombée dans les pommes en un clin d'œil. Putain. J'espère que je n'ai pas trop forcé sur la dose. Le toubib a dit que ce serait suffisant pour Enrico, mais c'est un grand gaillard, lui. Jaelyn doit être deux fois plus petite. Mais bon... je n'ai pas vraiment eu le temps d'y réfléchir. Soit je lui injectais le produit, soit je me prenais un stylo dans la gorge.

Et si c'est cette mort-là que me réserve le destin, ça a intérêt à être un Mont Blanc. Pas un putain de Bic.

Une chaleur enflamme mes joues alors que je presse mon oreille contre son cou.

— Dieu merci, murmuré-je en percevant son pouls, faible et ténu.

Je ne peux m'empêcher d'effleurer ses pommettes du bout des doigts en poussant un soupir de soulagement.

Mais je parviens à retirer ma main avant qu'ils ne s'égarent sur le contour de ses lèvres pulpeuses et colorées.

Je suis encore en contrôle de mes pulsions.

De cette situation, par contre...

C'est la merde. Il faut que je fasse quelque chose, et vite, au lieu de la reluquer comme ça.

Des gouttes de sueur coulent le long de mon dos alors que j'étudie mon environnement. Je ne peux pas traîner ici plus longtemps.

J'ai embarqué la seringue dans une petite boîte, au cas où, mais mon plan initial, c'était de lui parler. De la raisonner. De la convaincre qu'elle avait tout intérêt à accepter le pognon et à mettre les voiles.

Enfin, pas trop loin, quand même ; je ne voulais pas me priver de palper à nouveau ses hanches, de me presser contre ses courbes, de la faire gémir, de lui faire crier mon nom...

Mon regard se pose sur son visage. Sa peau rosit sous la chaleur écrasante.

Qui est-ce que je cherche à berner, hein ?

Je n'avais pas l'intention de lui parler. Pas le moins du monde.

Les pensées fusent dans mon esprit.

Qu'est-ce que j'ai fait, bon sang ?

Je déglutis avec difficulté. Ma peau se hérisse, électrisée par un mélange d'angoisse et de désir. Jaelyn, elle, semble si paisible. Son corps est inanimé, inerte. J'aimerais pouvoir en dire autant de ma queue... Mais avec sa poitrine pressée contre moi, c'est tout le contraire. Je m'attendais à surprendre sur ses traits la même expression qu'hier soir, cette amertume gourmande, comme si elle venait de croquer dans un citron.

Mais non. Elle a juste l'air sereine, malgré les circonstances... À savoir, dans l'ordre : moi qui la drogue après avoir bousillé sa bagnole.

J'étais certain qu'elle arriverait au club de bonne heure. Une intuition. Et après la conversation animée avec Matteo à l'hôtel, j'ai eu besoin de me barrer, de me changer les idées, de retrouver mon calme. C'était ça, ou lui coller une balle entre les deux yeux. C'est dans cet état d'esprit que mon plan presque infaillible a commencé à prendre forme.

À l'avenir, je saurai qu'on n'a jamais de bonnes idées quand on est sur le point d'exploser comme un volcan.

À la base, je pensais juste prendre un peu l'air, trouver un nouveau moyen de convaincre Torres d'écouter mes arguments et de sauver les meubles en abordant sa sœur.

De l'atteindre lui, à travers Jaelyn.

Dans Jaelyn. Sous Jaelyn. Sur Jaelyn. Derrière Jaelyn.

Putain, j'avais juste envie d'elle, peu importe comment.

Enfin, pas comme ça.

Le parfum de Jaelyn chatouille mes narines alors que je m'éloigne de sa voiture. C'est une fragrance légère et fraîche qui n'a rien à voir avec le bouquet enivrant et terriblement sexy qui m'a frappé hier.

Il me donne une autre image d'elle. Plus douce. Moins... venimeuse. Plus vulnérable.

Vulnérable, oui, c'est le mot. D'autant qu'elle est dans les vapes et que je suis sur le point de la fourrer dans le coffre de ma voiture, direction... quelque part.

J'essuie rapidement la poignée de la portière pour me débarrasser d'éventuelles empreintes et traverse la route vers ma voiture, en la tenant toujours aux bras. Les herbes hautes qui poussent ici m'ont été bien utiles pour passer inaperçu, quand je lui ai fait perdre le contrôle de son véhicule. Je jette un dernier regard dans cette direction, la gorge serrée.

Torres va retrouver l'épave, sur le bord de la route.

Il va péter un câble, et quand il se rendra compte que Jaelyn est introuvable, il va venir nous chercher.

Parce qu'il saura qu'on a mis notre menace à exécution, exactement comme lui.

Je prends une grande inspiration, sans détacher mes yeux de sa peau hâlée, de ses cheveux sombres qui caressent mon bras, et je réfléchis. Je réfléchis à toute allure, et je tourne en rond, sans trouver d'issue.

Pendant des heures, j'ai rêvé de ce moment, de la tenir contre moi. J'ai fantasmé chacune de ces sensations, je me suis imaginé chaque élément de ce tableau — son corps, plaqué contre le mien.

Eh bien voilà, ton vœu s'est réalisé, crétin...

C'est alors qu'une étrange sérénité s'abat sur moi. Le fait que Jaelyn soit dans mes bras, à cet instant, devrait me terrifier. Avec ce tour de force, je risque bien de me retrouver face à un peloton d'exécution, et à ce stade, n'importe qui pourrait appuyer sur la détente. Y compris ma propre famille.

J'ouvre la portière arrière de ma voiture et fais glisser Jaelyn sur le siège de cuir. Puis je prends des menottes et les passe à ses poignets avant de m'installer derrière le volant. Je tourne la clé dans le contact ; le moteur se met à rugir.

Plein gaz.

Je fais demi-tour, braquant à fond, et m'élance en direction du Strip.

Loin du Sapphire Lounge, en direction de...

Je serre le volant de toutes mes forces.

En direction de quoi ? Putain, où est-ce que je vais ? Est-ce que je viens réellement de kidnapper Jaelyn Torres ?

Bordel… Ce n'est pas du tout ce que j'avais à l'esprit quand j'ai dit que je voulais l'avoir dans mon lit, les jambes écartées…

Je prends quelques inspirations hésitantes pour faire ralentir mon cœur, qui menace d'éclater dans ma poitrine, tout en me répétant :

— Où est-ce que je peux aller ? Pas à l'hôtel. Pas au Sapphire.

Je tapote le volant avec mes pouces, de plus en plus vite, de plus en plus fort. Puis une idée me vient. Une idée de génie.

Les Severinov, la célèbre Bratva russe avec laquelle on s'est alliée pour conquérir Vegas, vont pouvoir me tirer de ce faux pas. Ils ont une planque, hors de la ville. Loin de tout et de tout le monde. Complètement incognito.

Le plus beau, dans l'histoire ?

C'est qu'elle est en pleins travaux. Et les ouvriers ne reviendront pas avant la semaine prochaine. Ça me laissera le temps de réfléchir à ce que je vais faire de Jaelyn. D'un point de vue strictement professionnel, ça va sans dire. Pour le reste, dans des domaines qui n'ont rien à voir avec le travail et tout à voir avec le plaisir, je sais pertinemment ce que je vais *faire d'elle*.

Et pour le coup, je ne risque pas d'épuiser ma to-do-list en une semaine.

Je jette un coup d'œil à gauche, à droite, par le rétroviseur arrière, puis reporte mon attention sur la route. Je m'enfonce dans le désert, loin de l'Excelsior. Ce qu'il faudrait, dans ce métier, c'est avoir des yeux derrière la tête.

Ce serait bien pratique pour survivre.

Hier soir, j'ai eu de la chance de m'en sortir vivant.

Et aujourd'hui ?

Nouveau coup d'œil dans le rétroviseur. Je souris. J'humecte mes lèvres en admirant au vol la courbe de son sein, qu'on aperçoit à la lisière de son décolleté.

C'est à cet instant qu'une idée lucide, brillante, vient jeter un peu de lumière dans une situation par ailleurs plutôt sombre.

Matteo n'arrête pas de me bassiner sur le fait que je ne prends jamais d'initiatives, et que ce que je fais n'a aucune valeur pour la famille.

Eh bien tu vas voir, frangin !

Je détiens à présent un trésor entre mes mains. Un beau paquet de cinquante-cinq kilos tous mouillés, joliment emballé dans une robe à l'étoffe élastique qui épouse chacune de ses courbes.

Jaelyn n'est pas juste l'incarnation du plaisir charnel.

Non. Elle sera notre monnaie d'échange.

Une monnaie bien baisable, par ailleurs, et incroyablement sexy.

Son connard de frère pensait nous faire peur avec ses flingues, mais il va vite découvrir que nous, nous ne combattons pas le feu par le feu. Nous combattons le feu par une *putain de bombe atomique.*

Et quand on l'aura lâchée, quand il aura compris le genre d'ennemis qu'il vient de se faire, il saura qu'il ne lui reste plus qu'une seule option.

Nous obéir.

Il va falloir faire avec, Matteo.

CHAPITRE 18
JAELYN

J'entrouvre lentement les yeux, et... bordel, pourquoi est-ce que mes paupières semblent peser une tonne ? Après une lutte brève, elles consentent enfin à rester ouvertes mais la lumière du plafonnier m'aveugle aussitôt. Je cligne rapidement des yeux pour dissiper le flou de ma vision, sans parvenir à soulever ma tête de...

Un bref coup d'œil à gauche, puis à droite, pour comprendre où je me trouve.

Quoi ?

Je suis dans un lit.

Putain...

Le lit de *qui* ?

Et il est *où*, au juste, ce putain de lit ?

J'ouvre la bouche pour crier, mais seul un râle s'échappe de ma gorge nouée.

Des gouttes de sueur perlent dans ma nuque alors que ma tête s'enfonce toujours plus profondément dans l'oreiller confortable. Elle est si lourde que j'imagine mal comment elle pourrait rester sur mes épaules, si je me redressais. Même pendant une fraction de seconde.

Bon... Peut-être que si j'arrive à faire levier, je pourrais au moins rester en position assise.

Détends-toi, Jae. Pose tes mains sur le matelas et pousse un grand coup...

Un cri étranglé reste piégé dans ma poitrine.

Merde !

J'ai beau agiter les poignets, tirer de toutes mes forces, mes mains restent à leur place, impuissantes.

Non ! Pitié, non !

Des menottes argentées les retiennent fermement aux montants du lit. Mon corps est cloué au milieu de ce matelas. Ma respiration se fait de plus en plus superficielle sous l'effet de la panique, alors que je me débats contre ces liens qui ne montrent aucun signe de faiblesse.

— À l'aide ! parviens-je à articuler d'une voix faible, sans cesser de me débattre. Aidez-moi !

Je grince des dents et j'essaie de me souvenir de ce qu'il s'est passé... Comment est-ce que je me suis retrouvée ici ? C'est où, *ici* ?

Puis des fragments d'horreur viennent m'assaillir avec force. Mes pneus qui explosent. La voiture, hors de contrôle, qui fait une sortie de route dans le désert. Un homme aux cheveux noir qui approche. L'aiguille qu'il m'a plantée dans le bras.

Mais ce n'était pas juste *un homme...*

Bordel !

Je donne un coup de pied aussi loin que possible et je fais tomber un plateau qui était posé sur le lit. Le vacarme résonne entre les murs alors que j'essaie de pousser un nouveau cri de rage. Mais j'ai la bouche tellement sèche que je n'arrive à produire aucun son.

— Villani ! grommelé-je, les dents serrées, en tirant de toutes mes forces sur les menottes attachées aux montants du lit.

La porte s'ouvre aussitôt et je retiens mon souffle.

Mais cette fois, c'est parce qu'il tient un verre d'eau avec une paille.

Je donnerais n'importe quoi pour une gorgée… juste une petite gorgée.

Enfin, que pourrais-je lui donner, dans ces conditions ?

Il fait un pas vers le lit et porte la paille à mes lèvres — et malgré l'envie irrésistible de lui arracher les yeux, je déglutis le liquide frais aussi vite que possible en essayant de ne pas m'étouffer.

Lorsque le verre est presque vide, je m'écarte avec un regard noir. Je n'ai aucune arme à ma disposition, et ce n'est pas par la seule force de la pensée que je vais pouvoir l'éviscérer comme une truite.

Il se tient tout près de ma tête. Trop près pour que je lui balance mon pied dans les couilles. Enfin, si j'étais gymnaste, ou contorsionniste, j'aurais *peut-être* eu une chance de faire mouche ?

Mais dans cette réalité-ci, je finirais probablement avec une jambe dans le plâtre.

— Tu as tiré dans mes pneus, balbutié-je à la place. Tu m'as droguée.

— Je vois que ta mémoire est intacte. Tant mieux.

— Où est ma voiture ? demandé-je d'une voix endormie. J'adorais cette bagnole…

— Tu as peut-être d'autres chats à fouetter, là, tu ne crois pas ?

Il croise les bras sur sa large poitrine et ne me quitte pas des yeux, alors que j'étudie mon environnement. Les murs sont nus, froids, et auraient bien besoin d'un coup de peinture. Il y a de la poussière dans l'air. Assez de poussière pour me donner l'impression d'étouffer.

Mais c'est peut-être juste la rage.

Une douleur sourde tambourine entre mes tempes. Elle ne suffit pas à tempérer la fureur qui explose au creux de mes tripes.

— Qu'est-ce que tu fous, Villani ? sifflé-je en tirant sur mes poignets. Tu comptes me buter pour donner une bonne leçon à mon frère ? C'est comme ça que vous gérez ce genre de situation, vous autres ?

— Non, je trouve le monde bien plus intéressant si tu en fais partie et que tu es en vie.

Un éclat espiègle passe dans ses yeux bleus, et je ne peux pas nier les papillons dans mon ventre, quand ses lèvres parfaites esquissent un sourire arrogant.

Bon. Il faut voir le bon côté des choses, il n'a pas l'intention de me découper en petits morceaux.

Ma vie n'a pas tout à fait pris la direction que j'anticipais, mais ça ne veut pas dire que je suis prête à y renoncer sans me battre !

— Tu ne supportes pas qu'on te dise *non*, et du coup... quoi ? Tu t'es dit que tu allais me kidnapper pour convaincre mon frère d'accepter ton offre à la con ? Ou bien c'est comme ça que tu t'y prends pour mettre des filles dans ton lit ? Tu les drogues, tu les attaches ?

Je m'exprime avec amertume et injecte une bonne dose de dédain dans ces mots.

Il hausse un sourcil mais garde les dents résolument serrées alors qu'il contourne le lit et ramasse le plateau au sol.

— Ah, là pour le coup tu décides de la fermer ? m'écrié-je sans retenue.

Maintenant que j'ai retrouvé l'usage de ma bouche, je ne me prive pas.

— Est-ce que tu sais seulement à qui tu as affaire ? Ce que mon frère va faire de toi, quand il découvrira que tu me retiens en otage ?

— Oh, tu n'as encore rien vu. Je n'en ai pas fini, avec toi. Loin de là, grogne-t-il. Et que les choses soient bien claires, ton frère est un petit con. Et arrogant, avec ça. Il va vite découvrir qu'on n'est pas du genre à se laisser faire, après une embuscade. Tu sais ce qu'on fait, nous ? On contre-attaque !

Je fronce les sourcils. Une embuscade ? Chaque fois que j'essaie de me concentrer davantage, une crampe d'estomac me saisit et je suis prise de nausées. Je prends quelques profondes inspirations, laissant mes yeux se fermer alors que je me prépare à repartir à l'assaut — tout rhétorique qu'il soit — contre lui.

— Mais de quoi tu parles, putain ? C'est toi qui t'es pointé avec trois types, hier soir ! Quand est-ce qu'on t'a tendu une *embuscade*, dans l'histoire ?

— Il y a deux possibilités. Soit tu n'es au courant de rien, soit tu mens terriblement mal. Je n'ai pas à m'expliquer. Ni à toi, ni à quiconque ! rétorque-t-il en plissant les yeux. Et pour ta gouverne, je n'ai pas besoin d'attacher les femmes pour qu'elles couchent avec moi. Elles me supplient, chérie.

— Mon cul, ouais ! Elles sont juste dans les vapes parce que tu les as fait picoler, histoire qu'elles écartent les jambes plus facilement !

La rage qui bouillonne dans ma poitrine monte petit à petit. Quand elle éclatera à la surface… eh bien je ne pourrai rien faire, parce que je suis toujours attachée à ce putain de lit !

Sergio traverse la pièce, plonge son poing dans mes cheveux puis me force à redresser la tête. Mes joues s'enflamment et ma peau se hérisse de chair de poule. Je m'en veux tellement de penser ça dans de telles circonstances, mais son petit numéro de « mâle alpha tout-puissant » m'excite plus qu'il ne m'intimide. Je retiens un hoquet alors que ses lèvres s'approchent des miennes, toujours plus près.

Oulah... Je suis en train de perdre la tête, ou quoi ?

Je suis là, à essayer de le convaincre qu'il n'a aucune prise sur moi, alors même que je sens une chaleur envahir mon entrejambe...

Enfin, n'importe quelle femme réagirait de la même manière, avec un corps si puissant et musclé pressé contre le sien.

Dans un lit.

Menottée.

Les jambes écartées.

Oups... en parlant de ça.

Je presse mes chevilles l'une contre l'autre, comme si elles étaient aimantées.

C'est alors qu'il fait l'impensable.

Il sourit et retrace le contour de ma joue du bout des doigts, arrachant un frisson à mon corps, ce traître.

— Ouais. C'est bien ce que je pensais, murmure-t-il en se reculant, alors que je me débats et que je hurle comme une folle. Tu peux crier autant que tu veux, ma belle.

Sergio laisse échapper un petit rire en s'appuyant contre le chambranle de la porte.

— Personne ne peut t'entendre, ici. Par contre, je te préviens, ces cris pourraient bien me taper sur le système. Si tu ne veux pas finir avec un bout de scotch sur ces jolies lèvres, tu as intérêt à les mettre autour de ma queue. Ou à la fermer.

Sur ce, il me décoche un clin d'œil et conclut :

— À toi de voir.

CHAPITRE 19
SERGIO

— Jamais ! Jamais je ne te sucerais la queue. Même si c'était la dernière sur Terre et que ma vie en dépendait !

La teinte rosée qui envahit ses joues fait encore davantage ressortir ses yeux, qui contrastent avec sa peau hâlée. Elle me jette un regard si assassin qu'on croirait qu'elle essaie de me tuer par la seule force de la pensée.

J'ai du mal à ne pas rire. Surtout qu'elle pense avoir eu le dernier mot, hier soir, au club.

Et voilà où ça te mène, Jaelyn.

Ça fait quoi de te retrouver impuissante, étendue dans ce lit, dans une position pour le moins... délicate ?

Le simple fait de la regarder — avec ses longs cheveux bruns étalés sur l'oreiller, son chemisier qui remonte sur un ventre plat et tonique jusqu'à la lisière d'un sein qu'on devine à peine, avec ses jambes galbées qui se tortillent... *Putain.*

Elle est de loin la prisonnière la plus sexy que j'aie jamais vue.

Bon, il faut dire que c'est aussi ma première.

C'est à cet instant que la réalité me rattrape, avec toute la force d'une claque.

J'ai kidnappé cette femme.

Je l'ai arrachée à sa vie.

À sa bagnole chérie.

Je la retiens captive dans une planque qui n'est même pas la mienne.

Je l'ai attachée à un lit qui ne m'appartient pas — même si je brûle de le partager avec elle, menottée ou non.

Je passe une main sur mon visage.

Ce n'est pas le moment de l'imaginer en train de te sucer la queue. Car on risque de te la couper si tu ne trouves pas rapidement une combine pour te sortir de cette situation !

La tête de Jaelyn retombe soudain sur l'oreiller, comme si elle venait de succomber à un épuisement extrême, et sa respiration devient de plus en plus superficielle. De petites plaintes, comme des miaulements, s'échappent de ses lèvres, alors que les muscles de ses bras et de ses jambes se tendent et convulsent.

Merde. Qu'est-ce qui lui arrive ?

Je serre les dents en observant sa transformation. Elle n'a plus rien de la furie qui voulait ma peau. En quelques secondes à peine, elle est presque devenue un légume. Je me fige, sans la quitter des yeux. J'attends de voir émerger à nouveau sa rage, ses chapelets d'injures. Mais elle se contente de gémir de plus en plus bruyamment. Le sang afflue dans mes oreilles et je masse un nœud douloureux à la base de ma colonne vertébrale. Qu'est-ce que ça peut être ? Des effets secondaires du sédatif ? Et si elle avait mal réagi à l'injection ? Si elle était allergique ? Qu'est-ce que je ferais si elle se mettait à convulser, qu'elle me claquait entre les doigts ?

Dans la planque des Severinov, par-dessus le marché ?

Il faudrait que je la découpe en petits morceaux et que je l'enterre quelque part dans le désert !

Sinon, il y aurait de grandes chances que j'y passe aussi.

Le cœur battant, je m'approche à nouveau d'elle. L'inquiétude l'emporte sur tout le reste, à ce stade. Des gouttes de sueur perlent sur son front alors que ses plaintes sont de plus en plus faibles.

Je baisse ma tête contre sa poitrine. Son pouls est deux fois plus rapide que le mien.

Elle papillonne des paupières comme si elle était sur le point de perdre connaissance. Elle est trempée de sueurs froides.

Merde. Il faut que j'appelle une ambulance !

— Eh... Jaelyn, susurré-je en caressant ses cheveux. Tout va b...

Avant que je n'aie pu finir ma phrase, une vive douleur éclate entre mes jambes. Je n'ai même pas le temps de retrouver mon équilibre que je m'effondre sur elle. J'ai peur de me mettre à vomir. J'ai le cœur sur les lèvres, et la sensation de son tibia qui m'a pulvérisé les couilles continue de se répandre dans mon corps tout entier, comme un magma glacial.

— Rah, *putain* ! rugis-je en roulant hors de sa portée.

— Va te faire foutre, Sergio ! beugle-t-elle, alerte, éveillée, et surtout, en vie.

Bon, certes, elle m'a peut-être castré, mais sa mort aurait été bien plus douloureuse.

Pour moi, bien entendu.

— Tu peux m'attacher, sale con, mais tu ne pourras jamais me retenir !

Elle éclate de rire alors que je me tiens le paquet, plié en deux, en essayant de rejoindre la porte d'un pas traînant. J'ai le souffle coupé.

Bordel. Elle s'est bien foutue de ma gueule, et je me suis laissé prendre à son petit jeu sadique comme un bleu.

Elle fait peut-être la fière, maintenant qu'elle m'a littéralement cassé les noix.

Mais peu importe. Personne, *personne* sur cette terre qui peut s'en prendre à mon business.

— J'espère que tu te rends compte que si tu me butes, tu resteras menottée à ce lit ? hoqueté-je, toujours recroquevillé sur moi-même. Tu ne pourras ni bouger, ni t'enfuir.

— Ça vaudra le coup, si je peux te voir souffrir ! s'écrie-t-elle. Je préfère encore crever de faim dans ma propre merde si en échange je te vois mourir, roulé en boule, comme le petit connard pathétique que tu es ! Ah, il se croit puissant, il croit me faire peur !

Sa voix se fait plus tranchante encore, dégoulinante de dédain.

— Tu n'as même pas pu me capturer sans me planter une aiguille ! Tu savais que je ne me laisserais pas faire et que tu n'aurais pas réussi ton coup, autrement !

Un éclair de rage passe dans ses yeux. Sa mâchoire est serrée à s'en péter les molaires. Elle a raison. Je savais qu'elle essaierait de se débattre. Comme une diablesse.

Je ne voulais pas avoir à rendre ses coups.

Je voulais garder ma caution parfaitement intacte.

J'esquisse un infime sourire en me relevant avec lenteur.

— Eh bien, je ne suis pas roulé en boule par terre, ma belle. Mais ne t'inquiète pas, je m'efforcerai de combler tous tes autres désirs. Je te souhaite un bon séjour parmi nous.

Sur ce, je claque la porte, le cœur battant si fort que je le sens palpiter jusque dans mon cou, noyant une flopée d'insultes particulièrement violentes.

Je m'appuie contre le battant et rabats mes cheveux en

arrière. Je tiens Jaelyn Torres. Allongée sur le dos. C'est exactement comme ça qu'elle était, dans tous mes fantasmes.

Mais maintenant qu'elle est à ma disposition, il y a un tout petit problème. Je n'ai pas la plus petite idée de ce que je vais faire d'elle.

Pas la moindre.

Qu'est-ce que je vais faire, pour le boulot? Combien de rendez-vous bidon est-ce que je vais devoir inventer pour quitter l'hôtel et échapper à la vigilance de Matteo?

Je vais avoir besoin d'un coup de pouce.

Quelqu'un pour faire diversion.

Je traverse la maison encombrée par les travaux, puis sors mon téléphone, aussi loin que possible de la porte de la chambre, pour qu'elle ne décèle pas les accents paniqués dans ma voix.

Je réserve ce genre d'émotions à une personne, et une seule.

Je compose fébrilement le numéro de Bruno, qui me répond au bout de quelques sonneries.

— Comment va Enrico? demandé-je d'une voix étranglée.

— Bien. Il s'est réveillé il y a un petit moment. Je lui ai apporté à manger.

Je hoche la tête.

— OK. Je suis content de l'entendre.

— Et toi? Ton rendez-vous, il s'est passé comment?

— Euh... pas comme prévu.

Bruno pouffe de rire.

— T'as flingué quelqu'un?

— Pas exactement. Où sont les autres?

— Tu veux dire, où est Matteo? J'essaie de garder mes distances avec lui, je n'en sais rien. Je n'ai pas envie de le savoir.

— Bruno, j'ai une mission pour toi, enchaîné-je en prenant une grande inspiration. Disons que... mon rendez-vous a tourné au vinaigre et qu'il va prendre plus de temps que prévu. J'ai besoin que tu me couvres.

Un autre hurlement strident émerge de la chambre et je ferme les yeux de toutes mes forces.

— Mec, s'esclaffe Bruno, si tu voulais juste tirer ton coup, tu aurais dû me le dire ! Et pourquoi t'as besoin que je te couvre ? C'est pas une pute, quand même ? Oh, non, Sergio... Pas encore ! T'as assez de petites chattes à disposition pour ne pas avoir à les payer, non ?

— Bruno, le coupé-je. C'est pas une pute. Et il est pas question de tirer son coup, putain. J'ai juste... Il faut que je m'occupe de deux ou trois trucs, aujourd'hui. Comment rattraper le coup avec, euh... Torres.

— Mec, t'es conscient qu'il va chercher à te la faire à l'envers à la première occasion, quand même ?

— J'ai peut-être trouvé un moyen de le coincer, réponds-je, les dents serrées.

— Oh, non, ne me dis pas que c'est lui que j'entends gueuler derrière ? Tu vas lui péter le fion jusqu'à ce qu'il accepte de vendre, c'est ça ?

— Non, fulminé-je. Écoute, je n'ai pas le temps de jouer aux devinettes, là, bordel de merde !

— Sergio ! hurle à nouveau Jaelyn. Il faut que j'aille pisser !

— Sergio... qu'est-ce qui se passe, bordel ?

Je prends une grande inspiration.

— Bruno, j'ai fait une grosse connerie. Enfin, au début, je ne pensais pas que c'était une connerie... Non, à vrai dire, au début, je n'ai pensé à rien du tout, je voulais juste lui parler et...

— Sergio ! s'exclame Bruno.

— Ça va, ça va, soupiré-je. Je suis dans la planque des Severinov.

— Celle qui est en travaux ?

— Ouais.

— Et je peux savoir pourquoi ?

Je passe une main dans mes cheveux.

— Non, il ne vaut mieux pas.

— Mais tu vas me le dire quand même, pas vrai ?

— Ouais...

Je laisse ma tête heurter le mur, dans mon dos.

— Je suis venu ici parce que je savais qu'il n'y aurait personne.

— Et tu avais besoin d'intimité pour quelle raison, au juste ?

— Parce que j'ai kidnappé Jaelyn Torres ce matin et que j'avais besoin d'une planque pour la garder à l'œil.

— Putain... marmonne-t-il avec lenteur.

Je n'ai aucun mal à imaginer son expression. Les yeux écarquillés, en train de passer sa main énorme sur son visage mal rasé.

— Ouaip.

— Et quand tu dis que tu l'as kidnappée, juste pour qu'on soit sur la même longueur d'onde, t'as fait... t'as fait quoi, au juste ?

— Je lui ai inoculé un truc que le toubib m'a filé pour Enrico. C'était assez fort pour qu'elle perde connaissance. Je l'ai sortie de sa bagnole et je l'ai amenée ici.

— Tu l'as kidnappée... comme ça ? En plein jour ?

— Ouaip.

— Et t'as laissé sa caisse sur le bord de la route, j'imagine ?

— Ouaip, répété-je avant de marquer une pause. Mais j'ai bien nettoyé la scène. Je n'ai pas laissé d'empreintes.

— Mmh... fait-il, pensif.

Il se tait quelques secondes.

— Et tu pensais qu'en droguant et en kidnappant la sœur de Torres, t'allais être en meilleure posture pour négocier ton putain de deal, Sergio ? hurle soudain Bruno.

— Doucement... grommelé-je. Je n'ai pas envie qu'on t'entende et qu'on commence à se poser des questions.

Il éclate d'un rire sans joie.

— Ben oui, bien sûr, je comprends mieux pourquoi tu voudrais que je la ferme. Imagine un peu si j'ébruitais le plan complètement teubé de mon cousin, hein ? T'as pris des drogues, ou quoi ?

Je réponds avec une grimace :

— Si je t'avais face à moi, là, je te collerais une balle.

— Mais je ne suis pas là, mon gars. Ce n'est pas moi, le pauvre con qui vient d'enlever la sœur de son rival et de laisser les preuves dans la nature, à la vue de tout le monde.

— Il n'y avait pas de témoins, insisté-je, de mauvaise humeur. Pas la peine d'en faire toute une histoire. Ne fais pas comme si t'étais un ange, Bruno.

— C'est vrai, concède-t-il. Mais au moins, je planifie mes coups, moi. Je cherche la meilleure stratégie avant d'agir, surtout si c'est pour se retrouver avec Torres sur le dos. Sans parler de la merde dans laquelle tu nous as mis en coupant la main de Javier ! C'est quoi ton problème, Sergio ? Je ne te reconnais plus, là. Tu te comportes comme Dante, ou Roman.

Je me redresse soudain. Il a raison. Je ne suis pas du genre à agir sur un coup de tête, sans évaluer soigneusement les risques. Mais... depuis que Jaelyn a fait irruption dans mon club... ma vie a pris un tour étrange. Plus dangereux. Plus destructeur. Plus flou, aussi. Et elle continue de partir en couille à la moindre occasion sans que j'arrive à reprendre le contrôle.

Je voulais lui parler. Vraiment. Rien de plus.

Je pensais que je trouverais quelque chose à dire qui lui permettrait de changer d'opinion à mon sujet. Le deal. Tout ça.

Mais les mots de Matteo ont résonné dans ma tête, et là, j'ai perdu pied.

Complètement.

Quand j'ai vu sa voiture approcher, sur cette route, je me suis laissé submerger par la rage. J'ai voulu montrer à Torres qu'il avait commis une grave erreur en s'en prenant à nous.

— Il a essayé de nous buter, sifflé-je. Il mérite bien de recevoir le corps de sa précieuse petite sœur dans un sac plastique.

— S'il te plaît, dis-moi que ça ne fait pas partie de tes plans.

— Non. Pas encore...

Je fronce les sourcils tandis qu'au fond du couloir les plaintes de Jaelyn sont de plus en plus sonores.

— Mais je ne peux pas te promettre le contraire.

— Alors, tu comptes la garder au chaud combien de temps ? demande Bruno. Tu vas rester avec elle ? Tu sais que tu as un job, ici, au moins ? Je peux te couvrir quelque temps, mais tôt ou tard, Matteo va commencer à se poser des questions. Et il ne va pas tarder à me sauter à la gorge si tu n'es pas là pour le tenir occupé.

Je lève les yeux au ciel.

— Merci. Et oui, je sais qu'il va falloir que je trouve une solution.

— Écoute. Soyons réalistes une seconde. Tu as fait une grosse, *grosse* connerie, là. Ça ne fait aucun doute. On aurait pu trouver une autre issue à cette situation. Mais si Torres découvre toute l'histoire, Matteo sera le cadet de tes soucis. Parce qu'on t'aura coupé les oreilles, les mains et la bite. Puis probablement la tête, dans la foulée.

— Merci pour le vote de confiance...

— Tu me connais, je dis les choses telles qu'elles sont.

— Ouais, ben ça ne m'aide pas beaucoup.

— Tu veux que je kidnappe une autre fille au club pour lui tenir compagnie ? Ça te rendrait service, là ?

— Tu commences à me casser les couilles, Bruno. Je ne suis pas d'humeur.

— On verra s'il te reste des couilles quand Torres aura découvert que tu retiens sa sœur en otage. Ton humeur, il s'en foutra, lui.

— Juste... ne fous pas en l'air ma couverture, OK ? conclus-je, les dents serrées.

— Tu t'es mis dans cette merde tout seul, Sergio. À toi d'en sortir comme un grand.

Je raccroche sans même lui dire au revoir. Il me faut toute mon énergie pour ne pas balancer mon téléphone contre les murs encore nus.

Putain... qu'est-ce que j'ai fait ?

Mes yeux se posent sur la porte de la chambre, toujours close.

Jaelyn connaît sûrement la vérité concernant toute cette affaire.

Mais est-ce qu'elle accepterait de me la confier ? Et une question, plus épineuse encore, me ronge : est-ce que je la croirais ?

CHAPITRE 20
JAELYN

Un nouveau cri strident retentit. J'entends la tête de lit frapper violemment contre le mur tandis qu'elle se débat sur le matelas.

— Sergio !

Je ferme les poings contre mes tempes, puis...

— *QUOI* ? hurlé-je en réponse.

— J'ai envie de faire pipi !

Je m'arrache du mur et ouvre la porte.

— Qu'est-ce que tu n'as pas compris quand je t'ai répondu la première fois ?

— Écoute, fait-elle, les dents serrées. Je ne sais pas pourquoi je suis ici, ni ce que tu comptes faire de moi, mais la moindre des choses, ce serait de me traiter avec un minimum de dignité ! Genre, me laisser aller aux *toilettes*, putain. Tu n'as qu'à me menotter à la plomberie si ça te chante, mais amène-moi aux chiottes tout de suite !

Dès la seconde où elle sera libre, elle m'attaquera sans doute comme une lionne enragée. Je fouille la pièce des yeux et m'approche du vestibule pour trouver du matériel. Un rouleau de scotch est posé sur un escabeau. Je m'en empare et le ramène dans la chambre.

Je commence, dans un premier temps, par envelopper ses chevilles, pour qu'elle n'ait nulle part où s'enfuir. Elle aura du mal à me foutre un coup de pied, aussi, maintenant que je l'ai transformée en sirène. Puis je défais les liens de son poignet et tire sur son bras pour l'approcher de l'autre, toujours attaché au montant du lit. Je lui repasse les menottes et me penche pour la prendre dans mes bras. Je la soulève sur mon épaule alors qu'elle se débat dans tous les sens.

— Tu te crois malin, hein ? marmonne-t-elle, sur le chemin de la salle de bain.

— Ce n'est pas moi qui dois être transportée aux toilettes, dans l'histoire. Donc oui, je pense que c'est moi le plus malin, en l'occurrence.

Je la dépose dans la salle de bain. Elle me fusille du regard.

— Baisse mon pantalon, pauvre con.

Je ne peux retenir un sourire. Malgré ses insultes, elle se laisse tomber docilement sur la lunette des toilettes. Je lui tourne le dos pour lui laisser un peu d'intimité. Je ne suis pas une brute, après tout. Une fois qu'elle a terminé son affaire, elle m'appelle. Avec un sourire faussement doux, elle me demande de l'essuyer et de la rhabiller.

Cette fois, quand je me penche vers elle, elle me décoche un coup de genou dans la mâchoire. Je lui remonte la culotte si haut que l'élastique lui arrive aux épaules, puis je la ramène sur le lit pour remettre ses menottes.

— Tu ne vas pas pouvoir me garder ici indéfiniment, dit-elle à voix basse en se tortillant. Il faut que tu dises à Nate que c'est toi qui m'as enlevée.

— Oh, il sera mis au courant. En temps voulu. Et c'est moi qui décide !

Elle secoue la tête, fermant les yeux un bref instant.

— Je ferais n'importe quoi pour protéger mon frère.

— Je sais. C'est pour ça que tu es venue dans mon club, la semaine dernière. Tu voulais foutre mon business en l'air, trouver un moyen de reprendre la main. Tu t'es bien fichue de ma gueule !

Elle hausse un sourcil.

— Ce n'était pas difficile.

Je plisse les yeux.

— Ouais, eh bien, devine quoi. Ça n'a pas marché. Ce n'est pas ton frère qui a eu le dernier mot. C'est *moi* !

— Alors qu'est-ce que tu comptes faire ? Du baby-sitting jusqu'à ce qu'il change d'avis ? répond-elle en secouant la tête. Tu ne sais pas à qui tu as affaire, Villani. Tu veux que Nate revienne sur sa décision ? Pour ça, tu as besoin qu'il soit en vie. Tu ne sais pas tout. Chaque minute que je passe retenue ici t'éloigne de ton but.

Je m'approche d'elle d'un pas rageur et me penche à quelques centimètres de son visage.

— Jaelyn, je vais te dire quelque chose, maintenant, et je veux que tu m'écoutes bien, parce que je ne vais pas me répéter. Tu m'as eu une fois, tu m'auras pas une deuxième. Je ne pardonne pas, moi. C'est comme ça que ça marche, avec moi. C'est compris ?

Je fais glisser un doigt le long de sa joue, puis je saisis son menton pour la forcer à soutenir mon regard.

— Je ne crois pas *un seul mot* de ce que tu dis. Pas un seul. C'est ça, le problème, quand on abuse de ma confiance. On la perd. Et c'est irrémédiable. Maintenant, tu peux pleurer toutes les larmes de ton corps, je m'en fous. Pour moi, c'est un bruit de fond, tout ça. Je m'en bats les couilles. J'ai un objectif, et tu es juste un moyen pour y parvenir. Je ne veux plus t'entendre. Tout ce qui sort de ta bouche, c'est un monceau de conneries, et je n'y prêterai *aucune* attention. Est-ce que tu m'as bien compris ?

Je retire ma main et me redresse.

— Ne crois pas une seule seconde que tu peux ressortir gagnante de cette situation. Tu vas perdre. Ça, je peux te le garantir. Et quand tu perdras, tu sais qui en paiera le prix ?

Je me fends d'un sourire mauvais.

— Exactement. Ton grand frère, Nate. Tu veux vraiment être responsable de ça ?

Ses narines se dilatent de fureur et elle détourne la tête.

— Si tu ne lui dis pas que c'est toi qui me retiens prisonnière, il sera trop tard pour qu'il paie quoi que ce soit, répond-elle dans un soupir, la voix étranglée.

CHAPITRE 21

JAELYN

— Tu ne peux pas me laisser avec les jambes attachées comme ça, pesté-je alors que Sergio s'éloigne à grands pas, après cette dernière phrase énigmatique. S'il te plaît. Ça va me rendre complètement folle si je ne peux pas bouger. Ce n'est pas comme si je pouvais m'enfuir, avec les mains attachées.

Il reste immobile une brève seconde, comme s'il essayait de décider si, oui ou non, j'avais été suffisamment torturée pour aujourd'hui. Comme si je n'avais pas déjà assez morflé, après avoir été attaquée, kidnappée et humiliée.

— Pourquoi est-ce que j'accorderais la moindre importance à ton confort? gronde-t-il. Ce n'est pas une soirée pyjama, princesse.

Je grince des dents.

— Tu as laissé entendre que tu avais besoin de moi pour faire pression sur mon frère, pas vrai ? Alors à quoi je te sers, si je suis morte? Ce n'est pas mon cadavre qui te servirait de monnaie d'échange. Si tu reviens demain matin et que je suis toute bleue parce que mon sang n'a pas assez circulé et que je suis morte dans mon sommeil, qu'est-ce que tu auras accompli ? Hein ?!

Sergio me fusille du regard. Il ouvre la bouche, puis la referme lorsqu'il se rend compte que j'ai raison. Je ne lui servirais à rien.

— S'il te plaît, dis-je à nouveau, en maudissant les accents implorants dans ma voix.

J'agite les orteils, submergée par l'envie d'écarter mes jambes. Et pas *uniquement* parce que je réprime une attirance insupportable envers mon ravisseur.

Il quitte la pièce, puis revient avec ce qui ressemble à un cutter. D'un geste du poignet, il tranche le scotch et j'ouvre vivement les cuisses. Je suis tellement soulagée de retrouver une forme de liberté de mouvement que je n'envisage même pas de le frapper à nouveau.

Il tient un cutter à la main, après tout.

Et même si je sais qu'il n'irait pas jusqu'à me tuer, il pourrait bien me couper un orteil ou deux, pour la forme.

Très peu pour moi.

Je saurai me tenir.

Pour l'instant...

— Merci, soufflé-je en sentant le sang affluer dans mes pieds.

Le fourmillement se tarit dès que la circulation revient dans mes jambes, et le bout de mes orteils retrouve un peu de couleur.

— Tu as faim ? demande-t-il d'une voix bourrue.

— Non, réponds-je sur un ton de défi.

À vrai dire, j'ai encore l'estomac noué. J'imagine que c'est un effet secondaire du produit qu'il m'a injecté. Je m'efforce d'ignorer les douleurs qui transpercent mon crâne et engourdissent mes membres, refusant de les laisser embrouiller mes pensées, mais ma nausée persiste.

Je ne veux pas qu'il me voie affaiblie face à lui, amoindrie.

Non, c'est hors de question.

Cette fois, quand il quitte la pièce, je le laisse filer sans chercher à avoir le dernier mot.

À quoi bon ?

Je peux me plaindre, me défouler sur lui, ça ne changera rien au fait que je suis à sa merci, pour le moment.

Tout ça parce que Nate a si bien joué sa partition, l'autre soir. On a réussi à le pousser dans ses retranchements, ça ne fait aucun doute. Le problème, c'est qu'on avait sous-estimé à quel point il chercherait désespérément à nous faire changer d'avis.

On n'avait clairement pas anticipé qu'il en viendrait à me kidnapper pour s'emparer de notre business.

Je ne l'ai jamais perçu comme quelqu'un d'impulsif. Au contraire, il m'a semblé particulièrement stoïque les quelques fois où je l'ai vu. Certes, il a eu le sang chaud à plusieurs reprises, mais je n'aurais *jamais imaginé* qu'il puisse craquer à ce point.

Or, en l'occurrence, c'est le mot. Il a complètement craqué.

Avec un soupir, je pousse sur mes pieds pour remonter dans le lit, histoire de ne pas me luxer les épaules, les bras tendus contre les montants du lit.

Je me demande comment ils font, les gens qui sont dans un délire BDSM. À s'enrouler dans des chaînes, des cordes, et tout un tas de liens et d'accessoires pendant qu'ils baisent... enfin, de ce qu'on m'a dit. Je mordille ma lèvre inférieure pour mieux réprimer le frisson qui parcourt mon échine. Je n'y avais encore jamais réfléchi, mais maintenant...

Je déglutis avec difficulté, le souffle coupé. Une image de Sergio, faisant irruption dans la pièce, fend mon esprit comme une flèche, et je me tortille sur le lit en refermant les cuisses alors qu'une pointe d'excitation enflamme mon bas-ventre.

Putain… Qu'est-ce qu'il m'arrive, encore ?

Je le vois ramper sur le lit, faire descendre mon leggings jusqu'à mes chevilles, retirer une des jambes, puis l'autre, et le jeter par terre. Je le vois écarter mes genoux, glisser ses mains à l'intérieur de mes cuisses et en agripper la chair avec force entre ses doigts.

Je hoquette, les yeux fermés, et laisse mon esprit et mon corps succomber à ce fantasme.

Il baisse la tête, plus bas, toujours plus bas. Je sens son haleine chaude contre ma chatte trempée. Lorsque sa langue se glisse dans les replis de ma chair, les muscles de mon ventre se contractent et je cambre mon bassin contre sa bouche.

Je sens ses paumes empoigner mes fesses, me soulever du lit. Je sens sa langue agile ressortir, souligner le contour de mes lèvres, tracer un cercle autour de mon clitoris avant de replonger en moi. Puis il suce mon sexe, aspire mon bouton de rose entre ses dents, assez pour déclencher des vagues électriques qui se répandent au plus profond de mon être.

Un infime gémissement s'échappe de ma gorge alors que je me tortille sur le matelas, soumise aux vagues de frémissements que m'arrache ce scénario imaginaire.

J'ouvre grand les yeux.

Oulah.

Je suis vraiment tordue, quand même.

Allongée sur ce lit, les bras en croix, captive d'un type qui cherche clairement à me torturer… je suis à deux doigts de jouir en l'imaginant me faire l'amour ?

D'accord… Je crois que je commence à comprendre tout le délire BDSM.

La vache ! Et ça, c'était juste une petite divagation de rien du tout. Une errance de ma pensée.

Imagine un peu ce que ça donnerait s'il le faisait vraiment ?

Je retrouve peu à peu mon souffle et je laisse mes yeux se

refermer, tandis que mon fantasme tourne en boucle dans mon esprit encombré.

Peut-être que ces images m'apporteront un peu de paix pendant mon sommeil.

Ce serait une première...

CHAPITRE 22
JAELYN

Je roule sur mon flanc, un sourire aux lèvres, tandis qu'Eli caresse mon épaule nue.

— Je ne t'ai pas fait mal, hein ? demande-t-il avec une once d'inquiétude dans le regard.

— Non, soufflé-je.

C'est complètement faux, mais à quoi bon le faire culpabiliser ? Après la désastreuse confrontation avec mes parents, je n'ai pas attendu une seconde. J'ai pris la fuite pour me perdre dans d'autres émotions fortes, aussi loin que possible des vagues de colère qui me submergeaient.

Le sexe.

Malheureusement, ma première fois n'a ressemblé en rien aux expériences ultra romantiques décrites dans les livres.

J'ai surtout eu besoin de me forger un autre souvenir, une image assez puissante pour supplanter celle qui venait de s'imprimer dans ma mémoire. J'ai un peu forcé la main à Eli. Enfin... une fois qu'on s'est retrouvés seuls dans son appartement, au lieu de lui laisser le temps de préparer mon corps et mon esprit à ce qui m'attendait, je lui ai pratiquement sauté dessus. C'était rapide, impulsif, guidé uniquement par mon besoin d'écarter la scène douloureuse qui repassait en boucle dans ma tête. Je voulais une distraction, un truc qui m'aiderait à me concentrer sur autre chose que l'altercation avec mon père, que je n'oublierais jamais.

J'ai dit à mon père que je le détestais.

Un frisson parcourt mon échine alors que ces mots brûlants continuent de faire leur chemin jusqu'à mon cœur, qui se serre. Je les ai repoussés dans un coin obscur de mes pensées et j'ai laissé Eli prendre toute la place, captiver toute mon attention, alors qu'on s'éloignait de chez moi à toute allure, plus tôt ce soir-là.

Je ne pourrai jamais revenir en arrière. Retirer ce que j'ai dit.

Et je n'oublierai jamais le choc, l'horreur sur les traits de mon père une fois que mes cris ont cédé la place à un silence pesant.

Sa petite fille. Son enfant chérie.

Qui le déteste.

J'ai beau garder un sourire forcé sur mes lèvres, des larmes brûlent mes yeux alors que j'évite le regard pensif d'Eli.

— On n'était pas obligés de faire ça ce soir, Jae, murmure-t-il en caressant mon dos.

— Si, reniflé-je. Parce que je t'aime, et parce que tu m'aimes.

J'attends, en vain, qu'il le confirme.

Je plisse les yeux et me tourne vers lui.

— Ouais, mais... ce n'était pas forcément le moment. Tu sais... avec tes parents, et tout ça, chez toi.

Son front se plisse et il passe une main dans sa nuque.

— Tu crois que ton père a parlé à Nate de ce qu'il s'est passé ?

Mon esprit se met en état d'alerte.

— C'est vraiment tout ce qui te préoccupe, là ? Ce que mon frère va en penser ?

Je me redresse en empoignant la couette. Je viens de dire à mes parents d'aller se faire foutre, de leur cracher à la gueule que je choisissais Eli avant tout le reste, et lui, il est juste inquiet de la réaction de Nate ?

C'est ça, sa principale préoccupation ? Le club, putain ?

Pas moi ?

Je viens de lui offrir ma virginité ! Mon corps, tout entier livré à lui ! J'aurais pu aller au bout du monde avec lui, s'il me l'avait demandé !

Maintenant, je comprends mieux pourquoi il ne l'a pas fait.

Eli hausse les épaules.

— Ben... tu sais... le club passe avant tout, pour moi. Je ne veux pas qu'il croie que ma loyauté est remise en question parce qu'on est ensemble.

J'écarquille les yeux. Mes larmes sont séchées, oubliées.

— Donc... tu m'as dit que tu m'aimais, tu m'as mise dans ton lit. Et maintenant, tu as peur que mes parents balancent tout à notre sujet et que... quoi ? Que ça bousille ta réputation au club ?

— Attends, répond-il en se redressant à son tour. Tu déformes tout, là. Tout ce que je dis, c'est que je ne veux pas que Nate...

— Non, non, t'inquiète, j'ai parfaitement compris ce que tu as dit. Et ce que tu n'as pas dit, d'ailleurs.

Je me lève d'un bond et commence à rassembler mes affaires éparpillées dans la chambre.

— Je t'ai dit que je t'aimais. Je t'ai choisi ! Avant ma propre famille !

— Je ne t'ai jamais demandé de choisir... précise-t-il d'une petite voix.

— Donc, ça veut dire que tu aurais fait un autre choix, si l'occasion s'était présentée pour toi ?

Mon pouls s'emballe davantage à chaque seconde qui passe. Ma gorge est serrée. Je n'arrive plus à respirer. Il ne répond rien, mais c'est inutile. Je comprends très bien ce qu'il en pense, à la tête qu'il fait.

Je lève la tête avec un rire sans joie.

— Qu'est-ce que j'ai pu être conne ! Je n'arrive pas à croire que j'ai tant sacrifié pour toi.

— Jae, ce n'est pas la peine d'en faire toute une histoire. Tout ce que je dis, c'est que je ne veux pas que ça cause des tensions avec moi.

— Eh bien, tu peux arrêter de t'inquiéter. Je te garantis que les tensions que ça va causer entre nous seront bien pires !

Je jette un regard circulaire dans la chambre à la recherche de quelque chose, n'importe quoi, que je pourrais lui balancer au visage. Je saisis une télécommande et la jette dans sa direction. Elle manque sa tête de quelques centimètres et part s'écraser contre le mur, derrière lui.

— Merci pour cette soirée. Je m'en souviendrai toute ma vie, tu peux me croire, ajouté-je avec sarcasme.

— Jaelyn ! insiste-t-il en se levant du lit pour se ruer à ma poursuite.

Il tend la main pour attraper mon poignet tandis que j'enfile mes bottes, et je fixe ses doigts serrés autour de mon bras une brève seconde avant de lui écraser mon poing dans le nez.

Il se plie en deux avec un grognement pour retenir le flot de sang dans ses paumes.

— Putain, connasse ! T'es vraiment complètement folle, tu le sais ?

Je passe mon sac à main sur mon épaule, lui décoche un doigt d'honneur, et avec un sourire mauvais, j'ouvre la porte de son appartement.

— Ouais. À ce qu'il paraît.

— Jae, fait Eli dans un râle alors que je franchis le seuil. S'il te plaît, ne dis rien à Na...

Je ne le laisse pas aller au bout de sa pathétique imploration et lui claque la porte au nez.

Le type le plus intelligent que je connaisse est aussi le plus con.

Je ne prends même pas la peine d'attendre l'ascenseur. Je descends les escaliers quatre à quatre, pour mettre autant de distance que possible entre nous avant que les premières larmes, brûlantes de rage, commencent à couler sur mes joues.

Mon premier amour.

Ah !

Quelle putain de blague !

Ma peau se hérisse, comme si des milliers de petites araignées parcouraient mes jambes et mes bras. J'ai un goût de bile au fond de la gorge, alors que je frotte mes mains contre mes manches pour dissiper cette impression envahissante, qui éclipse tout le reste. Celle d'une appréhension terrifiante qui m'a assaillie dès la seconde où Eli m'a fait comprendre, avec une clarté douloureuse, quelles étaient ses priorités.

Mais je l'aimais, moi !

Je dévale les dernières marches et émerge de l'immeuble en furie, m'effondrant contre le mur de briques près de l'entrée. C'est là que je m'autorise enfin à me laisser submerger par des sanglots qui agitent mon corps. Et je hais de tout mon cœur chaque larme que je verse. Ça ne me ressemble pas. Je ne suis pas ce genre de fille !

Enfin... qu'est-ce que j'en sais ?

Je ferme les poings, les dents serrées, puis j'essuie mes joues.

Et dire que j'allais tout sacrifier pour ce sale con !

Son rejet n'est pas juste une petite blessure d'égo. Non, il a inciméré mon cœur, il l'a réduit en cendres.

Je plonge la main dans mon sac pour en sortir mon téléphone et appeler un Uber. Je commence à entrer ma destination, et je suis sur le point de sélectionner un chauffeur quand le nom de Nate apparaît à l'écran.

Merde.

Il est au courant, pas vrai ?

Papa et maman ont dû l'appeler et lui annoncer la nouvelle.

Je ferme les yeux une brève seconde avant de décrocher.

— Eh, salut, ça va ?

— Jae. Où est-ce que tu es ?

Je mordille mes lèvres.

— Ah, euh… Je suis près de… Marlins Park, réponds-je avec lenteur, étudiant mes environs par des coups d'œil rapides.

Si je me mets en route tout de suite, je pourrai être au niveau du stade de baseball dans moins d'un quart d'heure. Je frissonne à nouveau. Il fait noir, et une promenade dans ce quartier, ce n'est pas l'idée du siècle, surtout avec la tenue que je porte.

— D'accord. Vas-y et je passe te chercher dans quelques minutes, répond-il d'une voix étranglée.

— Nate ? Qu'est-ce qui ne va pas ? demandé-je en passant un bras autour de ma taille.

Je ne sais pas pourquoi je ressens ce besoin. Il fait une chaleur insoutenable, pour la saison.

— Juste… Vas-y, s'il te plaît, insiste-t-il dans un souffle. On se retrouve dans une minute.

— Je ne suis pas à Marlins Park, m'empressé-je de lui répondre en claquant des dents, incapable de me contenir. J'ai menti. Je suis désolée. Je suis devant l'immeuble d'Eli.

Je l'entends prendre de grandes inspirations à l'autre bout du fil.

— Reste là où tu es, dit-il alors d'une voix qui me semble défaite.

Je perçois dans son timbre quelque chose de brisé, de désespérément triste. Ça ne lui ressemble pas.

— Je suis juste à côté.

— Nate, murmuré-je, le cœur battant, si fort que mes oreilles bourdonnent. Tu me fais peur. Qu'est-ce qu'il s'est passé ? Est-ce qu'il est arrivé quelque chose à papa et maman ?

Je ferme les yeux de toutes mes forces.

— Reste là où tu es, répète-t-il sans répondre à ma question. Je serai là dans peu de temps.

Et il raccroche.

À cet instant, je comprends que mon mauvais pressentiment est peut-être fondé.

Je fixe mon téléphone pendant plusieurs secondes. L'écran est redevenu noir.

Nate est en route pour venir me chercher, pour une raison qu'il a été incapable de m'avouer.

Il n'a pas répondu quand je lui ai demandé, pour nos parents.

Je presse une main contre mon front. J'ai le vertige, ma tête dodeline contre le mur de l'immeuble. Ma respiration me déchire les poumons, comme si j'avais inspiré des éclats de verre. Je frémis et me laisse tomber à terre, glissant mes bras autour de mes genoux, tandis que des ombres me dépassent, sur le trottoir.

Quelque chose de terrible nous guette.

Je l'ai pressenti, plus tôt, sans y prêter attention. Je pensais que c'était la conséquence de ma rupture avec Eli. Du déchirement de mon cœur.

Mais il y a autre chose, un événement plus grave encore qui réduira en miettes ce qu'il reste de ma vie, de ma joie.

Je le sais.

Je le sens.

Ce désastre est là, partout autour de moi, suspendu dans les airs comme un nuage menaçant.

Je plonge ma tête dans mes mains, secouée de sanglots muets.

Je reste assise sur l'asphalte rugueux et frais contre ma peau, pendant ce qui me semble des heures, peut-être des jours. Je n'ai jamais été du genre à prier, je ne suis pas vraiment croyante, mais c'est la première chose qui me passe par la tête alors que je tremble, seule, dans l'air tiède et parfumé.

Pitié, mon Dieu. Faites que mes parents soient en sécurité. Qu'il ne leur soit rien arrivé.

Et pitié, dites-leur à quel point je les aime, à quel point je suis désolée !

Des phares inondent enfin de lumière la portion de béton contre laquelle je me suis blottie, alors que la voiture de Nate se gare sur le trottoir.

Je me lève d'un bond et cours vers lui, ouvrant la portière à la volée pour m'installer sur le siège passager. J'ai trop peur pour prononcer le moindre mot. Il se tourne vers moi, sans répondre à ma question muette. Ses yeux sont rouges. Des larmes coulent, aux coins.

Il ne me dit rien.

C'est inutile.

Son visage me dit déjà tout d'une réalité que je ne veux ni entendre, ni accepter.

Je tombe dans ses bras, secouée de sanglots, tandis qu'il me tient fort contre lui, son chagrin immense se mêlant au mien.

Mes prières étaient futiles.

Et maintenant, il ne reste plus que la culpabilité, et mon cœur fendu, devenu un abîme qui m'engloutit tout entière.

CHAPITRE 23

SERGIO

Je fais les cent pas devant les grandes fenêtres au fond de l'appartement. Ça m'aide à réfléchir. À analyser le mystérieux avertissement de Jaelyn vis-à-vis de Nate. « *Si tu ne lui dis pas que c'est toi qui me retiens prisonnière, il sera trop tard pour qu'il paie quoi que ce soit* ».

Je serre les poings pour mieux contenir ma colère, l'empêcher de jaillir comme un geyser. Mais c'est si difficile. Une vraie torture. Elle est tellement chiante, cette fille, avec ses insultes, ses mises en garde énigmatiques.

Qu'est-ce que c'est censé vouloir dire, bordel ?

Et qu'est-ce que ça peut me foutre, d'ailleurs ?

Elle m'a déjà prouvé par le passé qu'elle est prête à dire n'importe quoi pour protéger son frère. Pourquoi est-ce que je devrais accorder le moindre crédit à ce genre de phrases ? Surtout que c'est elle qui est attachée à un lit et qui cherche un moyen de s'enfuir !

Je fais encore quelques tours de la pièce, lorsque mon estomac se met à gargouiller.

Merde. On ne peut vraiment pas dire que j'ai pensé à tout.

Je me dirige vers la cuisine, repousse la bâche qui couvre le frigo et l'ouvre d'un grand geste. Tous les électroménagers sont encore branchés, avec un peu de chance, il y a quelque chose à manger.

Je fronce les sourcils en découvrant le vide abyssal qui se déploie sous mes yeux.

Un fond de vodka et des cornichons.

Fantastique.

On va pouvoir se bourrer la gueule avec des cocktails de vodka rehaussés d'une rondelle de cornichon.

Je balance mon poing dans un morceau de bois, qui voltige à travers la pièce.

Puis je tends l'oreille, dans le silence qui suit ce vacarme.

J'ai bien entendu ? Ou…

Je m'approche de la chambre où Jaelyn est retenue, les sourcils froncés.

Je rêve ou elle pleure ?

J'ouvre délicatement la porte et je la découvre en train de se tortiller dans le lit, les cheveux en bataille autour de son visage. Elle est en train de lutter contre quelque chose de violent, du fond de son sommeil. Elle bouge les lèvres, mais seuls des sons infimes s'échappent de sa gorge, bien différents des plaintes que j'ai entendues depuis la cuisine. Je vois ses larmes tracer des sillons sur ses joues alors qu'elle se tourne de gauche à droite, de droite à gauche, comme pour échapper à la noirceur qui s'empare de son esprit.

Je m'approche de la tête de lit, fouillant dans ma poche pour trouver la clé des menottes. Je l'insère dans la serrure et défais le premier lien. Sa main tombe lourdement sur le matelas, et avec un hoquet sonore, elle s'assied en portant une paume à son cœur, la poitrine soulevée par ses respirations saccadées.

Elle jette un regard circulaire, les yeux dans le vide, comme si elle avait du mal à comprendre où elle se trouvait.

Le rêve dont elle vient d'émerger a vraiment dû lui retourner la tête. On dirait qu'elle ne se souvient de rien.

Ce n'est que lorsque ses yeux rougis se posent sur moi que je perçois l'émotion bouillonnante, tapie sous la surface. Je retiens mon souffle. C'est la première fois que je la vois sans son masque, celui dont elle use et abuse pour se protéger du monde, celui qui l'aide à éloigner les autres et à enfouir la douleur profondément en elle.

Elle essuie ses yeux de sa main libre, les lèvres toujours tremblantes. Ses inspirations frémissantes ressemblent à des râles, et elle frissonne encore lorsqu'elle reprend place au centre du matelas, sans me quitter des yeux.

Je vois toute l'angoisse.

Tout le chagrin.

Alors je ne prends pas le temps de réfléchir, cette fois.

Je me contente d'agir.

Ni questions, ni mensonges.

Je tends les bras, et elle vient s'y blottir. Ses gémissements deviennent de véritables sanglots. Des implorations en quête de pardon, de clémence, où elle s'excuse de ne pas être la fille que ses parents méritaient.

Ma gorge se serre tandis que je caresse les cheveux délicats de sa nuque.

C'est pas bon. Pas bon du tout.

Elle est toujours attachée au lit. Je ne l'ai pas entièrement libérée, pourtant elle n'a pas l'air en état de me faire un sale coup.

Mais je ne peux pas continuer de la réconforter comme ça ! Son frère a essayé de me buter, bordel de merde !

Si je lui laisse la moindre occasion de me manipuler, mon plan peut virer à la catastrophe.

Je devrais la lâcher.

Refermer les menottes.

Sortir de cette pièce et la laisser chialer toute seule !

Mais je ne fais rien de tout cela.

Je reste parfaitement immobile, enveloppant son corps blotti contre mon torse, son autre bras encore tendu au-dessus du lit.

Et c'est exactement dans ce genre de situation à la con que Matteo me sauterait à la gorge. Parce que ce n'est pas du sang qui coule dans ses veines, à lui.

C'est du cyanure.

Du poison pur.

Parfaitement létal.

On reste assis pendant ces minutes qui s'écoulent et qui s'étirent à l'infini, sans esquisser le moindre geste — ce qui, de mon point de vue, est largement préférable, puisque chaque fois que je me suisapproché d'un peu trop près, je me suis pris un coup dans les valseuses. Cette fois, elle n'a pas l'air de chercher à me castrer.

C'est plutôt bon signe, dans un sens.

J'ai l'impression que nous sommes restés collés durant des jours lorsqu'elle lève enfin la tête et s'écarte pour étudier mon visage. Ses yeux sont encore humides, ses joues, rougies.

Je ne l'ai jamais trouvée si belle.

Si brisée.

J'ai été si choqué de percevoir cette fêlure, la première fois.

Ce coup-ci, sa douleur est irréelle. Impossible.

Des émotions d'une violence sans bornes.

Dans un corps si menu.

Et cette haine qu'elle semble me vouer.

Je ne peux pas m'empêcher de me demander *pourquoi*.

Elle renifle en étirant ses doigts. Je m'écarte, d'instinct, au cas où elle se préparerait à me sauter dessus.

Avec un petit sourire aux lèvres, elle laisse retomber sa main sur le matelas.

— Je ne vais pas te frapper.

— Je ne sais pas si c'est une bonne idée de te croire, réponds-je avec un sourcil arqué. L'expérience m'a plutôt enseigné le contraire.

— Ouais, je sais, dit Jaelyn dans un soupir en écartant une mèche de cheveux trempée de larmes. Alors pourquoi tu as défait mes menottes ?

Je hausse les sourcils.

— Parce que j'avais peur que tu me claques entre les doigts si je te laissais dans cette position. J'ai décidé de tenter ma chance, de parier que tu n'allais pas essayer de m'étrangler si je libérais un de tes poignets.

— Eh bien, merci de m'avoir sauvé la vie.

— J'ai, euh... j'ai aussi entendu...

Elle lève sa main libre pour m'interrompre.

— Non. On ne va pas parler de ça.

Je passe une main dans mes cheveux.

— Pourquoi ? Parce que tu ne veux pas qu'on sache que, malgré les apparences, tu n'es pas une connasse à plein temps, et que tu as vraiment un cœur qui bat, dans le fond ?

Elle lève les yeux au ciel et se laisse couler sur le matelas, exaspérée.

— T'es une espèce de montagne de muscles qui bosse pour la mafia. Tu sais très bien que c'est pour les faibles, ce genre d'émotions.

— Ouais. Et les plus faibles, ce sont ceux qui se retrouvent avec un pic à glace dans la tête. Je connais la petite histoire, réponds-je avec un sourire.

— Très bien. On est d'accord. Alors changeons de sujet.

J'acquiesce avec lenteur.

— D'accord. C'est oublié. Est-ce qu'il y a d'autres sujets

que tu ne veux pas aborder ? Autant établir une liste claire dès le début.

Un éclat passe dans ses yeux.

— Tu m'as déjà fait comprendre que ma parole n'avait pas le moindre poids. Pourquoi prends-tu la peine de poser cette question ?

— Écoute, Jaelyn, lui dis-je en contournant le lit et en m'approchant du mur du fond, pour mettre une distance nécessaire entre nous.

— Je sais que tu ne comprends pas ce qu'il se passe, mais si tu es ici, c'est pour une bonne raison. Une très bonne raison.

— Ce qu'il se *passe* ?! demande-t-elle en haussant le ton. Mais il ne se passe rien ! Tu m'as kidnappée, soi-disant pour une *bonne raison*, mais on dirait bien que tu n'as aucune idée de ce que tu vas faire de moi. Et ça, tu sais quoi ? Ça m'indique que ta « bonne raison », c'est des conneries !

Je serre les poings le long du corps.

— Je sais très bien ce que je suis en train de faire. Ne me défie pas, putain !

Jaelyn pousse un râle.

— D'accord. Mais je te trouve vachement sur la défensive pour un type qui sait ce qu'il est en train de faire. Et puis je t'ai entendu parler au téléphone avec un de tes amis à la con ! Alors arrête un peu tes conneries ! Admets-le, tu n'as rien prévu du tout et tu ne sais plus comment te sortir de là ! Si tu veux mon avis, tu ferais mieux de te concentrer sur ce que tu fais de mieux : faire couler des boîtes de strip-tease ! Dans ce domaine, t'es vraiment un pro !

J'avance d'un pas rageur vers le lit et la saisis par le menton pour la forcer à me regarder. Je m'assure aussi d'attraper sa main libre pour me prémunir contre une éventuelle agression, ou pire.

— Tu dis n'importe quoi, tu ne sais même pas de quoi tu parles !

— Ah bon ? réplique-t-elle sèchement en arrachant son visage à ma main. Tu ne t'énerverais pas autant si c'était faux. Ça te ferait même rire, tu me trouverais ridicule. Mais ce n'est pas le cas, n'est-ce pas ? Tu n'as pas calculé ton coup, et tu n'as aucune idée de ce que tu vas faire ensuite ! Et à cause de toi, mon frère pourrait mourir !

C'est à ce moment-là que ses pieds se mettent en action, et que l'un d'entre eux se rapproche dangereusement de mon entrejambe.

— J'en ai rien à foutre de toutes tes histoires. Tu crois quoi, que tu vas m'avoir par les sentiments ? Ça sonne faux de toute façon. Ça ne marchera pas sur moi ! Et si ton frère finit par crever, ce sera bien mérité ! tonné-je.

Elle ouvre grand les yeux et étouffe un hoquet de stupeur.

— Mais qu'est-ce que tu racontes ?

— T'as beau jouer les innocentes, je ne suis pas dupe, ma belle.

Je me penche vers elle, si près que nos fronts se touchent presque lorsque je prononce les mots suivants, qui sont aussi mes derniers :

— Dans cette histoire, c'est œil pour œil, dent pour dent, Jaelyn. Œil pour œil !

Je m'empare des menottes et attache à nouveau ses deux poignets, ensemble cette fois. Comme ça, au moins, elle n'aura pas le sentiment d'être écartelée.

Il faut dire que ma cuirasse d'homme sans pitié se fendille d'heure en heure et que je ne suis pas loin de devoir la suspendre dans le vide, par la fenêtre, en la retenant par les chevilles, juste pour la faire taire.

Et pour lui prouver que j'ai bel et bien un plan.

Gagner.

CHAPITRE 24
JAELYN

J'écrase rageusement mes pieds dans le matelas en laissant échapper un cri strident. En proie à un mélange de frustration et de panique, j'hésite entre dire la vérité à Sergio et me taire, parce qu'alors il me faudrait *tout* lui dire, ce qui nous exposerait davantage, Nate et moi.

Mais je sais que chaque seconde qui passe pousse Nate plus près du précipice. Même s'il ne déclenche pas un code rouge chaque fois qu'il ne parvient pas à m'avoir au téléphone, je suis à peu près sûre qu'en trouvant ma voiture, abandonnée le long de la route qu'il emprunte pour se rendre au club, il va basculer en mode tueur sans pitié.

Ça fait trois ans que je n'ai pas vu cette facette de mon frère. Nous l'avons vraiment échappé de peu lorsque, contre toute attente, l'embuscade des frères Bowman a mal tourné.

Mes soupçons se sont toujours portés sur Eli ; c'est probablement lui qui leur a révélé que Nate et moi étions en route. Nous n'avons pas pu nous attarder assez longtemps pour le prouver ou pour lui donner une bonne leçon, mais je reste intimement persuadée du rôle qu'il a joué dans cette affaire.

Au terme de cette nuit effroyable, Nate l'a forcé à rendre son patch de biker et l'a viré du club, et Eli ne nous a jamais pardonné de l'avoir déraciné et exclu de cette manière. Et puisque plusieurs amis à lui se sont indignés de ce départ forcé, je n'ai pas vraiment de doute sur la manière dont notre plan de revanche contre le cartel Becerra et leurs mules s'est ébruité.

L'idée avait été de les mutiler de la façon la plus brutale qui soit, ce que nous avons fait.

Mais à mesure que les jours passaient, la cible sur notre dos semblait grossir davantage.

Nate sait déjà que les chefs des cartels sont présents sur le territoire et qu'ils nous recherchent activement.

Il ne va pas envisager la possibilité la plus simple. Se dire que j'ai pu tout bêtement disparaître après un mauvais virage dans le désert.

Il se dira que c'est eux qui me détiennent.

Et il foncera droit dans la gueule du loup, pour me sauver.

Ce qui serait une mission suicide.

Ils ne le laisseront jamais repartir vivant, pas après tout ce qu'il a fait à leur organisation.

Ils ont attendu bien trop longtemps, et la haine qu'ils nous vouent coule si abondamment dans leurs veines qu'ils n'accepteraient jamais de le laisser filer entre leurs doigts crasseux.

Je ferme les yeux de toutes mes forces. Si je ne parle pas tout de suite, quitte à révéler mon jeu, je pourrais bien perdre mon frère, la seule famille qu'il me reste. Sergio a été très clair sur le sujet : il veut voir Nate mort. Alors je prendrais de gros risques en lui disant ce que Nate s'apprête sûrement à faire, le connaissant. Il lui suffirait de passer un coup de fil à son pote Becerra, lui divulguer l'information, et faire d'une pierre deux coups — sécuriser son partenariat avec le cartel et sacrifier mon frère.

— Argh ! Non !

Je balance mes bras par-dessus ma tête, faisant retentir mes menottes métalliques contre la tête de lit.

Sergio ouvre la porte à la volée et reste planté là, un verre rempli d'un liquide transparent à la main.

— Tu commences à me filer la migraine avec tes putain de cris. Si tu ne la fermes pas, je vais te scotcher la bouche.

Je peine à me relever, me contorsionnant comme un poisson hors de l'eau pour essayer de prendre appui sur le matelas trop mou.

— Écoute, dis-je entre les dents. Il y a quelque chose que je dois te dire.

Il lève un sourcil et vide son verre.

— J'espère que ce n'est pas que tu as encore besoin d'aller pisser. J'en ai ras le cul de tes genoux, Jaelyn. Et il y a plein de marteaux ici, ajoute-t-il. Garde-le à l'esprit.

Je lève les yeux au ciel.

— D'accord, comporte-toi comme un gros dur si tu veux. On s'en fout. Est-ce que j'ai l'air d'avoir peur de toi ou du plan débile que tu essaies d'élaborer pour essayer de te servir de moi comme d'une rançon ?

Un éclair passe dans ses yeux et il balance le verre contre le mur qui me fait face. Dans un fracas, glaçons et bris de verre volent dans les airs. Puis il se rue sur moi avant de refermer une main autour de ma gorge. Il ne me tient pas si fort que ça, je peux encore respirer, mais je ne vais pas mentir : son assaut me prend un peu de court. Il semble toujours si calme et détendu, sauf dans ces instants fugaces où il perd complètement la raison et devient ultra violent.

C'est un peu effrayant.

Et sexy, aussi, pour être parfaitement honnête.

Mais là tout de suite, j'ai besoin du Sergio rationnel, pas du Sergio psychotique.

— Tu ne vas pas me tuer, dis-je dans un murmure.

— Si tu continues comme ça, je vais être tenté de le faire, grince-t-il, ses yeux bleus s'assombrissant comme si un orage turbulent menaçait soudain de troubler l'eau claire qui les baigne.

Mais il relâche tout de même son étreinte, et le torrent déchaîné de ses pensées semble à nouveau s'apaiser.

Dieu merci.

— Je peux t'offrir des informations, Sergio. Mais en échange, j'ai besoin de ton aide, murmuré-je d'une voix étranglée.

— Pourquoi est-ce que je voudrais t'aider ? Tu n'es qu'une salope manipulatrice, une menteuse, une traîtresse.

— Et pourquoi est-ce que ce serait un problème ? Parce que j'ai un coup d'avance sur toi ? Que je t'ai battu à ton propre jeu ? C'est ça qui te troue le cul ?

— Pour quelqu'un qui veut mon aide, je te trouve quand même vachement casse-couilles.

Il retire sa main de ma gorge et j'en profite pour inhaler autant d'oxygène que possible avant de recommencer à parler. Il faut vraiment que je fasse plus attention au timing.

Note à moi-même : ne pas attiser le monstre juste avant de lui demander un service.

— Tu as raison, dis-je en toussotant. D'accord, oublie le fait que je viens de t'insulter. J'ai vraiment besoin que tu m'écoutes.

— Je t'écoute, grogne-t-il. Alors fais en sorte que ce soit bien juteux.

Je lâche un soupir.

— Je sais que tu veux nos boîtes de nuit.

— Oui, je crois que j'ai été assez clair sur le sujet l'autre soir, renâcle-t-il en se reculant du lit, les bras croisés sur le torse.

— Au point d'être prêt à me kidnapper ?

Ses lèvres se tordent en une grimace.

— Ne recommence pas à me raconter n'importe quoi, Jaelyn. Tu sais très bien que ce n'est pas pour cette raison que tu es là.

— Écoute, dis-je en ayant le plus grand mal à stabiliser ma voix. On perd du temps en tournant autour du pot, d'accord ? Tu perds ton temps, je perds le mien, et Nate le sien ! Alors, soyons honnêtes l'un avec l'autre et voyons si nous pouvons parvenir à un accord. J'ai peur pour mon frère. C'est la seule raison pour laquelle je suis prête à négocier.

Il plisse les yeux.

— Négocier quoi ?

— Ton aide contre une part des boîtes de nuit.

— Pourquoi est-ce que j'accepterais de vous aider, Nate et toi, alors qu'il a essayé de nous buter, avec mes gars, l'autre soir ?

Je hoquette de stupeur.

— Mais de quoi tu parles ?

Il s'empare du rouleau de scotch sur la commode et s'avance vers moi en le brandissant devant mes yeux.

— Tu te fous de ma gueule, Jaelyn... Si tu n'es pas honnête avec moi... je t'envelopperai comme une putain de momie là-dedans, c'est compris ?

— Je n'ai pas la moindre idée de ce dont tu parles ! m'écrié-je.

Il me saisit par les cheveux et me force à regarder vers le haut.

— Quand on a quitté le club, l'autre soir, on a été pris d'assaut par des types dans un van. Ils nous ont tiré dessus. Ils ont eu un de mes hommes.

— Je... Je ne savais pas, dis-je d'une voix pincée, la douleur devenant de plus en plus vive au niveau de la racine de mes cheveux. Mais ce n'était pas Nate, c'est impossible. Il n'aurait pas fait ça. Je veux dire, je lui ai bel et bien dit de...

Je m'interromps avant que la suite de la phrase ne m'échappe.

— Dit de *quoi* ? grince Sergio en tirant de plus en plus fort sur mes cheveux.

— Aïe ! sifflé-je. Je te le dirai si tu me lâches.

Il marque une brève pause puis libère enfin ma tête. C'est vraiment très douloureux, et je ne peux même pas me frotter le crâne, les mains menottées.

— Il m'a menacé, dit Sergio. Devant mes gars. Il m'a manqué de respect, puis, pour bien faire passer le message, il a envoyé des hommes à lui pour nous prouver qu'il n'est pas intimidé par l'alliance de nos familles. Tu as entendu tout ça aussi, ma douce, alors n'essaie pas de me faire croire qu'il est innocent. Peut-être qu'il ne t'a pas fait part de son plan, mais c'est lui qui nous a fait le coup, j'en suis sûr. Et c'est pour cette raison que tu es là, pas parce que vos boîtes de nuit me font de l'œil.

— Écoute, c'est à cause de moi s'il s'est comporté comme ça. C'était mon idée de vous écarter d'office. On voulait vous pousser à bout !

Il agite une main autour de lui, laissant échapper un ricanement incrédule.

— Eh bien, regarde autour de toi, Jaelyn. Cette situation tout entière prouve combien tu avais raison, hein ?

— Alors si tu m'as enlevée, c'est uniquement parce que tu crois que Nate a essayé de te tuer ?

— La vengeance est un plat qui se mange chaud, fait-il en arquant un sourcil.

Je hausse les épaules.

— Si tu veux...

— Qu'est-ce que tu essaies de sous-entendre ?

— Eh bien, personne n'est mort au final. Alors ce n'est pas exactement œil pour œil.

Il plisse les yeux.

— Le bras d'Enrico a été criblé de balles, il le porte en écharpe. Est-ce que je devrais faire la même chose au tien ? Histoire que ce soit vraiment équitable ?

J'humecte mes lèvres sèches.

— Je préférerais t'offrir des parts de nos boîtes en échange de tes muscles.

Le regard de Sergio se voile pendant un instant, et un petit sourire narquois naît sur ses lèvres.

— *Quels* muscles, au juste ?

— Je suis sérieuse, dis-je. Nate n'a pas essayé de te tuer. Je serais prête à parier ma vie là-dessus. Je ne sais pas qui s'en est pris à toi, mais...

— Non..., marmonne Sergio en se détournant de moi. Argh ! putain, ça m'aura plus fait chier qu'autre chose, cette histoire d'« Œil pour œil, dent pour dent ».

— Ouais, je commence à comprendre que tu ne maîtrises pas tellement le sens de cette expression.

Il me fusille du regard.

— Je ne pensais pas qu'à cause d'une simple main coupée, on allait essayer de me coller une balle dans la tête, dit-il, les dents serrées.

Euh... il a bu combien de verres avant de le fracasser contre le mur ?

— Je ne comprends rien... À qui as-tu coupé la main ?

— Javier.

Je fronce les sourcils.

— Qui ça ?

— Le type qui t'a attaquée à la sortie du club l'autre soir.

— Tu lui as *coupé la main* ?!

J'en reste bouche bée.

— Je croyais que tu étais de mèche avec eux, ajouté-je.

— Qu'est-ce qui te fait dire ça ?

— À cause du rendez-vous que vous étiez censés avoir ! Tu étais furax que son boss ne se soit pas pointé ? Tu as mentionné un partenariat... ?

Sergio se frotte le visage de haut en bas avec la main.

— Mais qu'est-ce qui se passe, putain ? Pourquoi est-ce que tu t'intéresses tant à ce trou du cul de Javier ? Qu'est-ce que ça peut te foutre, avec qui il bosse, ou le business qu'on a, lui et moi ?

Mes tempes se mettent à pulser furieusement, mon pouls accélère à chaque seconde qui passe, et je suis assaillie d'une vision de Nate pénétrant dans l'antre du diable. Un brouillard rouge nimbe le tableau, comme un présage de ce qui l'attend s'il décide de livrer bataille dans ce lieu sordide ; le repaire du cartel Becerra. Ma gorge se serre de plus en plus. J'ai la certitude, croissante, que Nate rencontrera un destin funeste s'il ne découvre pas rapidement la vérité, à savoir, que ce n'est pas le cartel qui m'a enlevée.

Mais cette putain de mafia.

Et en l'état, que ça me plaise ou non, ce sont les seuls à pouvoir sauver mon frère.

Je ferme les yeux de toutes mes forces, décidant de jouer cartes sur table, car il n'y a plus d'autre issue, pour mon frère comme pour moi.

Ironiquement, Sergio est mon seul espoir.

— Parce qu'ils ont tué mes parents !

Mes mots fendent l'air et résonnent dans la pièce comme un écho. Impossible de faire machine arrière. Je ne les soupçonnais pas d'être prêts à jaillir d'entre mes lèvres, comme s'ils n'attendaient que ça.

Je n'avais pas l'intention de lui avouer cette vérité.

Je n'en avais pas envie.

Tout ceci ne le concerne pas.

C'est de Nate qu'il s'agit.

Ma peau picote soudain, comme si de minuscules aiguilles dansaient à la surface de mon corps. Des souvenirs tourbillonnent dans ma tête, éclipsant le peu de présence d'esprit qui me reste, que je m'évertuais à conserver. Il m'est à présent impossible de prendre de profondes inspirations ; seuls de petits filets d'air parviennent à se frayer un chemin dans mes poumons. Mes épaules sont secouées par des sanglots qui ne parviennent pas à s'échapper de ma gorge, et je ferme les yeux dans l'espoir de chasser la scène terrifiante qui se joue dans ma tête.

Des flashs me reviennent par rafales tandis que le son de mes cris me brise les tympans, que l'odeur de caoutchouc brûlé assaille mes narines. J'ai l'impression de revivre la scène, d'être immergée dans l'horreur innommable de ces événements.

— Jaelyn, dit doucement Sergio. Qu'est-ce qui se passe ?

Je cligne rapidement des yeux à plusieurs reprises pour retenir mes larmes, me répétant mentalement que je dois apaiser mes émotions.

— Javier travaille pour le cartel Becerra.

Sergio opine du chef.

— Ouais...

— C'est ce même cartel qui a assassiné mes parents à Miami, il y a trois ans.

J'ouvre à nouveau les yeux. Ils sont humides cette fois.

— Et s'ils sont ici, à Vegas, aujourd'hui, c'est pour nous.

— Je t'écoute, marmonne-t-il.

— D'abord, il faut que tu me promettes de me croire quand je te dis que ce n'est pas Nate qui t'a attaqué. Il ne ferait jamais ça. S'il jouait au gros dur, c'était uniquement parce qu'on n'avait pas la moindre idée de la stratégie à adopter pour attirer ton attention, et qu'on a besoin de ton aide pour faire face au cartel. Plus que jamais.

Je prends une grande inspiration, et un hoquet m'échappe.

— Écoute, tu as raison au sujet de mon passage dans ton club, l'autre soir. J'étais là pour t'espionner. On avait entendu dire que le cartel Becerra était à Vegas, et on avait peur qu'ils finissent par mettre la main sur nous. L'offre que vous nous avez faite, ton organisation et toi, nous a semblé suspecte, parce que vous avez déjà tellement d'argent, tellement d'alliés...

Je laisse échapper un soupir et poursuis :

— J'ai cru que tu te servais de ce prétexte pour te rapprocher de nous, que tu travaillais peut-être de mèche avec le cartel pour nous descendre. Ce n'est qu'au moment où j'ai vu le tatouage de Javier, lorsqu'un de tes gars l'a écarté de force de moi, que j'ai compris de qui il s'agissait.

— Alors c'est pour ça que t'étais aussi froide, le soir où nous sommes venus au Sapphire ? J'aurais pu faire des glaçons sur ton cul... Tu pensais qu'on était vos ennemis, c'est ça ?

— Oui, enfin, ensuite tu m'as kidnappée, donc je ne suis pas non plus convaincue du contraire, riposté-je.

— Et ce cartel, quel lien est-ce qu'il avait avec tes parents ?

— C'est une longue histoire.

— Ça tombe bien, on a tout notre temps.

Il sourit et ajoute :

— Rien à manger, mais du temps. Et de la vodka.

— Est-ce que tu vas me détacher ?

— Je n'ai pas encore vraiment confiance en toi. Laisse-moi entendre le reste de l'histoire, et je déciderai si tu mérites d'être libérée ou non.

Je fais la moue.

— Est-ce que je pourrais boire quelque chose au moins ? La saloperie que tu m'as injectée me file une horrible gueule de bois. Autant aller au bout des choses et m'achever avec un peu d'alcool.

— Je n'ai que des cornichons en guise d'accompagnement.

— Je vais faire avec.

Il disparaît et revient une minute plus tard.

— Il n'y avait pas de soft à mettre dedans non plus.

Je prends une gorgée du liquide translucide. Il descend tout seul puis atterrit au creux de mon estomac vide, qu'il rafraîchit aussitôt.

— Nate présidait un club de motards à Miami, autrefois. Ses gars avaient des activités pas très nettes, surtout du blanchiment d'argent via le club. Je n'étais pas au courant de tout, mais un soir, Nate m'a dit que le chef du cartel Becerra l'avait approché pour lui proposer de participer à leur trafic de drogue, notamment comme distributeur. Ça aurait rapporté gros, selon lui, mais Nate n'avait pas envie de se lancer là-dedans. C'était assez risqué, et il ne voulait pas attirer les soupçons des flics et des agents fédéraux sur le club. Alors il a décliné leur offre. Ils n'ont pas apprécié, et lui ont fait passer un message, finis-je dans un murmure étranglé, avant de prendre une autre gorgée de vodka.

Sergio hoche la tête.

— J'en connais un rayon sur ces soi-disant messages, dit-il à voix basse. Je suis désolé.

— Ouais, eh bien, les gars qui ont fait ça s'en sont tiré avec une petite semaine de travail d'intérêt général. Ils sont en liberté. Mes parents ont été assassinés, et malgré tout, ils ont pu quitter le tribunal, libres comme l'air.

— Pourquoi est-ce que les Becerra s'intéressent encore à vous ? Est-ce que vous avez interféré avec leur business ?

— On l'a entaillé, on va dire, concédé-je. Nate et moi. On a traqué les types qui avaient tué nos parents. On a mis le feu à un de leurs entrepôts et on les a tous les deux descendus. Puis, on a disparu dans la nature.

Je parviens à esquisser un léger sourire.

— Tu vois, *ça,* c'est un bon exemple de juste rétribution. Deux vies en échange de deux vies.

— Mais la dette n'est toujours pas payée, je me trompe ? demande-t-il.

— C'est ça. Ils n'attendent que ça, récolter leur dû. Est-ce que tu comprends mieux pourquoi il faut qu'on avertisse Nate ?

Sergio se frotte la nuque.

— Dire que je voulais juste te sauter, grogne-t-il.

— Je te demande pardon ? glapis-je en me redressant d'un coup.

— Relax, je voulais aussi mettre la main sur vos boîtes de nuit, ricane-t-il. Redescends sur Terre, ma douce.

Une sensation de chaleur enveloppe tout mon corps et se propage à mes joues.

Il incline la tête en arrière et vide son verre.

— On est d'accord, tu vas me libérer, maintenant ?

Il se lève et s'avance vers la porte, puis se retourne pour m'adresser un clin d'œil.

— Ça, il en est hors de question.

CHAPITRE 25
JAELYN

— Je n'ai toujours pas confiance en toi, princesse, dit Sergio. Si je dois vous venir en aide, je veux une part de vos boîtes. Toute cette histoire va me causer pas mal d'emmerdes, et je ne vais certainement pas prendre ce genre de risques sans garantie derrière. Je parle d'un contrat. Écrit. Aucune fille n'est assez bandante pour me distraire de ce qui me revient de droit, c'est compris ?

— Mais, Nate...

— Nate est un grand garçon. Je vais m'occuper de lui pendant que tu restes bien sagement ici. Tu me sers encore de moyen de pression, Jaelyn. Je peux sauver ton frère, mais mon aide n'est pas gratuite. Ça va vous coûter. Vous coûter très cher.

— Est-ce que je peux au moins l'appeler... ?

— Et te donner une chance de lui dire où tu te trouves, pour que le cartel, qui le piste très certainement, le suive jusqu'ici et transforme cet endroit en putain de zone de guerre ?

— Je n'ai pas la moindre idée d'où on est. J'étais droguée quand tu m'as emmenée ici, est-ce que tu l'as déjà oublié ?

m'emporté-je en haussant le ton. J'aurais dû me douter que tu te comporterais comme un con jusqu'au bout ! Ça te ressemble tellement !

— Eh, tout doux. Je suis peut-être un con, mais j'ai ce que tu veux, Jaelyn, ce dont tu as *besoin*... Des muscles.

— Tu es insupportable ! Je n'aurais jamais dû te faire confiance !

— Peut-être pas, en effet, parce que maintenant je connais la valeur de ma monnaie d'échange. Je vais obtenir mes parts pour un prix bien inférieur à celui qui est demandé.

Il sourit et continue :

— Mais t'en fais pas. Tu peux déjà te réjouir d'une chose : je ne vais pas te tuer. J'ai besoin de t'échanger contre ce que je veux en retour, alors tu resteras en vie et nous travaillerons ensemble. C'est plutôt une bonne nouvelle, hein ?

— Est-ce que j'ai laissé entendre, à un moment, que le chef du cartel était le mal en personne ? m'époumoné-je. Parce que j'ai fait fausse route ! C'est *toi,* en fait !

— Le mal en personne. Ça sonne drôlement bien. Je vais peut-être le faire figurer sur mes nouvelles cartes de visite.

— Il n'y a vraiment que toi pour prendre ça comme un compliment, glapis-je.

J'ai désespérément envie de lui balancer une chaussure au visage.

Mais je n'en porte pas et suis dans l'incapacité de mes servir de mes deux bras.

— Tu es vraiment *imbuvable* !

— Bois un coup. Tu changeras peut-être d'avis.

— Je ne peux pas tenir le verre avec les mains attachées ensemble !

Je le fusille du regard, et dans le même temps, une fureur incontrôlable émerge des tréfonds de mon être. Ce petit air suffisant, arrogant… Il me regarde de haut, comme un prédateur affamé qui contemplerait un steak crépitant sur la poêle.

— J'admire ta ténacité, tu sais ? Tu dois bien reconnaître que…, murmure-t-il en faisant courir un doigt le long de ma chemise.

Ce faisant, il se penche vers moi et son parfum m'enivre aussitôt. Ma tête bourdonne d'un désir fulgurant que je peine à contenir, depuis ce qu'il s'est passé l'autre nuit dans son bureau. J'ai tenté d'ignorer la manière dont mon corps vibre au souvenir de ces sensations lancinantes, de ce que j'éprouve chaque fois que Sergio s'approche de moi.

Mais plus j'essaie de me convaincre du contraire, plus la vérité s'impose à moi, implacable. Je le désire de toutes les fibres de mon être. Je le veux sur moi, derrière moi, sous moi. De toutes les manières possibles et imaginables. Et putain, je me méprise *tellement* de penser des choses pareilles. Plus encore que je ne le méprise, lui.

— C'était vraiment chaud, l'autre soir dans mon bureau. Torride, même.

Il me sourit, et lorsque je croise son regard aux paupières mi-closes, ma chatte pulse malgré moi.

Putain ! Je ne pourrais pas imaginer pire trahison, à cet instant, que celui que mon corps est en train de commettre.

Il tire sur le décolleté de mon haut avec son pouce.

— Tu t'en souviens très bien, je le sais. Et même si tu penses me détester, tu es partagée parce que tu as très envie de moi à nouveau. Est-ce que je me trompe, Jaelyn ?

Il pose ses deux mains sur le matelas, m'entourant de son corps. Son haleine chaude vient caresser mes joues avec la douceur d'une plume, et je ferme les yeux en détournant la tête de son regard magnétique.

— Je te hais, pourtant, marmonné-je. À un point…

— Le sexe avec quelqu'un qu'on déteste, il n'y a rien de

meilleur, affirme-t-il d'une voix basse et bourrue qui m'électrise. Tu veux mettre cette théorie à l'épreuve ?

— Je veux appeler mon frère, sifflé-je en ouvrant subitement les yeux, positivement outrée par sa proposition. Et tu n'es qu'un sale porc, soit dit en passant !

— Pourquoi ? Parce que je sais ce que je veux ? Ou parce que je sais que tu veux la même chose ?

— Ne joue pas au plus con. Je ne veux rien avoir affaire avec toi !

— Eh bien, il va pourtant falloir qu'on trouve un moyen d'apaiser les tensions entre nous si on doit être amenés à travailler ensemble.

— Travailler avec toi ? m'offusqué-je. Je n'accepterais même pas de marcher à tes côtés dans la rue !

Il glisse une main entre mes cuisses et je laisse échapper un gémissement surpris, arquant le dos à mesure que ses doigts effleurent mon entrejambe.

— Hmm, exactement ce que je pensais. Tu en veux plus. Moi aussi. On devrait sauter le pas.

— Je... dis-je, le souffle court. Ne veux rien du tout !

— C'est ce qu'on va voir, répond-il avant de crocheter ses doigts autour de la ceinture de mon leggings, qu'il abaisse rapidement autour de mes chevilles.

Je plaque mes genoux l'un contre l'autre pour tenter de lui cacher ce que j'essaie vainement de garder secret, mais c'est perdu d'avance. Il caresse ma fente de haut en bas, puis insère ses doigts entre mes lèvres humides en poussant un grognement sourd.

— Menteuse, rétorque-t-il en empoignant mes cheveux pour retenir ma tête en arrière se sorte à faire courir sa langue le long de mon cou. Tu es complètement trempée. On sait tous les deux ce que ça signifie.

Ma tête retombe en arrière sur l'oreiller lorsqu'il enfonce

ses doigts plus loin, tout en massant mon clitoris avec son pouce.

— Ça ne… ne veut rien dire, bafouillé-je en contractant les orteils alors qu'il me doigte de plus en plus fort.

Sa main libre s'éloigne de mon leggings pour écarter mes jambes. Soudain, ses doigts sont remplacés par ses lèvres et sa langue brûlante, tandis qu'il plante ses doigts dans la chair de mes fesses pour mieux relever mon bassin. Il mordille mon clitoris, et des décharges électriques me parcourent à chacun de ses mouvements. J'ai envie de griffer son dos pour lui faire ressentir ne serait-ce qu'une fraction de ce qu'il me fait éprouver à cet instant. J'ai envie de le faire saigner, de lui arracher des cris. J'ai envie de l'entendre exprimer tout ce qui le traverse !

— Aah ! m'écrié-je, les fesses tendues, alors que ses lèvres assaillent ma chatte. Oh, oui, mon Dieu. C'est ça ! Ne t'arrête pas ! S'il te plaît, ne t'arrête pas !

Mais il se retire, à cet instant précis.

Pile au moment où je crie.

Ma poitrine se soulève lorsqu'il retire sa tête, un sourire satisfait, agaçant au possible, flottant sur ses lèvres.

— Je t'avais dit que tu en avais envie. Pourquoi le nier ?

C'est à peine si je peux respirer, mais je parviens quand même à lui adresser deux doigts d'honneur par-dessus ma tête.

— Va te faire foutre, sifflé-je lorsque je retrouve l'usage de la parole. Laisse-moi sortir d'ici. Tout de suite !

— Je suis prêt à parier que tu n'as pas envie de bouger, ma douce. Tu as envie de rester exactement là où tu es. Avec moi. Et même si l'idée te répugne, c'est ce dont tu as vraiment besoin.

Il se rassoit sur le lit et plonge la main dans sa poche pour en sortir son téléphone. Puis il tend les mains pour détacher une des miennes.

— Appelle ton frère. Dis-lui que ce ne sont pas les Becerra qui t'ont enlevée et que tu resteras avec moi jusqu'à demain matin. Dès qu'il aura rédigé un contrat pour nous céder des parts, il pourra te récupérer et je m'occuperai du cartel en échange. Voilà ce qu'il en est pour sa part à lui. Mais je vais aussi revendiquer ma part, en prenant d'abord quelque chose que je désire. Et je sais que tu n'as aucune intention de m'en empêcher.

Je lance une main, droit contre son visage, si fort que ma paume me brûle lorsqu'elle entre en contact avec sa mâchoire. L'ombre de sa barbe est rêche contre ma peau. Mais il ne bronche pas. Il se contente de sourire. Quel culot ! J'ai envie de lui arracher les yeux !

— T'es qu'un sale pervers, t'es complètement tordu ! lui asséné-je.

— Peut-être, mais n'empêche que ta chatte dégouline de désir chaque fois que je suis dans les parages, pas vrai ? Et ces petits tétons...

Il remonte brutalement mon T-shirt au niveau du cou, exposant mon soutien-gorge. D'un geste agile, il tend la main dans mon dos et le dégrafe. L'air caresse mes seins, et ma respiration se coupe au moment où il commence à masser ma peau rougie.

— Ils sont si durs qu'on pourrait fendre du verre avec, et il m'a suffi de souffler dessus pour ça. D'après toi, qu'est-ce que ça signifie, ma douce ? Parce que moi, ça m'apprend tout ce que j'ai besoin de savoir.

Il arque un sourcil et reprend :

— Son numéro ?

Je le lui communique les dents serrées, puis, une fois qu'il a appuyé sur le bouton vert, il me tend le téléphone que je m'empresse de plaquer contre mon oreille.

Ça sonne une fois. Deux fois. Trois — *ouf ! Dieu soit loué !*

Je ravale un cri en entendant le ton bourru de mon frère à l'autre bout du fil.

— C'est qui, bordel ? grogne-t-il.

— Nate, dis-je d'une voix crispée.

Je resserre les doigts autour du téléphone lorsque Sergio fait glisser sa langue le long de ma chatte, avant de suçoter mon clitoris enflé avec la ferveur d'un chaton tétant le mamelon de sa mère. Du bout de sa langue, démoniaque, il exerce une pression croissante contre mon bourgeon, le titille, danse autour, le mordille...

— Jae ! s'écrie Nate. Dieu merci ! Où es-tu ? Est-ce que tu es blessée ?

— Non, murmuré-je en me cramponnant à l'oreiller derrière ma tête.

Mais ce que j'ai envie de faire, moi, c'est hurler ! De toutes mes forces !

— Je ne suis pas blessée, je vais bien. Tout... tout va bien...

Je ferme brusquement les yeux tandis que Sergio allume un feu qui me dévore de l'intérieur. Je suis à ça de m'évanouir tant le plaisir que j'éprouve est insoutenable.

— Jae ! répète Nate, me faisant rouvrir les yeux.

— Mon Dieu, mon Dieu, mon Dieu, gémis-je, alors que la langue de Sergio fouille ma chair de plus en plus profondément.

Je me contracte autour de lui, pressant si fort mes cuisses l'une contre l'autre qu'elles s'écrasent contre ses joues.

Mais ce mouvement ne fait que l'encourager, et il redouble de vigueur.

Putain, j'en peux plus, quel pied !

— Dis-moi où tu te trouves et ce qu'il s'est passé ! J'ai aperçu ta voiture, je suis allé directement à la police !

— Pas l… la police, marmonné-je tant bien que mal, en proie à une extase intense. Il n… n'y a pas de danger.

— Jae, qu'est-ce qui ne va pas, putain ?

À mesure que je succombe au cruel sortilège de Sergio, la voix de Nate monte dans les aigus. Il commence à perdre patience.

— Nate, bredouillé-je…

Ma tête roule de droite à gauche, tandis que je soulève mon bassin pour plaquer ma chatte brûlante contre la bouche de Sergio qui se régale de mon corps, comme un lion animé par une faim que je serais la seule à pouvoir assouvir.

— Je vais bien. Ne va pas au… oh mon Dieu… cartel ! m'écrié-je en sentant une décharge électrique me traverser de part en part et exploser dans chacun de mes membres.

— Comment ça, c'est quoi l'histoire, avec le cartel ? Jae, réponds ! Est-ce que quelqu'un est avec toi ?

— Oui ! explosé-je d'une voix stridente. Oui, oh mon Dieu, oui !

— Qui ça ? aboie Nate. Mets-moi sur haut-parleur ! Je veux toucher deux mots à cet enculé !

Je parviens à retrouver le contrôle de mes sens, et de ma voix.

— Non, murmuré-je tout bas, alors que Sergio rampe vers moi avec son petit air suffisant qui me donne envie de lui arracher les yeux. Non, promets-moi juste que tu n'iras pas demander des comptes au cartel. Ils n'ont rien à voir avec tout ça. Laisse-les hors de cette histoire. S'il te plaît, promets-le-moi !

Je respire en sentant les ricochets de plaisir se répercuter en moi alors que mon corps semble se dégonfler comme un ballon de baudruche. Je me laisse couler dans le matelas. Tout mon être est écrasé par une pesanteur merveilleuse.

Une des mains de Sergio vient couvrir mes seins et les pétrir, pendant qu'il continue à se frotter à mon sexe. Sa queue est dure sous son pantalon, assez massive pour former une saillie à travers l'étoffe.

Son autre main s'engage dans un tout autre genre d'action.

Elle attrape le téléphone dans ma main. J'en profite aussitôt pour tenter de défaire le bouton de sa braguette afin de le libérer... parce que je compte bien en profiter, à mon tour.

— Torres, c'est Sergio Villani.

Il a sans doute mis le téléphone sur haut-parleur car j'entends le dégoût dans la voix de mon frère.

— Villani, bougonne-t-il. Qu'est-ce qu'il se passe, putain ?

— Écoute, il y a deux trois choses que tu dois savoir, dit-il.

À ce stade, j'ai baissé les bras. Il devient évident que le bouton de son jean refusera de coopérer quoi que je fasse, alors je plonge la main dans son pantalon jusqu'à pouvoir refermer mes doigts autour de son membre épais et tendu. Il avance son bassin quand je le caresse, mais il parvient à donner à Nate la liste de ses requêtes sans que sa voix flanche.

Mon Dieu, je suis une sœur horrible, une partenaire abominable.

Je devrais consacrer toute mon énergie à combattre cette pulsion.

Je ne devrais pas le laisser profiter de la situation comme il le fait.

Je devrais... je devrais... je devrais...

Oh, puis merde.

Je m'en fous de ce que je devrais faire. Ce que je *veux* faire, c'est prendre mon pied.

CHAPITRE 26
JAELYN

— J'ai eu une bonne conversation avec Jaelyn. Elle m'a tout dit du sale coup que tu avais planifié contre nous, et je lui ai répondu que j'étais prêt à proposer un marché, à la place. Je m'occupe de vos petits ennuis avec le cartel Becerra, et toi, tu me cèdes la majorité des parts de ton business.

Sergio esquisse un sourire en baissant les yeux vers moi. Et mes pensées ont beau être embrouillées par mon désir, je retire vivement ma main de son pantalon avec un hoquet d'indignation.

— Quoi ?! Ça va pas, non ?! m'écrié-je.

— Jae, c'est toi qui as accepté une connerie pareille ? demande Nate. Et je peux savoir pourquoi je n'étais pas invité à votre petit rendez-vous, hein ?

— Écoute, Nate. Si j'ai kidnappé ta sœur, c'est parce que je veux racheter une partie de ton business, et qu'il fallait que je lui fasse entendre raison. Elle m'a parlé de ton histoire avec le cartel Becerra. Et il se trouve que moi aussi, je pense que le leader de ce cartel est un fils de pute qui mérite une balle dans la tête. Donc on a trouvé un compromis, et crois-le ou non, c'est gagnant-gagnant. Voilà. Maintenant, tu connais toute l'histoire, alors arrêtons de chipoter sur les détails. J'ai mieux à faire, genre, baiser ta sœur, par exemple. Crois-moi, si on pouvait juste passer à autre chose et terminer cet appel dès maintenant, ça rendrait service à tout le monde. Enfin, surtout à moi, on ne va pas se mentir.

Là-dessus, Sergio se met à rire.

Bordel. Je n'ai pas de mots. Je secoue la tête, la bouche entrouverte.

— Si tu dois retenir une seule chose de ce que je viens de te dire, c'est celle-ci : je me charge du cartel. Ne te mêle pas de ça, ajoute Sergio. Alors ? Qu'est-ce que t'en dis ? On se retrouve pour le petit-déj' ? Disons… dix heures, chez toi ?

Il humecte ses lèvres en se retournant vers moi, passant son autre main entre mes jambes avant de se lécher les doigts. Et ma chatte, cette sale traîtresse, se contracte de désir.

Putain, il y a des moments où je la déteste.

— Tu crois vraiment que tu peux te pointer chez moi demain et repartir en un morceau ? rugit Nate. Espèce de fils de pute, va. Je vais te couper les couilles et te les fourrer bien profond, puis je vais enfoncer mon poing dans ta gueule et les faire ressortir par la gorge.

— L'image a le mérite d'être originale. Mais toute cette violence ne me semble pas nécessaire. C'est sans doute ce que le cartel fera de toi, quand je leur dirai où te trouver. Je doute que tu veuilles attirer leur attention, pas vrai ? Ces connards ont l'air vraiment remontés contre toi et ta sœur. Bon, concernant Jaelyn, pas la peine de trop t'en faire. Elle aura besoin de beaucoup de réconfort s'ils te butent, Nate. Mais je prendrai soin d'elle. J'aurai ma part du gâteau, en plus de sa petite chatte. D'une manière ou d'une autre, tu l'auras compris, j'obtiens ce que je veux. *Tout* ce que je veux, fait Sergio dans un sifflement. À toi de prendre la décision. Qu'est-ce que tu préfères ? Que je baise ta sœur dans tous les sens et que je devienne ton boss ? Ou finir six pieds sous terre, après la mort la plus douloureuse possible ? Réfléchis bien. La réponse peut attendre demain.

Il raccroche d'un geste rageur et balance le téléphone sur le matelas.

— Tu as complètement perdu la tête ? hurlé-je en frappant du poing contre son torse, de ma main libre.

— Doucement, sinon je te repasse les menottes, répond-il d'un air sombre.

— Comment est-ce que tu as pu dire à mon frère... enfin... Tu imagines un peu si on disait la même chose au sujet de ta sœur ? m'indigné-je. Tu es complètement taré ! Il va te tuer, demain, pour ce que tu as fait. Tu en as conscience, j'espère ?

Sergio grimpe sur le lit pour détacher la seconde menotte. Ma main retombe sur le matelas, lourde comme une ancre au fond de l'océan. Elle est pesante, engourdie. J'agite les doigts pour faire circuler le sang, et lentement elle retrouve ses couleurs.

Je frotte mes poignets endoloris, sans cesser de le fusiller du regard.

— Et c'est toi qui représentes ta petite entreprise familiale ? C'est toi qu'ils ont choisi pour entrer en contact avec les partenaires potentiels ? Les clients ? Ils sont complètement tarés, eux aussi, pas vrai ?

Je lève les yeux au ciel, et ajoute :

— C'est une question conne, à vrai dire. Évidemment qu'ils sont fous à lier. Sinon pourquoi est-ce qu'ils t'auraient filé la moindre responsabilité, dans la pègre ?!

Il esquisse un sourire.

— Tu crois m'insulter, mais moi j'y vois un compliment. Il faut une bonne dose de culot pour faire mon job. Tu n'arrives à rien, dans la vie, si tout ce que tu fais, c'est te pencher en avant et attendre qu'on te fiste bien profond. Il faut plonger le poing d'abord. Être à l'initiative. Prendre le contrôle.

— OK... cette conversation est devenue trop dérangeante pour moi, marmonné-je.

— Je suis d'accord, répond-il en retirant sa chemise qu'il jette négligemment sur le sol poussiéreux.

Il se lève du lit et retire son pantalon, puis son boxer, les poussant du pied l'un après l'autre.

Ouah...

Oui...

Voilà.

Ouah. C'est tout ce qui me vient à l'esprit.

Je ne sais pas pourquoi. Ça vient sans doute du fond de mon être, un truc primal qui me dépasse, profondément ancré en moi. Quoi qu'il en soit, quand je vois sa belle queue dressée, parfaite, rosée, si dure et épaisse que je peux à peine en faire le tour de mes doigts, j'oublie sa folie, j'oublie la certitude que Nate va lui refaire le portrait, demain.

J'oublie un paquet de choses. Toutes éclipsées par une autre.

La manière dont il s'est servi de cette queue, la semaine dernière, pour me donner un orgasme stratosphérique. J'ai exploré un univers de plaisir dont je ne soupçonnais pas l'existence et que j'ai déjà hâte de revisiter.

Encore.

Et encore.

— Tu dis que tu me détestes, murmure-t-il en plongeant la tête entre mes cuisses. Mais si c'est vraiment le cas, pourquoi est-ce que tu es si mouillée, Jae ? Pourquoi est-ce que tes jambes se mettent à trembler quand ma bouche s'approche de tes lèvres trempées ? Tu dis que tu me détestes, mais ton corps, Jaelyn, raconte une tout autre histoire. Alors arrête de faire semblant. Laisse-moi te faire jouir, comme l'autre fois. Vite, et fort. Ma bite plantée en toi.

Je lève les bras et il sourit. Il a saisi le message. Il se met à genoux et fait glisser mon T-shirt par-dessus ma tête, installé à califourchon sur mon bassin, puis il parcourt mon torse du bout des doigts.

— Ce soir, tu es à moi, Jae, ajoute-t-il d'une voix épaisse. Tout entière.

J'acquiesce malgré la boule dans ma gorge, trop serrée pour que je puisse répondre.

Je maudis la facilité avec laquelle mes jambes s'ouvrent pour lui.

Ce miaulement qui m'échappe lorsque je sens son sexe effleurer mon clitoris.

L'emballement de mon cœur à son contact, quand je sens toute la puissance, la folie qui émane de lui.

Oh, mon Dieu, je le maudis, *lui*, tout entier !

Et pourtant, je suis là, allongée, à l'appeler de mes vœux, à attendre fiévreusement le contact de nos corps, de la manière la plus sauvage possible.

J'ai envie de lui.

J'ai besoin de lui.

Et son regard m'indique qu'il ressent exactement la même chose.

Nous entrelaçons nos doigts et il embrasse le creux de mes poignets.

— Tu as encore mal ?

J'opine lentement.

— Je vais te faire oublier tout ça, chuchote-t-il alors.

— Tu n'as pas peur que j'essaie de te poignarder, maintenant que j'ai les mains libres ?

Il reste suspendu au-dessus de moi, son gland pressé contre ma fente.

— Non.

— Tu es plutôt naïf, dans ton genre.

— Au contraire, pas du tout. Mais je sais ce que tu aimes. Ce que tu désires. Et quand je te l'aurai offert, l'idée de me tuer ne t'effleurera même pas l'esprit.

— T'es vraiment une grande g...

Il ne me laisse pas aller au bout de mon insulte. Sa bouche couvre mes lèvres, sa langue me conquiert avec avidité, entre dans une danse folle la mienne. Il m'enveloppe de ses bras, enfonçant ses doigts dans le creux de mes reins, et d'un geste souple du bassin, s'enfonce dans ma chatte qui s'écartèle, toujours plus, à chaque ondulation de son corps. La brûlure délicieuse des premières secondes me fait vibrer de désir. J'ai besoin de ça. Je pourrais en crier.

C'est tellement bon de sentir sa queue qui coulisse en moi. Je suis perdue, déjà, dans un nuage d'extase qui occulte le reste, au point de tout juste me rendre compte qu'il ne s'est pas arrêté, le temps de mettre une capote. Il m'attrape par le bassin et m'attire contre lui pour accentuer encore l'intensité de ses va-et-vient.

Je plonge alors mes doigts entre ses fesses et il prend une grande inspiration, comme s'il était surpris. Puis il s'enfonce avec plus de vigueur, avec l'énergie d'un possédé. Ha. On dirait qu'il aime ça. Eh bien, il n'aura rien de plus. Je ne suis pas prête à aller plus l...

— Oh, mon Dieu ! crié-je.

— On appelle ça un *shocker*, dit-il en enfouissant son visage entre mes seins. C'est évocateur, comme nom, pas vrai ?

Je sens son doigt écarteler mon trou. La brûlure devient une chaleur, étrange, plutôt agréable.

En effet. Ça porte bien son nom.

Sergio ralentit encore davantage. Il ondule avec lenteur au

plus profond de mon être, alors que son doigt continue de plonger dans mon cul.

Mon plaisir est décuplé. C'est le moins qu'on puisse dire.

Les picotements dans mon bas-ventre s'accumulent, culminent, deviennent un véritable feu d'artifice qui se répand partout dans mon être, en ricochets. Une chaleur envahit mes tripes alors que l'explosion gronde, surgit depuis les profondeurs de mon sexe et parcourt chaque cellule, chaque extrémité de mon être.

Mon corps se tend sous la violence du plaisir qui me consume. La déflagration incendie ma peau, sature mes nerfs sur son sillage brûlant.

Oh mon Dieu... ce doigt... rien que ce doigt... C'est un orgasme instantané.

Je ne m'entends même pas crier. Je crois que j'ai percé mes propres tympans.

Tous les sons se retrouvent noyés sous le bruit blanc qui bruisse dans mes oreilles.

Alors, il me faut un certain temps pour recouvrer un semblant de raison, pour redescendre sur terre et prendre conscience de ce qu'il se passe. Un homme immense, sexy à en mourir et incroyablement menaçant, se tient dressé à côté de nous, avec un flingue pointé sur la nuque de Sergio.

— Qu'est-ce que c'est, ce bordel ? rugit-il d'une voix rauque.

Sergio croise les mains derrière sa tête sans me quitter des yeux.

— Il est armé, pas vrai ?

J'acquiesce en silence, trop paniquée pour prononcer un traître mot.

Quelle journée.

Putain.

C'est complètement surréaliste.

CHAPITRE 27

SERGIO

Jaelyn plisse les yeux après quelques instants.

— Ouais. Et pourquoi est-ce que ça ne me surprend pas, que quelqu'un ait réussi à te retrouver pour te coller une balle dans la tête ?

Je lève les mains.

— On n'est pas entrés par effraction, précisé-je en jetant un regard par-dessus mon épaule pour détailler l'homme qui me tient en joue.

Mon cœur sombre dans ma poitrine.

Je suis là, à poil, en train de baiser.

Devant Alek Severinov, le boss d'une bratva russe à la réputation sinistre. Qui fait partie de notre syndicat.

Je déglutis pour mieux retenir un juron.

J'aurais encore préféré me faire choper par Matteo.

Il lève les yeux au ciel en découvrant mon identité et laisse retomber son arme.

— Bordel de merde... marmonne-t-il.

— Écoute, Alek...

— Non, m'interrompt-il. Arrête. C'est bon. Juste... rhabille-toi et retrouve-moi dehors. Je n'ai pas envie d'avoir cette conversation avec toi, comme ça, alors que tu as la bite à l'air. Ça me déconcentre.

— Tu n'es pas le premier à me faire cette remarque, réponds-je avec un sourire en coin.

Il se contente de me fusiller du regard, puis presse à nouveau le flingue contre ma tempe.

— Attention. Je n'hésiterai pas une seconde. T'es juste un associé à mes yeux. Rien de plus.

J'acquiesce gravement.

— J'arrive tout de suite.

Il claque la porte derrière lui et Jaelyn me repousse, avant de s'empresser de rassembler ses vêtements.

— T'es sérieux, Sergio ? Où est-ce que tu m'as amenée ? C'est qui, ce mec, qui m'a vue complètement nue ?

— Détends-toi, marmonné-je en enfilant mon pantalon. On bosse ensemble, lui et moi. Je m'occupe de tout.

— Essaie de ne pas te faire descendre au passage, siffle-t-elle en remettant son leggings. Sinon, je vais devoir demander à ton pote sexy de me ramener.

Je fronce les sourcils.

— Tu le trouves sexy ?

J'esquisse un sourire.

— Oh que oui. Ultra sexy. Ça te dérange ?

— Non, grogné-je avec une moue.

Alek est marié, il a des gosses, mais ce n'est pas la question. Le simple fait d'imaginer les mains d'un autre homme sur le corps de Jaelyn suffit à réveiller le Hulk qui sommeille en moi et à me donner envie de lui défoncer la gueule.

— C'est vraiment trop facile de te mettre dans tous tes états. Tu le sais, ça ? fait-elle remarquer avec un sourire.

Je la saisis par la taille et l'attire contre moi.

— Qu'est-ce qui te dit que je ne te laisse pas faire ? Écoute, laisse-moi gérer ça, et dans quelques minutes, tu pourras me mettre dans tous les états que tu veux.

Elle s'assied sur le lit, la tête reposée contre un oreiller.

— Je t'attends ici.

J'enfile ma chemise et passe une main dans mes cheveux, décoiffés par notre partie de jambes en l'air, avant d'ouvrir la porte pour rejoindre Alek dans la cuisine. Il brandit la bouteille de vodka.

— On dirait que tu as eu soif.

— Écoute. Je sais de quoi j'ai l'air, là, mais laisse-moi t'expliquer…

— Ferme-la, gronde-t-il en me fusillant du regard. Tu te rends compte, j'espère, que tes actions n'impliquent pas seulement ta famille ? Ce syndicat qu'on a formé, il signifie que tes affaires sont aussi les miennes. Et ça vaut pour tes emmerdes. Par contre, ça ne veut pas dire que t'as le droit de baiser chez moi, comme ça. C'est clair ?

J'acquiesce avec lenteur en frottant ma nuque.

Alek croise les bras sur son torse massif. Il me dépasse d'une tête et il est taillé comme une armoire à glace.

C'est la tête de la famille Severinov. Brutale. Impitoyable.

L'homme qui, un jour, dans un restaurant de Monaco, a poignardé un baron de la drogue avec une fourchette et l'a réduit en charpie.

Il règne sans partage sur le monde de la mafia.

Autant dire que je n'ai pas très envie de m'attirer ses foudres.

On ne s'est jamais vraiment parlé, lui et moi, depuis que nos familles ont décidé de s'associer. Il est occupé à veiller sur les intérêts de son clan à Vegas. Son homologue, dans l'histoire, c'est Matteo. Pas moi. La plupart du temps, je reste en retrait. Je cherche son approbation, bien sûr, mais je n'ai pas envie de l'obtenir en lui léchant le cul.

Bref. Depuis qu'il a pris la tête de sa famille, il y a quelques années de ça, le type a bâti un empire international. J'aurais beaucoup à apprendre à ses côtés. À condition, tout naturellement, qu'il ne me colle pas une balle entre les deux yeux pour avoir mis à l'œuvre mon plan de génie sans avoir pris la peine d'en informer quiconque.

— Et c'est qui, au juste? demande-t-il en haussant un sourcil avant de boire une lampée de vodka. Le peu qu'on m'a dit de toi, c'est que tu n'avais pas trop de difficultés à mettre des femmes dans ton lit. Et un type comme toi n'aurait pas jeté son dévolu sur une maison en travaux.

Je plonge mon visage dans mes mains. Autant lui dire la vérité, toute la vérité. Tôt ou tard, elle finira par éclater — je me suis mis le cartel Becerra à dos.

Et ça va vite faire tache d'huile.

— Le cartel Becerra a essayé de nous dégommer, moi et mes hommes, l'autre soir. Mais on n'est pas leurs seules cibles.

Je désigne du menton la porte de la chambre, toujours fermée.

— Il se trouve qu'elle et son frère sont aussi dans leur ligne de mire. Mais on a trouvé un accord. En échange de la majorité des parts de leurs clubs, on se charge de liquider les leaders du cartel.

— Ambitieux, comme plan, pour quelqu'un qui n'a pas la moindre influence au sein du syndicat, fait remarquer Alek en secouant la tête. Matteo est au courant?

— Juste de la fusillade. Rien d'autre.

— Donc tu as décidé, tout seul, comme un grand, de t'attaquer au cartel?

— De conclure le marché que je voulais pour mettre la main sur ces clubs, ouais, réponds-je.

— Est-ce que tu as eu l'aval du syndicat concernant ces

boîtes de nuit ? Est-ce qu'on a des infos sur leurs opérations ? Leurs associés ?

— J'ai enquêté de mon côté. Ils ont l'air réglo. Leur affaire tient la route. Crois-moi, c'est le deal du siècle pour nous. Ça va nous rapporter une tonne de pognon.

— À quel prix, Sergio ? grommelle Alek. Matteo est ton parrain. Il est censé soumettre ce genre de décisions au reste du groupe.

— Il ne m'a pas cru capable de conclure cet accord.

— Mais toi, tu as pensé le contraire ?

Je détourne le regard, incapable de soutenir plus longtemps l'aura glaciale de ses yeux bleus.

— Pas après ma première tentative. Mais quand j'ai compris qu'ils allaient avoir besoin de notre aide et de ce que je pouvais faire pour eux, j'ai su qu'on les tenait. Et ça vient de se confirmer.

— Comment est-ce que tu as fait pour leur forcer la main ? Comment est-ce que tu as eu vent de leurs ennuis avec le cartel ?

— J'ai kidnappé la fille.

À ces mots, une vague de chaleur envahit mon cou, puis mes joues. Parce que je sais que ce que je viens de dire pourrait me valoir un coup de bouteille de vodka sur le crâne.

Alek s'assombrit et reprend une autre gorgée.

— J'imagine que Matteo n'est pas au courant de ça non plus ? devine-t-il en posant lourdement la main sur mon épaule, avant de la serrer brièvement. Tu sais, Sergio ? Je pourrais te coller une balle dans la tête, là, maintenant, pour nous avoir tous embarqués dans tes emmerdes.

— J'aimerais vraiment éviter, si possible, réponds-je. J'ai pris plusieurs mauvaises décisions, cette semaine, j'en ai conscience. Mais je peux tout réparer. Si tu me butes maintenant, je ne pourrai pas m'occuper des problèmes que j'ai causés.

Il acquiesce aussitôt.

— Tu sais, la tension entre toi et Matteo... J'ai connu la même chose avec mes frères. Ils te ressemblaient, au fond. Ils prenaient toujours des décisions qui ne menaient pas à grand-chose, mais qui nous mettaient dans des pétrins pas possibles. La plupart du temps, c'était juste un acte de rébellion, vis-à-vis de moi. Une manière de m'emmerder. Soit ils n'aimaient pas mes plans, soit ils pensaient qu'ils pouvaient mieux diriger notre empire que moi. D'autres fois, c'est juste parce qu'ils n'appréciaient pas ma manière, assez peu subtile, de leur faire comprendre qu'ils étaient complètement cons.

Il hausse les épaules.

— Ça revient au même : c'est difficile, d'être le boss.

Je passe une main sur mon visage.

— Ce n'est pas sa faute. Tout repose sur mes épaules, et je suis prêt à en assumer les conséquences.

— Ce n'est pas comme ça que ça marche, Sergio. Comme je te l'ai déjà dit, les décisions d'une seule personne impactent la totalité de notre syndicat.

— Je vais tout arranger. Dès demain. Je me charge de tout. Je m'en occuperai tout seul. Je prendrai tous les risques.

— Encore une fois, ce n'est pas à toi d'en décider. Qu'est-ce que tu ne comprends pas dans le concept de *syndicat*, bordel ?

— Écoute. Matteo peut vraiment être un con, parfois, mais lui et les autres n'ont pas à subir les retombées de mes actions.

Alek me fixe pendant une longue minute.

— Tu sais ce que tu devrais faire, d'après moi ?

— Quoi ?

— Parle à Matteo. Dis-lui la vérité, ce que tu as fait, et pourquoi. Sois réglo avec lui.

— Toi, au moins, tu as décidé de ne pas me buter, grommelé-je. Je doute qu'il hésite à presser la détente, s'il était au courant de toute l'histoire.

— Peut-être, oui. Mais pour que ce syndicat fonctionne, il faut que chaque famille soit soudée. Indivisible. Ça veut dire qu'on arrête avec ces secrets à la con. Putain... Si je pouvais faire intervenir mes frères, je suis sûr qu'on pourrait tout arranger, avec Matteo.

— Ça commence à ressembler à de la thérapie de groupe, ton affaire.

— Crois-moi, les drames familiaux, ça me connaît. Et je ne parle pas uniquement de la mienne. Les Marcone, la famille de mon épouse, ils sont encore pires.

Il se fend d'un sourire.

— Y compris ma femme.

Je m'appuie contre le plan de travail avec un profond soupir. Tout ça pour avoir ma place aux côtés des autres boss.

Mais c'est ça, c'est précisément *ça* que je désire. Alors oui, je ne vais m'arrêter devant aucun obstacle.

— Parle à Matteo. Garde tout ça sous contrôle. Assume tes conneries. Ça te vaudra au moins un peu de respect. Tôt ou tard. Peut-être pas dès ce soir... poursuit-il avec un autre sourire. Essaie de le convaincre que tu as fait ça pour servir les intérêts de la famille. Et alors... peut-être que j'envisagerai de t'aider dans ton combat contre le cartel. Par contre, si tu envisages encore de baiser une autre femme dans ma planque, je te préviens, je te coupe les couilles. Compris ?

— Merci, Alek.

Je tends ma main, qu'il serre avec force.

— Maintenant, fous-moi le camp. J'ai du boulot, et quand je repense à vous deux dans la chambre, j'ai l'impression que je vais faire un anévrisme. Je ne veux rien voir, rien entendre. T'as intérêt à faire profil bas pour le reste de la journée. Compris ?

On frappe doucement à la porte, de l'intérieur de la

chambre, et la voix de Jaelyn nous parvient dans le couloir, distante et pleine d'hésitation.

— Je peux sortir, maintenant ?

— Ouais, lui dis-je.

Elle émerge, les bras croisés autour de sa taille, et malgré son attitude défensive, elle détaille Alek avec un air de défi qui ne laisse aucun doute sur ce qu'elle pense. Elle s'en fout, qu'il l'ait vue à poil, dans une position plus que compromettante. Mais la rougeur sur ses joues raconte une tout autre histoire.

J'ai envie de la remettre dans une position compromettante. Aussitôt que possible.

Avec ce qui m'attend, ce soir, qui sait combien d'autres personnes voudront avoir ma peau ?

CHAPITRE 28
SERGIO

— Bon, je vous laisse, tous les deux. Bonne soirée, dit Alek avec un dernier regard d'avertissement dans ma direction.

Il saisit la bouteille de vodka et s'éloigne de nous, en direction de la porte de derrière. Je me tourne vers Jaelyn avec un sourire.

— Quelle journée, hein ?

Elle pose une main sur sa hanche et incline la tête sur le côté.

— Elle n'est pas encore finie. Est-ce que je peux savoir ce qu'il va se passer, maintenant ?

— J'ai quelques idées, si tu veux, réponds-je en plongeant mon nez dans le creux de son cou. Mais je ne voudrais pas te spoiler…

— Écoute, je crois vraiment qu'on devrait retrouver Nate. Il est fou de rage et j'ai peur qu'il fasse une bêtise, comme faire exploser ton hôtel.

— Je suis un grand garçon. Je peux me charger d'un type comme ton frère. Toi, en revanche… lui dis-je en lui donnant une bonne fessée. T'as encore besoin d'être attendrie. Et ça va prendre beaucoup de temps. De longues heures de travail. Il va falloir qu'il attende notre rendez-vous de demain, ton frangin.

— Ce n'est pas son genre, m'informe-t-elle en mordillant sa lèvre inférieure. Si j'étais à ta place, j'aurais peur. Je serais tétanisée.

— Écoute, en ce moment même, il y a un paquet de gens à Vegas qui aimeraient me taillader les poignets et me balancer dans un bassin plein de requins. Je devrais me dépêcher de prendre des mesures pour assurer ma sécurité. Mais ce que je veux, Jaelyn, c'est *toi*. Et rien d'autre. Donc on va aller à l'Excelsior et je vais raconter à mon frère Matteo tout ce qu'il s'est passé. Parce qu'il est tout en haut de la liste de ceux qui voudraient m'arracher la tête. Ensuite, on ira chez moi, et je te baiserai jusqu'à ce que tu tombes dans les pommes à force de jouir.

— Je devrais t'amener chez Nate, souffle-t-elle alors que je mordille le lobe de son oreille. Pour que tu puisses t'excuser d'avoir été à ce point un con, avec lui.

— Mais ?

— Mais j'ai un peu peur de ce qu'il va me faire, une fois qu'il se sera chargé de ton cas.

Un sourire taquin flotte sur ses lèvres et elle m'enveloppe de ses bras.

— Alors je commence à croire qu'une série d'orgasmes est une perspective plus alléchante.

Je prends sa lèvre inférieure entre mes dents et la suçote doucement avant de plonger ma langue dans sa bouche avide.

— Mmh, fais-je contre ses lèvres. On ferait mieux d'y aller tout de suite. Je suis mort de faim, et il n'y a que *toi* au menu.

Sans perdre une seconde, nous nous mettons en route pour l'Excelsior, d'autant que la main de Jaelyn est au fond de mon froc, et sa bouche au creux de mon cou. Je sens ma queue enfler dans mon jean, prête à exploser, alors qu'on se gare devant l'hôtel. La foule est dense, à l'entrée.

Super. J'adore me balader en public avec la bite prête à exploser.

Mon esprit est comme embrouillé par une sorte de brume bleutée. Il serait plus avisé de reporter la conversation avec Matteo, au moins jusqu'à ce que j'y voie à nouveau plus clair.

Je descends de voiture, dépose les clés dans la main d'un des voituriers qui me salue, puis ouvre la portière de Jaelyn. Je la fais passer devant moi lorsque nous approchons des portes, puisque c'est le seul moyen de cacher tout ce qui se passe en dessous de ma ceinture. En entrant dans le lobby richement décoré, je dépose des baisers dans sa nuque délicate.

Il est rempli de gens — des gens qui traînent, des gens qui boivent, des gens qui profitent de leur soirée dans un des hôtels les plus en vogue du Strip.

Désolé, Alek...

Je passe un bras autour de la taille de Jaelyn alors que nous nous frayons un chemin, tant bien que mal, à travers la foule.

— L'ascenseur privé est au fond du casino, murmuré-je. Encore quelques minutes, et nous serons...

— Jaelyn !

Une voix grave, puissante, furieuse, transperce le tumulte, quelque part dans le vaste hall. Elle nous fait sursauter, nous, et tous les autres clients. Je me tourne vers la droite pour en déterminer l'origine et lève les yeux au ciel en découvrant Nate qui traverse le sol de marbre poli d'un pas rageur.

Je lève une main.

— Écoute, Nate, calme-toi, OK ? On va en parler calmem...

BAM !

Le coup est parti si vite que je n'ai rien vu venir. Je perçois à peine le sifflement de l'air alors que son poing s'écrase contre ma mâchoire. Je suis propulsé en arrière contre une plante en pot, près de l'entrée. Elle se renverse et la poterie se fracasse en mille morceaux. Je me relève, chancelant, encore sonné tandis qu'il continue d'approcher.

Je fais un pas à gauche, un pas à droite, incapable de retrouver mon équilibre avant le coup qui s'annonce. Cette fois, je parviens à l'esquiver en me penchant en avant, m'effondrant contre un des comptoirs de la réception.

Les curieux forment un cercle autour de nous pour ne rien rater du spectacle. Une arène de corrida.

Sauf que cette fois, c'est le putain de matador qui va se faire éventrer.

Je cligne rapidement des yeux pour lever le voile douloureux qui est tombé sur mon champ de vision. Puis je plonge sur Nate, comme pour le tacler dans un match de rugby. On roule au sol, dans un vacarme de grognements et de jurons, complétés par les cris stridents de Jae. Des flashs rapides m'aveuglent. Les spectateurs ont presque tous sorti leur téléphone portable pour immortaliser notre lutte, nos membres qui s'agitent maladroitement, les poings qui s'abattent contre nos os, nos chairs. Ma tête heurte lourdement le marbre lorsque Nate se jette à nouveau sur moi. Un feu lancinant se répand dans ma mâchoire, là où Nate continue d'asséner ses coups.

— Tu ne pensais quand même pas que j'allais attendre demain pour te faire bouffer tes couilles, hein, petite merde ? rugit-il.

Je me glisse entre ses jambes pour échapper à ses poings qui heurtent le carrelage au lieu de s'abattre sur ma gorge.

Un point pour moi.

Je peine à me relever, plié en deux, essoufflé par les coups qui m'ont cueilli au creux de la poitrine. Ce type est tendu par une rage contenue, comme j'en ai rarement vu. J'essuie ma lèvre inférieure. Mes doigts sont rougis par le sang.

OK, elle n'est peut-être plus aussi contenue, maintenant...

Il fonce à nouveau sur moi, mais cette fois, je l'attends de pied ferme. Je lui décoche un coup de poing dans le plexus solaire. Pris de court, il trébuche et s'étale contre une machine à sous. Je saute sur lui et le roue de coups de poing.

— Je ne te tourne pas le dos, cette fois, Nate. Je suis là ! Alors, vas-y ! Vas-y, essaie un peu de me mettre au tapis, connard !

— Nate ! hurle Jae en s'approchant à grands pas. Sergio !

Elle m'arrache à son frère, dont le visage, à ma grande joie, est contusionné et couvert de sang.

— Ça suffit, arrêtez, tous les deux. Vous vous comportez comme des sauvages !

— Et ça te surprend, de la part de ce sale rat ? rugit Nate en essayant à nouveau de me charger.

Je serre les poings, prêt à répondre à l'attaque, mais Jae le retient avec force.

— Non, s'écrie-t-elle. Pas ici ! Arrêtez de vous battre.

Nate la fusille du regard.

— Ça se joue entre moi et ce petit mafieux de merde. Toi, je me chargerai de ton cas plus tard.

— Non, insiste-t-elle, les dents serrées de rage. Tu arrêtes tout de suite, et *après*, on parlera.

Nate grommelle quelque chose en se redressant, puis pointe un doigt rageur dans ma direction.

— T'as du culot, de me parler comme ça. T'as de la chance que je ne te coupe pas la langue. Et le reste.

Jae écarquille les yeux avant de se détourner de nous pour s'adresser à l'auditoire.

— Le spectacle est terminé. Foutez-moi le camp !

Son cri strident suffit à disperser la foule de curieux. Elle reporte son attention sur nous, folle de rage.

— Nate, dit-elle d'une voix tremblante. Il faut qu'on parle.

On a beaucoup de choses à se dire. Mais d'abord, il va falloir que tu te calmes !

Elle lève les yeux vers moi, portant ses doigts à ma lèvre fendue, et demande :

— Tu vas bien ?

J'acquiesce, et Nate pousse aussitôt un hurlement inarticulé, animal.

— Tu te fous de ma gueule, Jae ? Tu lui demandes s'il va bien ? s'indigne-t-il en secouant la tête. Il est en papier, ton gangster, ou quoi ?

— Tu ne t'es pas battu à la loyale, répond-elle avec un regard d'avertissement. J'allais t'appeler pour qu'on discute, entre adultes, avant que tu débarques comme ça pour lui casser la gueule.

— Qu'on discute ? répète-t-il avec un ricanement dédaigneux. Tu veux qu'on rejoue la conversation qu'on a eue l'autre jour ? Parce que tu sais comment elle s'est terminée, pourtant !

Il laisse échapper un rire incrédule et passe une main dans ses cheveux.

— J'y crois pas. Tu *l'aimes bien*, en fait, ce petit trou du cul. Pas vrai ?

Elle ose un regard dans ma direction et hausse les épaules.

— Peut-être, oui.

— Putain, Jaelyn...

— Qu'est-ce qui se passe, ici ?

Je me retiens de lever les yeux au ciel alors que Matteo et Dante arrivent à grands pas depuis le casino. Quelqu'un d'autre veut se mêler à cette embuscade ? Est-ce que mon père m'attend au tournant, lui aussi, pour me balancer son poing dans la gueule ?

Matteo plisse les yeux en nous détaillant l'un après l'autre tandis que Dante reste en retrait, un sourire aux lèvres. Ça doit lui faire plaisir, pour une fois, de ne pas être celui qui s'attire les foudres de son frère.

— C'est qui, ça ? demande-t-il, le regard rivé sur Nate.

— Nate et Jaelyn Torres, réponds-je dans un bredouillement.

Il se tourne vivement vers moi, et je me délecte un instant de la stupeur que je lis sur ses traits.

— Torres... Celui du Sapphire ?

— Le seul et l'unique.

— Qu'est-ce qu'ils foutent ici? marmonne-t-il, bien conscient qu'il y a encore du monde autour de nous, des curieux qui font semblant de ne pas écouter l'échange.

Je suis sûr que nous sommes toujours filmés. Dante ferait mieux de commencer à confisquer quelques portables, sinon on va finir sur YouTube.

— Je crois qu'il est temps qu'on ait une conversation en privé.

— Tu mets ma patience à rude épreuve, Sergio, siffle-t-il en me saisissant par le bras. Dans mon bureau. *Maintenant.*

Je me dégage d'un geste du poignet.

— Que les choses soient très claires : je te suis parce que j'ai quelque chose à te dire. Pas parce que tu m'en as donné l'ordre.

— Ouais. L'obéissance n'est pas son fort, intervient Jaelyn avec une moue, les bras croisés sur sa poitrine.

Je le lui ferai payer plus tard.

Pour le moment, je me contente de lui décocher un clin d'œil, de faire un doigt d'honneur à Nate, puis de suivre Matteo jusqu'à son bureau. Il entre en trombe et referme la porte si fort que les murs vibrent durant plusieurs secondes. Un des cadres se fracasse au sol, en mille morceaux de verre qui se répandent dans la pièce.

Ce n'est pas plus mal. Les bris sont trop petits pour qu'il me poignarde avec.

En revanche, il pourrait m'en fourrer une poignée dans les yeux...

— T'es complètement taré, ou quoi ? hurle-t-il en frappant du poing contre le mur. Les amener ici ? Te battre avec Nate Torres ? Je t'ai dit que je me chargeais de lui ! Tu veux finir avec une balle dans la tête, ou quoi ? Parce que je peux m'en occuper moi-même si tu préfères. Là, maintenant. Ça me ferait des vacances, putain !

Il me pousse violemment, mais je tiens bon. Je refuse de céder.

Je le pousse en retour avec plus de vigueur.

— Dégage. Si tu me touches encore, je te ferai couper la main, à toi aussi.

La rage dans les yeux de Matteo prend un éclat démoniaque. Sa bouche se tord dans un rictus.

— T'as vraiment du culot, de me menacer comme ça.

— Qui a dit que c'était une menace ?

On se fixe pendant de longues secondes en décrivant des cercles dans la pièce. Comme un prédateur et sa proie.

À cet instant précis, je ne sais pas exactement quel est mon rôle et quel est le sien. Mais une chose est sûre : la confrontation est inévitable.

— Qu'est-ce qui se passe, Sergio ? Tu vas me le dire, oui ou merde ? Il va falloir que je t'arrache la vérité à coups de fer à repasser ?

— Déjà, j'ai besoin que tu te calmes. J'ai des choses à te dire, et si on doit faire front contre le cart...

— Oulah, quoi ? m'interrompt-il en levant une main. *Contre* le cartel ? Dans quel sens. Genre, *en guerre contre le cartel* ? Pour qui tu te prends ? Ce n'est pas à toi de le décréter ! Aux dernières nouvelles, tu étais convaincu que c'était Torres qui avait essayé de te buter, pas le cartel.

— Ouais, eh bien, je me suis peut-être un peu planté, réponds-je en pinçant les lèvres.

— Oh, c'est la meilleure, celle-là, soupire Matteo en contournant son bureau. *Peut-être* ? *Un peu* ?

Sa voix, qui retentit dans mes tempes déjà douloureuses, accentue la pulsation lancinante qui me transperce à chaque battement de cœur. Les coups que j'ai pris n'y sont pas complètement étrangers.

— Écoute...

— Non, non, c'est toi qui vas écouter. Est-ce que tu as la *moindre idée* des sacrifices, des efforts qu'il m'a fallu pour gagner le respect des autres familles, Sergio ? Pendant que toi, t'allais te taper des serveuses et toutes les femmes qui croisaient ta route, j'essayais de nous faire un nom ! Je bossais avec ces types, je faisais en sorte de les convaincre qu'on avait les hommes et l'argent nécessaires pour qu'ils nous fassent confiance.

— Et tu as fait du très bon boulot, concédé-je. C'est cool.

— Mais toi, t'arrives avec ton grand projet de racheter une série de clubs, alors que t'es même pas foutu de maintenir à flot ceux dont tu as la charge ! Tu t'es mis une cible dans le dos en mettant le cartel Becerra en rogne, quand tu as coupé la main de Javier. Putain, tu nous as *tous* mis une cible dans le dos. Et t'as salement merdé, avec Torres. Tu sais ce que ça veut dire ?

Je pousse un soupir de frustration.

— Ben dis-le, vas-y, je t'écoute !

— Ça veut dire, fulmine-t-il, que tout mon travail est détruit. T'as tout fichu en l'air avec tes plans foireux à la con. Tu voulais prouver ta valeur ? Putain, ça, t'as réussi, au moins ! Tu nous as prouvé que tu ne valais rien. Que t'étais une pauvre merde, un incompétent !

— Va te faire foutre, rugis-je en renversant une chaise. Tu

sais, j'en ai ras le bol d'être coincé dans une impasse. Tu me fais bosser sur des trucs qui ne valent ni mon temps, ni mes efforts ! J'ai des idées, moi. Des idées que je veux mettre en œuvre. Tu me fais miroiter une promotion, tu me laisses croire que je vais pouvoir prendre mes propres décisions, comme si j'étais un bon chien, que j'allais me laisser berner. T'es là à me dire : « Vas-y, Sergio. T'y es presque. Encore un petit effort. Encore un peu. Encore un peu... et prépare-toi à bien leur lécher le cul, surtout. » Eh bien, tu sais quoi ? Je vais les décrocher, ces clubs de nuit. Et c'est toi qui vas passer pour un con.

— C'est que de la gueule, tout ça, marmonne-t-il. T'es bon qu'à ça.

— J'ai kidnappé Jaelyn Torres, ce matin, avoué-je soudain, ravalant mon sourire en voyant la mine effarée de Matteo. J'ai découvert que le cartel Becerra en avait aussi après eux. Alors j'ai passé un coup de fil à Nate et je lui ai proposé de descendre les boss du cartel en échange du rachat de ses clubs.

— Putain de merde, grogne-t-il. Je crois que je vais faire une attaque.

— Attends, attends, pas tout de suite. Je n'ai pas fini.

Il lève les yeux au ciel.

— Pourquoi est-ce que Torres est si remonté contre toi ? Au point de venir dans *mon* hôtel, te casser la gueule dans *mon* lobby ?

— Parce que j'ai baisé sa sœur comme si c'était mon dernier jour sur cette terre. Et je le lui ai dit.

Matteo laisse tomber sa main entre ses mains.

— T'as autre chose à me dire ? Au point où on en est...

— Oui, réponds-je en prenant une grande inspiration. Une dernière chose. Je l'ai amenée dans la planque des Severinov parce que je ne savais pas où aller. Alek nous a surpris, et, euh... tu te doutes de la suite.

Matteo écarquille les yeux. Ils semblent sur le point de sortir de leur orbite.

— Mais ne t'inquiète pas. J'ai tout arrangé, m'empressé-je d'ajouter avant que Matteo n'ait le temps de m'empaler avec un porte-plume. Je lui ai tout raconté.

Matteo joint ses mains et me dévisage pendant la plus longue minute de ma vie. Lorsqu'il ouvre le tiroir de son bureau, je suis persuadé qu'il va en sortir son flingue. Mais au lieu de ça, il se roule un joint et l'allume.

— Est-ce que je peux tirer une t...

— Non, fait-il d'une voix rauque en soufflant la fumée. Non, juste, non.

Il prend encore quelques lattes. Je devine l'étendue de sa colère. Il ne fume des joints que quand il est tellement perdu dans sa rage que c'est le seul moyen de ne pas commettre un meurtre.

Or, dans le cas présent, j'aurais été sa victime.

— Qu'est-ce qu'il a dit, Alek ?

Je hausse les épaules.

— Il m'a dit de t'en parler. Il sait que j'ai merdé. Je sais que j'ai merdé.

Matteo acquiesce avec lenteur.

— Et qu'est-ce qu'on devrait faire, maintenant? J'ai quelques pistes, moi.

— Écoute, lui dis-je en m'asseyant face à lui. Je sais que les choses sont un peu tendues entre nous. Je veux que tu saches que j'essaie de ne pas foirer. Pour toi. Pour nous, en tant que famille. Mais je veux avoir une voix. Une influence. Je le mérite.

— Ce que tu mérites, c'est de te faire baiser par un des travelos du bar, grommelle-t-il.

— Ouais, sans doute, ricané-je. Mais je compte bien échapper à cette punition.

— Alors qu'est-ce que tu veux, Sergio ?

— Je veux m'occuper du cartel Becerra. Ils ont failli buter Enrico. Ils ont essayé de nous descendre, Bruno et moi. Ils vont nous emmerder jusqu'au bout, ils sont toxiques pour notre organisation. Je veux les chasser de Vegas. Mais je ne peux pas m'en charger tout seul. S'ils restent ici, ils vont s'en prendre à nous, tôt ou tard. Ce serait la guerre, un vrai bain de sang, et on n'a pas besoin de ça en ce moment. Avec les autres familles, on a la puissance de feu nécessaire, mais le cartel fera tout pour nous détruire. Tu le sais aussi bien que nous.

— Et pourquoi est-ce que je te ferais confiance, après toutes les emmerdes que tu nous as causées ? Comment est-ce qu'on peut savoir que Torres ne va pas chercher à se venger ? Après tout, tu as enlevé sa sœur. Tu as essayé de le racheter pour la moitié de sa valeur !

— Il a besoin de nous, réponds-je. Et on a besoin de lui, aussi. Mais moi, j'ai besoin que tu me soutiennes. Tu me dis toujours que je dois mériter ma place à la table des négociations. Laisse-moi prouver ma valeur, Matteo. Pour une fois, pour *une fois*, lâche un peu la bride.

Il tire à nouveau sur son joint.

— Il y a beaucoup de choses en jeu, là. Beaucoup d'argent. Beaucoup de gens. Beaucoup de cadavres.

— Je sais.

— T'as un plan ?

J'acquiesce gravement.

— Bien sûr.

— T'as intérêt, conclut Matteo en se levant avec lenteur. Je te laisse une chance, Sergio. Pas une de plus. Si tu me le fais regretter, je te mets au placard pour le restant de tes jours.

Il ouvre grand la porte du bureau et retourne dans le lobby. Je le suis, un sourire aux lèvres. Je m'attendais presque à ressortir de là avec un œil au beurre noir et un nez cassé. Je suis agréablement surpris de découvrir que, parfois, cette histoire de « discussions » et « d'honnêteté », ça marche, même entre deux personnes aussi bornées et orgueilleuses que mon frère et moi.

Mais j'ai encore une sensation désagréable au creux des tripes, qui me souffle que tout ça n'est pas près d'être terminé. Il faut que je trouve un moyen de m'approcher du cartel, en prétextant un rendez-vous d'affaires ou une connerie du genre. Ils risquent de m'attendre au tournant vu qu'ils ont essayé — en vain — de nous faire la peau la semaine dernière, quand on est sortis du Sapphire.

On a tous perdu gros.

On a tous encore beaucoup à perdre.

Et pourtant, je dois trouver un moyen de les rassurer, de les convaincre de me retrouver en tête à tête. Je dois gagner leur confiance.

Puis la pulvériser, d'un coup de poignard dans la jugulaire.

Parce que c'est ce que je fais de mieux.

C'est qui je suis vraiment.

CHAPITRE 29
SERGIO

En regagnant le lobby avec Matteo, je repère Jaelyn qui discute avec Nate dans un coin. Il se tourne vers nous, ses yeux survolant Matteo pour se poser directement sur moi. Son regard est brûlant de haine. De toute évidence, il se ferait une joie de me casser à nouveau la gueule, si nous étions ailleurs.

Néanmoins, il semblerait que Jaelyn l'ait un peu apaisé.

Il va peut-être me laisser la vie sauve... pour ce soir, en tout cas.

Mais demain ?

Comme je le répète souvent, il y a tellement de gens qui aimeraient me voir mort... Il n'a qu'à faire la queue comme tout le monde, s'il veut tenter sa chance.

Je suis encore debout, ça en dit long.

Je n'hésite pas à enrouler un bras autour de la taille de Jaelyn, et tandis qu'elle se blottit contre moi, les yeux de Nate s'étrécissent jusqu'à devenir deux petites fentes. Je suis tenté de caresser un de ses seins, mais ce serait de la pure provoc'.

Et mon objectif, ce soir, n'est pas de finir à l'hôpital. J'ai des plans, des plans très charnels qui n'impliquent qu'un seul membre de la famille Torres — et certainement pas l'espèce de brute dont le sang continue de se répandre sur le sol du lobby.

Nate serre les dents en voyant Jaelyn presser sa tête contre moi.

— Alors comme ça, t'as un plan d'action, Villani ?

J'opine du chef.

— Je t'en parlerai dès que tu auras fait rédiger un contrat. Je veux des garanties solides concernant notre collaboration avant d'entreprendre quoi que ce soit contre le cartel.

Ses yeux coulissent en direction de Jaelyn, qui hoche la tête en attrapant sa main.

— C'est la meilleure chose à faire. Nous n'avons pas le choix.

Nate renâcle.

— Je n'arrive pas à en croire mes oreilles. J'en attendais plus de toi, Jae. Tu sais très bien ce que nous essayons de protéger.

— Écoute, dit-elle à voix basse. On sera tous gagnants au final, et tu conserveras des parts de ton business. Ce n'est peut-être pas exactement ce que tu voulais, mais au moins, on sera enfin libres et en sécurité.

Nate se tourne vers moi.

— T'as intérêt à t'assurer qu'on ne la touche pas d'un poil, sinon je te retrouverai et je te ferai subir des tortures que tu ne peux même pas imaginer.

— C'est marrant, Jaelyn m'a plus ou moins dit la même chose aujourd'hui, ricané-je. Ça doit être de famille.

Jaelyn se dégage prudemment de mon étreinte pour passer ses bras autour de Nate et lui faire un gros câlin. Il lui faut un moment, mais il l'enlace finalement en retour. Il est si large que le petit corps gracile de Jaelyn s'efface pratiquement dans ses bras. Elle lui murmure quelque chose à l'oreille, et il hoche la tête avant de me décocher un dernier regard assassin.

— Demain matin, grogne-t-il. Passe au club, on signera les documents. Puis tu rempliras ta part du contrat.

— C'est l'idée, dis-je.

Nate se redresse, et Jaelyn mêle ses doigts aux siens alors qu'on se dirige vers la sortie.

— Allez, tu as besoin de dormir.

Il baisse les yeux vers elle.

— Et toi alors ? s'enquiert-il avec un sourcil arqué.

— Oh, elle ne va pas beaucoup se reposer cette nuit, dis-je.

Matteo lève les yeux au ciel et me donne une légère bourrade, tandis que Jaelyn se tourne vers moi avec un regard glacial.

Nous sortons dans la chaleur sèche du désert et circulons tant bien que mal entre les Uber et les taxis qui se garent devant l'hôtel. Un flux continu de gens franchit la célèbre porte-tambour. Nate dépose un baiser sur la tête de sa sœur avant de se retourner vers moi.

— Que les choses soient claires, Villani. Je ne peux pas te blairer. Quoi qu'il arrive, ça ne changera jamais.

Je lui décerne un demi-sourire.

— Tu es en charmante compagnie, Torres.

Il laisse échapper un grognement, ouvre la portière de sa voiture, puis nous retournons à l'intérieur.

— La liste de tes ennemis est vraiment très longue, comment est-ce que tu fais pour te souvenir de toutes les personnes qui veulent ta mort ? demande Matteo.

Je hausse les épaules.

— Je pars du principe que c'est le cas de tout le monde. Ça m'aide à rester focus.

— Il te faudra une sacrée dose de chance pour...

Mais trois coups de feu, suivis de cris perçants, étouffent les derniers mots de Matteo.

Je fais volte-face, balayant du regard l'allée circulaire tandis que les personnes présentes s'éparpillent hâtivement ou se jettent au sol dans un élan de panique.

— Qu'est-ce que...

C'est alors que je l'aperçois.

La botte au bout du pied qui dépasse de la portière du pickup de Nate.

Le jean qui ceint sa jambe.

— Nate ! m'écrié-je.

Je me précipite vers son pickup alors qu'une Range Rover aux vitres teintées quitte rapidement l'allée pour se fondre dans le trafic dense du Strip.

Jaelyn hurle en me dépassant avant de s'effondrer aux côtés de Nate qui gît, face contre terre, sur les galets.

— Non, non, non ! Nate, réveille-toi !

Je plaque l'oreille contre son torse pour guetter les battements de son cœur. À l'aide de deux doigts, je trouve un pouls — il est faible. Je relève les yeux vers Matteo.

— Il faut qu'on l'amène à l'hôpital ! Tout de suite. Aide-moi à le soulever. On va prendre sa voiture.

Le corps de Jaelyn est secoué de sanglots et ses joues sont inondées de larmes. C'est la première fois que je la vois dans un état pareil, et ça m'ébranle. Nate est tout pour elle, et je me dois de faire tout mon possible pour le maintenir en vie.

Avec Matteo et un des voituriers sur place, nous parvenons à l'installer à l'arrière du pickup aux côtés de Jaelyn. Je m'assieds derrière le volant, et Matteo se glisse à côté de moi. Quelques minutes plus tard, nous arrivons aux urgences, et deux infirmiers se précipitent au-dehors pour nous rejoindre avec un brancard. Après y avoir allongé Nate, ils l'emmènent à l'intérieur, accompagné de Jaelyn, qui reste cramponnée à sa main inerte.

Je laisse ma tête retomber contre l'appuie-tête.

— Putain, dis-je dans un souffle. C'est pas bon... Pas bon du tout, Matteo.

— Ouais, sans blague, grogne-t-il en se frottant l'arrière de la tête. Ils se permettent de frapper trop près de notre territoire, Sergio. Si on attend trop avant de s'occuper du cartel... on pourrait bien perdre quelqu'un d'autre. Aujourd'hui, c'est Torres, et demain ?

— Ne dis pas ça, marmonné-je en passant une main sur mon visage. Elle ne peut pas le perdre.

— Depuis quand t'es un sentimental, toi ?

— Aucune idée, putain, soupiré-je. Bon, mon plan, c'est qu'on organise une rencontre avec le chef du cartel et, bam ! surprise ! Une embuscade !

— On ne peut pas attendre si longtemps, dit Matteo.

— Effectivement, concédé-je. Il faut qu'on le rencontre ce soir. S'ils nous pistent, ils doivent savoir qu'on s'est alliés avec Torres. Si on n'agit pas maintenant, on sera une cible trop facile.

— Et Jaelyn ?

— Je vais lui parler. Elle doit rester ici avec Nate, donc elle sera en sécurité.

Je regarde Matteo en garant le pickup sur une place de parking.

— Est-ce que tu peux appeler les gars ? On n'a qu'à les retrouver ici et décider ensemble de ce qu'on fera ensuite.

— Je m'en occupe. Va prendre des nouvelles de Nate à l'intérieur. Je vais tenter d'obtenir la localisation des Becerra.

Il me fait une accolade.

— T'as chié dans la colle, sur ce coup, Sergio. Mais t'as de la chance, je vais nettoyer après toi, comme d'habitude.

— Fais gaffe à ne pas glisser et tomber dedans. Crois-moi, on ne s'en débarrasse pas si facilement...

Je descends du pickup et cours à l'intérieur de l'hôpital pour rejoindre Jaelyn. Je la trouve pliée en deux sur une chaise, en train de sangloter en silence dans ses mains. J'accours aussitôt et me laisse tomber à genoux devant elle.

— Jae, que s'est-il passé ?

— Il... Il est là-bas, pour le moment, murmure-t-elle. Ils l'ont immédiatement pris en charge, mais personne n'est encore venu me parler.

— Ça ne fait que quelques minutes, dis-je en lui pressant les mains. Essaie de rester positive.

— Je ne... peux pas... le perdre, Sergio. Il faut qu'il s'en sorte. Oh, mon Dieu ! Je savais bien que ça finirait par arriver un jour ou l'autre. Je savais qu'ils nous retrouveraient, qu'ils nous traqueraient.

Ses épaules tremblent alors qu'elle plonge son visage strié de larmes entre ses mains.

— Écoute, je te promets de m'occuper de leur cas, Jae. Ils vont payer pour ce qu'ils ont fait à Nate, tu m'entends ? Et ils ne s'approcheront plus jamais de toi ou de Nate.

— Il a perdu tellement de sang, dit-elle dans un sanglot, comme si elle n'avait pas entendu ce que je venais de lui dire. J'ai vu la tête des médecins quand ils l'ont embarqué. Ça se voyait à leurs regards...

— Eh, dis-je en la secouant gentiment. Ça ne te ressemble pas, Jae. Tu ne renonces jamais devant rien, alors pourquoi renoncer à tout espoir concernant Nate ? Il est sacrément solide, ce petit con, et je suis absolument certain qu'il n'a pas l'intention de renoncer, lui non plus, surtout s'il sait que tu es à son chevet pour l'encourager.

Elle hoche la tête.

— Tu as raison. Je sais que tu as raison. C'est juste que

toute l'histoire avec mes parents... et maintenant Nate... Ils m'ont déjà arraché tout ce que j'avais de plus cher, murmure-t-elle en claquant des dents. Je ne peux pas les laisser m'enlever Nate. Je... C'est pas possible !

Je l'incite à se lever et l'attire dans un coin de la salle d'attente, qui est étonnamment déserte, même pour un soir de semaine.

— Écoute-moi, dis-je à voix basse alors que nous nous laissons couler dans deux chaises vides. Tu es une des personnes les plus fortes que j'aie jamais rencontrées. Tu ne t'effondres jamais, tu te bats jusqu'au bout, tu donnes tout. Et Nate est comme toi. Ne doute pas de lui. Il fera tout son possible pour rester à tes côtés.

J'incline sa tête vers moi et poursuis :

— Ne serait-ce que pour me casser la gueule.

Elle se fend d'un petit rire.

— Ouais, il y a de bonnes chances pour que ça arrive.

— Bon. Alors, concentrons-nous sur la possibilité que ton frère me botte le cul. Il déborde de rage lui aussi. Ça doit être dans vos gènes.

J'attire Jaelyn contre moi, et elle enfouit son visage dans ma chemise en poussant un long soupir saccadé.

— Je sais qu'il faut que je garde espoir, dit-elle. Et je sais que c'est un battant. Il n'est pas du genre à se laisser faire. C'est même pour cette raison qu'on s'est retrouvés dans cette situation. Et qu'on est traqués par ces salauds.

Jaelyn lève les yeux vers moi.

— Je ne t'ai pas raconté toute l'histoire, l'autre fois. Mais je crois qu'il est temps que je te dise tout.

Elle prend une profonde inspiration.

— Ils ont tué mes parents... ils les ont massacrés... tout ça parce que Nate a refusé de travailler avec le cartel, et que

Becerra ne supporte pas qu'on lui dise « non ». C'était leur façon à eux de nous dire qu'on ne savait pas ce qu'on perdait.

Elle renifle et essuie une larme au coin de son œil.

— Les hommes qu'ils ont envoyés pour assassiner mes parents s'en sont tirés avec quelques heures de travail d'intérêt général, murmure-t-elle. Ils ont quitté le tribunal avec le sourire, après avoir reçu le verdict. Ils ont tué mes parents, ils ont détruit ma vie, et en toute impunité. Tout ça parce que l'avocat de Becerra a réussi à rendre toutes les preuves irrecevables. Quelle bande d'enfoirés, franchement..., ajoute-t-elle d'une voix sombre.

— Je suis désolé, dis-je. Ça a dû être terriblement difficile de vous remettre de ça.

— On a voulu se venger, Sergio, murmure-t-elle. Plus tard, ce jour-là, dans la soirée. Moi et Nate, sans personne d'autre. On a retrouvé les types qui ont tué mes parents.

Elle s'interrompt, et ses mains tremblent entre les miennes.

— C'était notre façon à nous d'envoyer un message à Becerra. Avant cette nuit-là, je n'avais encore jamais tué personne. Et je ne crois pas que je m'en suis vraiment remise, même si je sais qu'ils le méritaient. Ça ne m'a pas apaisée, de leur infliger toute cette souffrance. Ça ne m'a pas aidée à me remettre de la mort de mes parents. Ça a juste créé plus de vide. Une faille que j'espérais remplir avec ma vengeance.

— Ça ne fonctionne jamais, murmuré-je. Crois-moi, j'en sais quelque chose.

— Je l'ai appris à la dure. Pendant trois ans, on a été sur le qui-vive, à se retourner au moindre bruit suspect, à attendre les représailles, parce qu'il était très clair qu'on s'était vengés. C'est à peine si on a réussi à quitter Miami. Les hommes de Becerra nous ont retrouvés et...

Sa voix se brise.

— L'un d'entre eux m'a attrapée alors que je tentais de me réfugier dans notre voiture. Il m'a plaquée contre terre en me retenant par la gorge. Je me suis débattue comme une folle en donnant des coups de pied, des coups de poing, j'ai crié de toutes mes forces. Mais il avait posé un genou sur mon thorax et il m'empêchait de me relever. Je ne pouvais pas lui tirer dessus, j'étais prise au piège. Puis il a sorti une machette, et pile au moment où il allait me fendre le crâne, Nate lui a tiré dessus. La balle lui a transpercé la gorge.

Elle s'arrête un bref instant, étranglée par l'émotion.

— J'ai vraiment cru que j'allais mourir, Sergio. Quand j'ai vu cette lame plonger vers moi, j'ai vraiment eu la certitude que c'était la fin.

Un éclair passe dans ses yeux.

— Mais Nate m'a protégée, comme il l'a toujours fait. En cherchant à t'appâter comme je l'ai fait, je voulais… dans un sens, je voulais être celle qui lui viendrait en aide, pour une fois.

Elle prend plusieurs profondes inspirations puis met ses cheveux en arrière et carre les épaules.

— Ils ne peuvent pas s'en tirer si facilement, siffle-t-elle. Il faut qu'on les retrouve et qu'on les fasse payer.

— Je ne vais pas faire semblant de comprendre ce que tu ressens, parce que ce serait faux. J'entends ton besoin de vengeance, mais ton frère a besoin de toi à ses côtés. Il faut que tu te concentres sur lui pour le moment.

Elle me saisit par les épaules.

— Ils reviendront à la charge tant qu'ils n'auront pas fini le job. Je dois les détruire d'abord.

— Jaelyn, temporisé-je. Tu es… tu es redoutable, et je ne doute pas un instant de ta capacité à leur en faire voir de toutes les couleurs. Mais cette guerre, tu ne peux pas la mener seule. Becerra paiera pour ce qu'il a fait. Il nous a frappés, nous aussi. Et il sait qu'on est alliés. Alors il va falloir que tu passes la main et que tu me laisses faire ce que je fais de mieux.

— Tu ne peux pas l'affronter tout seul !

— Qui a dit que je serai seul ? dis-je en souriant. Je dispose de toute une armée, ma douce. Et il est temps que je mène mes troupes à la bataille.

Je relève doucement son menton.

— Il faut que tu restes ici, aux côtés de Nate. Ici, vous serez tous les deux en sécurité.

— Je n'apprécie pas qu'on me dise quoi faire.

— Oui, j'en ai bien conscience, dis-je en levant les yeux au ciel. Mais c'est non négociable. Tu pourras me le faire payer plus tard en exerçant sur moi ton charme fatal et ultra-sexy. Mais là, tout de suite, j'ai besoin de m'assurer que tu sois en sécurité.

Je désigne les environs d'un geste circulaire.

— Et quel meilleur endroit pour ça qu'un hôpital ?

— Est-ce que tu réalises que je suis probablement mieux armée pour affronter ces mafieux que tes hommes, au moins ?

— Fais-moi confiance, ma belle. Aucun de mes hommes n'est aussi déterminé que toi. Mais ils ont des armes, alors j'ai bon espoir.

Je lui adresse un clin d'œil.

Jaelyn se laisse tomber contre le dossier de sa chaise et expire profondément.

— Je n'arrive pas à croire qu'on en soit là...

Elle pose les yeux sur moi.

— Et je n'arrive pas non plus à croire que le type que je méprisais il y a quelques heures encore soit devenu mon allié et qu'il s'apprête à éliminer nos ennemis mortels.

— Tu me méprisais ? dis-je, narquois. Ce n'est pas du tout l'impression que tu m'as donnée.

— Ne t'en fais pas. Je suis sûre que tu trouveras de

nouvelles manières de me mettre hors de moi. Et là, je m'assurerai que tu le sentes.

— J'ai hâte, dis-je dans un murmure.

Un homme de grande taille dans une blouse blanche s'avance vers nous, les sourcils froncés. Jaelyn bondit de son siège et se précipite vers lui.

— Madame Torres ? demande-t-il.

— Oui, souffle-t-elle d'une voix blanche. Mon frère Nate… est-ce qu'il va bien ?

Les épaules du médecin s'affaissent légèrement.

— Son état est grave. Une des balles s'est logée dans sa colonne vertébrale ; nous devons la retirer le plus rapidement possible. Une autre balle a endommagé les tissus de son cœur et d'un poumon. Les équipes sont en train de le préparer pour le bloc en ce moment même.

Elle pose une main sur sa bouche.

— Oh non…

— Est-ce qu'elle peut le voir ? demandé-je.

Le docteur hoche la tête.

— Oui, vous avez encore quelques minutes avant qu'il ne parte au bloc. Je vais vous accompagner.

Elle presse brièvement ma main avant de suivre le médecin à travers les lourdes portes rouges.

J'entends le bruissement de la porte-tambour et vois Matteo faire irruption dans la salle d'attente.

— Salut, comment est-ce qu'il va ?

— Pas très bien, marmonné-je. Ils vont l'opérer. Jaelyn est partie le voir à l'instant.

— Merde, grogne-t-il. Les gars sont en route, mais je n'ai pas d'infos sur Becerra. Il n'est pas retourné au cartel après la fusillade.

— D'accord.

Je laisse échapper un soupir de frustration.

— Ça ne peut vouloir dire qu'une chose, Matteo.

Il hoche la tête.

— Je sais.

— Dès que les gars seront là, on se séparera. Il faut qu'on alerte les familles, aussi. Pour voir s'ils peuvent obtenir des informations qui nous permettent d'avancer.

— Je vais voir ce que je peux faire. Restez bien cachés avec Jaelyn jusqu'à ce qu'on soit prêts à y aller.

Il me gratifie d'une petite tape sur l'épaule.

— On va passer cette putain de ville au peigne fin jusqu'à mettre la main sur ces enfoirés. On va se débarrasser d'eux. Dès ce soir.

— C'est clair, grogné-je en passant une main dans mes cheveux. Ce soir, ils vont régler leur dette. Et s'étouffer avec les intérêts. Ils vont payer cher... très cher.

CHAPITRE 30
JAELYN

Je presse la main de Nate. Elle est moite.

— Est-ce que tu te souviens de quand tu apprenais à conduire ta moto ? Tu étais dans l'allée et tu pensais l'avoir prise en main, mais tu étais en marche arrière ?

Nate se fend d'un petit rire rauque.

— Ouais, et je me suis emplâtré dans la porte du garage. Maman et Papa m'en ont tellement voulu. Les réparations m'ont coûté une blinde, en plus.

— Tu pensais que t'étais tellement cool sur cette bécane, dis-je en ricanant. Tu étais persuadé que ça ferait de toi un gros dur, une fois que tu saurais la conduire.

Son sourire s'évanouit.

— Ouais, et tu sais quoi ? Je donnerais n'importe quoi pour réécrire cette partie-là de ma vie. J'éviterais d'associer le club à des activités illégales ; c'est à cause de ça qu'on s'est retrouvés embarqués avec le cartel.

— Tu n'es pas le seul qui aurait fait les choses différemment.

Je presse l'extrémité de mes doigts contre mes tempes.

— Je n'étais pas une enfant facile, c'est le moins qu'on puisse dire.

— Tu étais impétueuse. C'est comme ça que Maman te décrivait, non ?

— Elle disait surtout que j'étais grande gueule, marmonné-je.

— C'est un euphémisme qui ne te faisait pas honneur.

Je hoche la tête.

— Ouais...

— Ne perds jamais ta flamme, Jae, murmure Nate. Jamais, jamais.

— Eh bien, il faudra que tu t'en assures toi-même, dis-je.

Ma voix se brise et ses yeux s'emplissent de larmes. J'imagine que ses médicaments commencent à faire effet. Je sens déjà qu'il m'échappe.

— Est-ce que tu m'entends ?

— Sergio est un connard, dit-il tout bas. J'aimerais te dire qu'il n'a pas intérêt à te faire de mal, mais je sais que tu es capable de lui botter le cul.

— Oui. Et je n'y manquerai pas, c'est promis. Mais arrête de dire des choses du genre. Tu seras encore là pour le botter à ma place si les choses dérapent.

Je tente désespérément de le maintenir éveillé en l'incitant à parler, parce que ça pourrait être la dernière...

Non !

Je refuse de me dire une chose pareille !

— Je t'aime, Jae, marmonne-t-il, alors que ses doigts relâchent peu à peu les miens.

— Nate, je t'aime tellement, dis-je dans un sanglot. Bats-toi s'il te plaît. Reste avec moi, je t'en supplie !

Je sanglote contre sa poitrine pendant plusieurs secondes,

jusqu'à ce que les aides-soignants entrent dans sa chambre pour le transporter au bloc. Je reste debout à les observer pendant qu'ils manœuvrent le lit à travers la porte, laissée seule avec cette douleur lancinante dans la poitrine, qui vient me rappeler que toutes les souffrances que j'ai traversées sont le résultat de mes choix… de *nos* choix.

Et rien ne me garantit que cette douleur prendra fin ce soir.

Jamais, de ma vie entière, je ne me suis sentie si vulnérable, même lorsqu'une machette menaçait de s'abattre sur ma tête.

Je parviens finalement à suffisamment recouvrer mes esprits pour quitter la chambre de Nate. Je prends quelques profondes inspirations pour apaiser les battements de mon cœur, tandis qu'un mélange de colère, de culpabilité et de remords consume mon être tout entier.

Je dois être forte, pour moi et pour Nate.

Je dois garder espoir.

Un frisson parcourt mon échine, comme pour m'indiquer une autre chose que je dois faire.

Prier.

Ma gorge se noue, car je devine aussitôt qui vient de planter cette idée dans ma tête.

Je n'ai jamais été spécialement croyante pendant mon enfance, mais ma mère l'était. Et elle a toujours prié. Tous les jours, pas juste quand tout dans sa vie menaçait de s'effondrer. Bien sûr, elle demandait qu'on lui donne la force nécessaire pour tenir pendant les coups durs, mais le plus souvent, elle tenait à remercier le Seigneur pour toutes les choses qui allaient bien. Elle affirmait sans cesse que ses prières la rapprochaient de Dieu. Et elle était intimement persuadée qu'Il la protégerait toujours, ainsi que les êtres qui lui étaient chers.

Où est-ce que ça l'a menée, hein ? Elle a été sauvagement assassinée !

Sa soi-disant proximité avec Dieu ne l'a pas épargnée.

Et Papa non plus.

Après la mort de mes parents, j'ai développé une forme de mépris pour la prière. Comment aurait-il pu en être autrement, alors que ma mère était persuadée que Dieu prendrait toujours soin de nous ? Bien entendu, quand j'ai tout remis en question devant un prêtre, ce dernier m'a fait remarquer que Dieu avait un plan pour chacun d'entre nous, et que mes parents avaient tout simplement rempli leur part.

Des foutaises, de la part d'un individu qui n'avait aucune idée de ce que je traversais. De ce que c'était, la vie.

Ce sont ces pensées mauvaises et amères qui m'ont hantée, ces dernières années, au sujet de Dieu et de la prière.

Un autre frisson court sur ma peau. Je sens mes tripes se nouer.

À cet instant précis, alors que mes yeux sont embués de larmes et que mon cœur lacéré me fait atrocement souffrir, une force supérieure est en train de me tendre une bouée de sauvetage. Une lumière vive surgissant des tréfonds de mon mal-être m'emplit d'une inexplicable quiétude, et, pour la première fois depuis des lustres, je ressens quelque chose, quelque chose de bien, quelque chose de positif.

De l'espoir.

Alors que j'en ai si désespérément besoin.

Je ferme les yeux de toutes mes forces. Elle essaie de me parler. Je le sens. Je *la* sens.

Un sanglot jaillit du fond de ma poitrine et je m'essuie les yeux en me retournant. Je rebrousse chemin dans le couloir et m'arrête en voyant un aide-soignant sortir d'une remise.

— Excusez-moi, dis-je. Est-ce que vous pourriez m'indiquer où se trouve la chapelle ?

Il me dévisage pendant une longue minute avant de hocher la tête, avec un regard si intense qu'il fait se dresser les petits cheveux sur ma nuque.

— Au bout du couloir, puis sur votre droite, dit-il d'une voix sombre.

— Merci.

Alors que je lui décoche un petit sourire, je suis à nouveau parcourue d'un frisson, mais celui-ci n'a rien de rassurant ou d'agréable, loin de là. J'évite d'y penser, parce que je n'ai pas une once d'énergie à accorder à ces forces surnaturelles qui me donnent froid dans le dos.

J'erre un moment dans les couloirs en quête de la chapelle, et pourtant, je suis sûre d'avoir suivi les indications de l'aide-soignant à la lettre. À mesure que je m'éloigne des urgences, les couloirs sont de plus en plus obscurs. C'est un petit hôpital et, manifestement, il n'y a pas grand monde qui travaille à cet étage, à part le service de traumatologie. Je décide donc de revenir sur mes pas. Peut-être s'est-il trompé, peut-être voulait-il me dire de tourner à gauche ?

Je me frotte l'arrière de la nuque, mes cheveux y sont toujours dressés, à tel point que ça irrite ma peau. Et à mesure que je marche dans le couloir, un étrange sentiment de danger me submerge. De légers bruits de pas résonnent derrière moi, alors je fais volte-face pour me retrouver nez à nez avec… rien du tout.

Personne.

Je suis seule avec mon esprit délirant, saturé d'angoisse.

Je fais quelques pas de plus et laisse échapper un bref soupir.

La chapelle.

La porte grince en s'ouvrant. À l'intérieur, il fait sombre, à l'exception de bougies qui luisent le long des murs en bois foncé. Je m'avance jusqu'au premier banc et décris quelques pas à l'intérieur avant de tomber à genoux.

Je joins les mains et les presse contre mon front.

Après une profonde inspiration, je me laisse envahir par le

parfum de l'encens. Mes yeux se ferment et je m'efforce de me connecter. Mon cœur bat à tout rompre, mon pouls tambourine frénétiquement dans mon cou. La peau de mes bras est hérissée de chair de poule. J'ai l'impression d'être un imposteur, comme si je ne devrais pas être là, chargée de toute cette colère qui me gangrène.

Une colère directement dirigée vers Dieu, pour avoir laissé toutes ces choses se produire, pour avoir laissé mon monde s'écrouler.

Une fois de plus.

Je cherche une nouvelle fois la bouée de secours, me frayant péniblement un chemin dans ces ténèbres qui tentent de m'engloutir toute entière. Je me débats, les poings fermés, les dents serrées, à la recherche de quelque chose, n'importe quoi, auquel me raccrocher. Et, alors que j'avance plus loin dans le noir, un autre courant d'air vient effleurer mes joues.

— Exprime-toi, murmure une voix que moi seule peux entendre.

Mes lèvres s'entrouvrent dans un tremblement.

— S'il... v... vous plaît, dis-je tout bas. Si vous m'entendez, s'il vous plaît, sauvez mon frère. Laissez-le vivre, je vous en supplie. Protégez-le.

Prononcer ces mots m'est insupportable, ma voix s'étrangle. J'attends un nouvel assaut dans mon cœur qui recommence à battre à tout rompre, car je ne mérite pas de demander de telles choses à un être supérieur à qui j'ai tourné le dos pendant plusieurs années.

Mais l'assaut n'arrive pas.

Au lieu de ça, une chaleur irradie à l'intérieur de moi. Cette sensation réconfortante m'enveloppe d'une forme de sérénité qui, j'en étais persuadée, ne devait plus jamais m'étreindre.

Comme ça, en un rien de temps.

C'est certes un sentiment fragile, mais il m'emplit à présent et me redonne cet espoir que je pensais avoir à jamais perdu.

Quelqu'un veille sur Nate et moi.

Quelqu'un garde un œil sur nous.

Et ce quelqu'un va nous protéger.

Une main se pose sur mon épaule et m'arrache un hoquet de peur. Je manque de tomber à la renverse en me retournant, et je découvre Sergio, debout derrière moi.

— Je ne t'ai pas vue ressortir, alors je me suis douté que tu serais ici.

Il se laisse tomber dans le banc derrière moi.

— Que se passe-t-il, avec Nate ?

— Il est au bloc opératoire, lui dis-je dans un murmure. Et je suis désolée de ne pas être revenue. J'avais besoin de venir ici.

Je jette un regard circulaire autour de moi.

— Et de parler à quelqu'un.

Sergio hoche la tête.

— Je vais te laisser tranquille. Je voulais juste m'assurer que tu allais bien.

Il se lève, mais j'attrape aussitôt sa main.

— Non, attends, dis-je, tapotant le siège à côté de moi. Ne pars pas. Reste avec moi.

Il fronce les sourcils mais opine avant de s'asseoir à mes côtés.

— Je parie que tu n'imaginais pas qu'on se retrouverait là quand tu m'as enlevée ce matin, hein ? demandé-je en laissant retomber ma tête contre son épaule.

Il baisse les yeux vers moi.

— À l'hôpital, tu veux dire ? Ou que je me retrouverais avec un tas de sentiments que je n'arrive pas à m'expliquer, pour une fille que j'ai prise en otage ?

Un minuscule sourire agite mes lèvres.

— Les deux, à vrai dire.

Il hoche la tête.

— En fait si, un peu. Les deux scénarios m'ont traversé l'esprit. J'ai l'habitude d'encaisser les châtiments, moi. À croire que j'y ai pris goût.

— Et pour ce qui est des sentiments ? demandé-je dans un murmure.

Il hausse les épaules.

— Je n'ai jamais rencontré personne comme toi. Tu es le feu et la glace, létale et brûlante à la fois. Je ne sais jamais prédire ce que tu vas faire, mais à tous les coups, tu fais exploser ma pression artérielle. Tu me rends absolument fou de désir, à tel point que je ne peux plus respirer, que tu sois là ou non. Et cette bouche...

Il retrace le contour de mes lèvres avec son index.

— Ma mère m'a souvent répété que je devais apprendre à la fermer, dis-je.

— Tu m'énerves plus que tout, et la seconde suivante, j'ai terriblement envie de toi.

— Et c'est... une mauvaise chose ? demandé-je, en inclinant ma tête sur le côté.

— Abominable, lâche-t-il dans un souffle, ses lèvres planant tout près des miennes. Et incroyable en même temps.

— Alors c'est plutôt... une bonne chose ?

Il opine, puis sa langue caresse mes lèvres avant de se faufiler dans ma bouche, tandis qu'il empoigne doucement mes cheveux. Il m'embrasse fougueusement, sa langue jouant avec la mienne, comme pour m'annoncer sans détour que l'homme dont j'ai besoin est celui qui se tient pressé contre moi.

Un choix pour le moins invraisemblable, mais la chaleur qui infuse mon cœur et mon corps ne fait que le confirmer.

C'est *lui*, la paix, l'espoir et la lumière.

C'est à *lui* que je vais me raccrocher.

Je reste stupéfaite de cette prise de conscience. Jamais je n'aurais cru ressentir cela.

Mais pour la première fois, je me demande si Maman n'avait pas raison. Elle a prié pour nous et peut-être que Dieu l'a écoutée, après tout.

CHAPITRE 31
SERGIO

Nous restons assis en silence dans la chapelle pendant encore quelques minutes. Mon corps est déchiré entre le désir de rester et celui de retrouver Becerra pour lui trancher la gorge.

Je me rends compte que ce n'est peut-être pas idéal, d'avoir une telle pensée devant Dieu, mais peut-être qu'Il comprendra mon point de vue, et qu'Il trouvera lui aussi souhaitable de débarrasser le monde d'un connard pareil.

Les flammes des cierges, sur le minuscule autel, vacillent alors puis s'éteignent.

Je hausse un sourcil.

Peut-être qu'Il a d'autres plans...

Peu importe. Je ne vais pas changer d'avis pour autant.

Tout ce que j'espère, c'est que Dieu ne va pas venir me faucher, d'un souffle, comme il vient d'éteindre ces bougies.

Mon téléphone vibre dans ma poche. C'est un message de Matteo.

Je dépose un baiser sur le crâne de Jaelyn.

— Eh, murmuré-je. C'est Matteo. Il est temps d'y aller.

Elle acquiesce et m'enveloppe de ses bras.

— D'accord. Sois prudent, Sergio. S'il te plaît.

— Promis. Crois-moi, rien de m'empêchera de te retrouver. Je n'en ai pas fini avec toi. On a encore beaucoup de choses à régler.

— Des tonnes, concède-t-elle dans un murmure, les lèvres tremblantes.

— Mais tu restes ici, OK? insisté-je en prenant son menton entre mes mains. Fais profil bas. Je viendrai te trouver à mon retour.

— Dépêche-toi, souffle-t-elle. Et bonne chance.

Mes lèvres effleurent les siennes une dernière fois, puis je quitte la chapelle à grands pas et longe le couloir désert. Matteo et Dante m'attendent devant la salle d'attente. Bruno est là aussi.

— Comment elle va ? demande Matteo.

— Elle tient le coup, réponds-je. Je lui ai dit de rester dans la chapelle. De se faire discrète le temps qu'on se charge de tout ça. Attends-moi ici une seconde. Je veux juste dire à l'infirmière où elle se trouve, pour qu'elle puisse la tenir au courant quand Nate sortira du bloc.

J'ouvre la porte, et alors que je, m'engage dans la salle d'attente, un homme franchit au même instant les portes-tambour. Une large tache pourpre couvre son T-shirt gris, même si sa blessure n'a pas l'air de le gêner tant que ça. Il n'y a qu'une seule infirmière pour tenir l'accueil. Je lève les yeux au ciel. Il va falloir que j'attende mon tour avant de lui dire où se trouve Jaelyn.

— Je cherche Nate Torres, dit l'homme d'une voix tendue. Où est-il ?

L'infirmière lève les yeux vers lui.

— Je suis désolée, mais je ne peux donner ces informations qu'à des membres de sa famille directe.

C'est quoi ce bordel ?

Je m'arrête net et me glisse derrière une colonne pour observer la scène sans être vu. Je jette un bref coup d'œil en direction de l'entrée, mais je n'y perçois rien d'anormal — juste des gens qui patientent tranquillement en fumant des cigarettes.

L'homme hoche brièvement la tête.

— Bien sûr. Vous ne faites que votre travail.

Il écarte le pan de sa veste et en tire un Beretta.

— Et moi, je fais le mien.

BAM !

Un unique coup de feu déchire l'air et l'infirmière tombe au sol dans une gerbe de sang.

Un concert de cris retentit dans la salle d'attente. L'homme franchit les portes rouges qu'il ouvre d'un coup de pied, le bras tendu, l'arme au poing. Dès qu'il a disparu dans le couloir, tout le monde s'éparpille et prend la fuite comme si leur vie en dépendait.

Ce qui n'est pas loin de la vérité.

Je frappe du poing contre le mur de béton alors que les autres gars font irruption dans mon dos.

— C'était quoi, ça, putain ? demande Dante.

— Un assassin, dis-je, les dents serrées, en sortant mon propre flingue de son étui. Il cherchait Nate.

Je saisis Bruno par le col.

— Va chercher Jaelyn. Elle est dans la chapelle. Tire-la de ce merdier, tout de suite !

Je le pousse en direction du couloir, dans lequel il s'engouffre en courant, me laissant seul avec Matteo et Dante.

D'autres coups de feu éclatent au loin, dans le sillage de cet homme qui continue de chercher Nate.

Trois autres types fendent le flot de patients paniqués qui fuient l'hôpital. Ils pénètrent dans la salle d'attente, cagoule noire sur la tête, AK-47 dans leurs mains gantées. Ils s'approchent de la double porte d'un pas décidé et font sauter le verrou que quelqu'un a refermé, de l'intérieur, dès la seconde où le premier tueur est entré.

J'émerge de la colonne de béton. Sans réfléchir. Sans respirer. Je vise.

Bam ! Bam !

Les coups de feu éclatent. Un des hommes tombe à terre et s'étale sur le carrelage. Les deux autres se tournent et me repèrent, à découvert. Ils pointent leurs armes vers moi et criblent le mur de balles tandis que je me jette au sol, vidant le reste de mon chargeur. Matteo et Dante, accroupis, se chargent d'abattre le dernier type encore en vie.

— Putain ! crié-je en essayant de me relever. J'y vais !

Je franchis les portes au pas de course, talonné par mes frères. Le couloir est jonché de cadavres ensanglantés. J'entends encore des coups de feu quelque part dans les étages.

— Il est au bloc. Mais je ne sais pas où il est, moi, bordel. Il va falloir qu'on descende ce mec, et vite.

Sans arrêter de courir, je fais glisser un autre chargeur dans mon flingue d'un geste vif. Quiconque a eu la malchance de se trouver sur la route du tueur est maintenant étendu, sans vie. J'entends des cris étouffés et des appels à l'aide derrière les portes closes. Puis d'autres coups de feu. Je poursuis ma course, découvrant au tournant quelques individus cachés derrière des bureaux renversés, couverts de sang. Ma gorge se serre. L'air vient à manquer.

— Putain, mais où est la sécurité ? marmonné-je en tendant la main. Personne ne voit ce qu'il se passe, ici ?

À l'angle, je suis les panneaux qui indiquent *Bloc Opératoire des Urgences*. Au détour de ces couloirs, qui se croisent et s'enchaînent comme un labyrinthe sans fin, je dépasse un bureau. Les vitres sont criblées de balles. Le sol est couvert de débris de verre. Lorsque j'approche, je découvre un type massif en uniforme, effondré devant plusieurs écrans de sécurité.

Mes épaules s'affaissent. Matteo me rejoint.

— Eh bien, on dirait que ça répond à ta question, sur la sécurité, fait-il remarquer.

Un cri aigu me fait sursauter.

— Jaelyn ! hurlé-je en traversant un autre couloir.

Je cours si vite en direction du cri que mes pieds dérapent sur le carrelage glissant alors que je prends un virage serré.

Pan ! Pan ! Pan !

Je tire autant de balles que je peux lorsque j'aperçois le tireur, et son arme pointée vers une grande femme aux cheveux blonds. J'arrive à l'atteindre à la jambe et au bras, avant qu'il ne chute en avant contre le mur. Son flingue tombe à terre dans un bruit métallique.

— Dégagez son arme ! Du pied, vite ! crié-je à la pauvre femme, sans ralentir ma course.

Je me jette sur le tueur et, lorsque je suis assez près, j'arrache sa cagoule et j'écrase mon poing sur son visage grêlé, encore et encore, jusqu'à avoir réduit son nez et sa mâchoire en bouillie.

Matteo m'arrache à lui.

— Va trouver Jaelyn. Je m'occupe de ce fils de pute.

Je me redresse en titubant alors que Dante pousse la femme, encore tremblante, jusqu'à la salle d'opération.

Celle où se trouve Nate.

Un des docteurs est affalé dans un coin, son flanc maculé d'une large tache rouge.

L'autre chirurgien est encore debout près de Nate. Il est blessé à la jambe, mais il continue de s'affairer. Je saisis les mains de la jeune femme.

— Appelez quelqu'un. N'importe qui ! Je ne sais pas

combien ils sont, mais ils ont réussi à descendre l'agent de sécurité. Et barricadez cette porte !

— Fonce ! me crie Matteo.

Je m'engage à nouveau dans le couloir avant de m'arrêter net. Je tends l'oreille. Le silence est assourdissant. Dans ma course, j'ai perdu tout repère. Je ne sais même plus où se trouve la chapelle. Mais je dois la retrouver.

Je dois retrouver Jaelyn.

Bordel de merde... Becerra avait tout prévu.

Il savait qu'on serait tous là. C'est pour ça qu'il ne s'est pas pointé après avoir descendu Nate.

Il est venu nous attendre ici. Patiemment.

Je déglutis avec difficulté, puis change de direction en espérant retomber sur la chapelle. J'ai envoyé Bruno pour qu'il reste avec Jaelyn. Il se chargera de la garder en sécurité, le temps que je les rejoigne.

Si j'arrive à temps...

Un autre couloir. Je m'élance et trébuche en ratant un virage. Je m'accroche comme je peux à un chariot en métal pour retrouver l'équilibre. Mon flingue glisse sur le sol, loin de moi, lorsque je tombe à genoux. Le chariot se renverse dans un grand fracas ; au même instant, l'homme au T-shirt gris apparaît à l'angle.

Je pousse le chariot dans sa direction, de toutes mes forces, en me jetant sur mon flingue, mais...

Bam !

— Rah, putain de m...

Bam !

Je me tourne sur le dos. Mon corps s'épanche, de son feu, de son sang. Ce fils de pute m'a eu. Les deux bras. Je suis hors d'état de me battre.

— Où est ton boss ? fais-je d'une voix blanche. Il envoie ses sous-fifres faire le job dont il aurait dû se charger lui-même, à ce que je vois !

Le type se penche vers moi.

— Je ne bosse pour personne, connard. Je suis ici pour collecter une dette. Toi, t'es juste une petite merde en travers de ma route.

Je fixe mon arme à quelques mètres de là et serre les dents tandis qu'il me saisit par le col de ma chemise. Je serre les poings et retiens le cri qui menace de s'échapper de mes lèvres.

J'ai déjà été blessé. Plus d'une fois. Mais putain, là, ça fait un mal de chien...

Et comment je vais faire pour récupérer mon flingue, sans parler de tirer, dans un état pareil ?

Il doit deviner mes pensées, parce qu'il me lâche une brève seconde — le temps de se pencher et de ramasser mon arme. Lorsque sa main se resserre à nouveau sur mon col, je saisis mon poignard, aussi fort que je peux sans hurler de douleur, puis je lance mon bras. La lame s'enfonce dans sa cuisse. Il me lâche avec un grognement, referme ses doigts sur la garde.

Mais je l'ai bien planté, ce salaud, je ne l'ai pas loupé. Le couteau est logé assez profondément dans sa chair pour me laisser le temps de me relever d'un bond et de le plaquer contre le mur. D'un coup de genou, j'enfonce davantage le poignard — et cette fois, il pousse un glapissement de douleur qui déchire l'air, tendu, étouffant.

Alors qu'il se plie en deux, j'en profite pour envoyer mon pied dans sa gorge et récupérer mon arme dans sa main. Putain, ça me fait tellement mal, rien que de le tenir. Je presse légèrement la gâchette — mes mains tremblent tellement. Il lâche son arme lorsque la balle transperce sa main de part en part.

— Où est Becerra ? sifflé-je.

— Va te faire foutre. C'est fini. Il est trop tard, de toute façon. Tu pensais pouvoir la protéger en envoyant ton pote ? halète-t-il en réponse. Elle mérite de crever pour ce qu'elle a fait, cette sale pute.

Je le saisis par les cheveux et lui éclate l'arrière de la tête contre le mur.

— Putain mais de quoi tu parles ? T'es qui, bordel ?

— Moi ? s'esclaffe-t-il dans un rire dément. C'est mes frères que Nate et Jaelyn Bennet ont butés. Je suis venu ici pour m'assurer qu'une dette soit réglée. Et c'est fait. J'ai réussi à avoir ta pute *et* son garde du corps. Becerra se charge du reste. Je lui ai dit que je lui ouvrirais la voie pour qu'il te mette la main dessus.

Je pousse un rugissement sauvage et pointe le flingue contre son front. Trois balles dans la tête. Il s'effondre aussitôt en avant, sur le sol.

Tremblant, je tombe à genoux. Je tiens mon arme d'une poigne mal assurée.

Jaelyn. Bruno. *Morts*.

J'essaie de prendre une grande inspiration, une main posée contre mon cœur.

Becerra.

Putain !

CHAPITRE 32

SERGIO

C'est d'une main fébrile que je compose le numéro de Matteo.

Lorsqu'il décroche, je n'attends même pas qu'il prononce un traître mot.

— Becerra… Il est ici. Pour moi. Pour nous. J'ai buté un des tueurs. Mais il… il a… il a tué Jaelyn et Bruno.

Ma voix se brise.

— Je ne peux pas laisser Becerra avoir quelqu'un d'autre.

— C'est bien. J'aime ce genre d'assurance.

Cette voix. Cet accent. Mon sang se glace et je serre le téléphone dans ma main, malgré la douleur lancinante qui parcourt mon bras.

— Becerra, sifflé-je.

— Bien joué, Sergio.

— Imprévisible, comme toujours…

— Je pourrais dire la même chose à ton sujet. T'attaquer à Javier, comme tu l'as fait. Me manquer de respect, à moi, à l'offre que j'avais mise sur la table. Puis coucher avec l'ennemi en complotant pour m'éliminer…

Il soupire.

— Je devrais coller une balle dans la tête de Matteo, mais ça ne serait pas juste. Après tout, c'est toi qui as concocté ce plan génial, pas vrai ?

— Laisse-le, aboyé-je. Viens me chercher, Becerra. C'est avec moi que tu as un problème ? Avec *ma* manière de gérer les affaires ? Alors c'est moi que tu dois affronter.

— Oh, je n'y manquerai pas. Ne t'en fais pas. Mais est-ce que ça en valait vraiment la peine ? On aurait pu *dominer* cette ville. Moi, et l'alliance de toutes les familles. On aurait tout possédé.

— On n'accepte pas les sous-merdes, nous, réponds-je, les dents serrées. Ça n'aurait jamais fonctionné, toi et moi.

Il se met à rire. Un rire grave, sinistre, qui me met hors de moi. Ce connard détient mes frères. Bruno et Jaelyn sont déjà morts.

Putain, qu'est-ce que je vais faire, maintenant ?

Comment est-ce que je peux le battre ?

Je me relève comme je peux, le téléphone toujours contre mon oreille.

— Viens me retrouver à la chapelle, dit-il. Fais tes prières. Et ensuite, quand aucune intervention divine ne sera venue te sauver — parce qu'il ne faut pas te faire d'illusions, *plus rien* ne viendra te sauver — tu pourras rencontrer ton Créateur.

J'entends des pas dans mon dos. En me retournant vivement, je découvre Dante, un doigt contre ses lèvres. Je raccroche aussitôt.

— Putain. Je n'aurais jamais cru être si heureux de te voir, lui dis-je. Comment est-ce que t'as fait pour lui échapper ?

— J'ai dit à Matteo de ne pas bouger jusqu'à ce qu'on ait des renforts, mais il est allé te chercher. Quel con, il a réussi à se faire choper par ce fils de pute.

— Il a buté Jaelyn et Bruno, l'informé-je d'une voix blanche.

— Putain, fait Dante en passant une main sur son visage. T'es sûr ?

— C'est ce qu'il m'a dit.

— Bruno... Putain, Bruno, gronde Dante. Bordel de merde ! Comment ?!

— J'en sais rien. Il nous attend à la chapelle. Il dit qu'il détient Matteo.

Dante remarque mes bras ensanglantés.

— Tu vas pouvoir tirer, dans cet état ?

J'opine gravement, la mâchoire serrée.

— Même s'ils me coupaient les mains, je trouverais un moyen de lui coller une balle. Et Nate, alors ?

— Il est encore au bloc. Becerra a dû se dire qu'un autre de ses gars se chargerait de lui.

On se dirige vers la chapelle au pas de course, ne ralentissant que lorsque la porte apparaît au bout du couloir. Je m'en approche en silence, puis j'ouvre la porte et jette un regard circulaire à l'intérieur.

Putain. Elle est vide.

Je pénètre dans l'espace désert.

— Je ne comprends pas, bordel. Où est-ce que...

— Merde, fait Dante en me contournant pour courir vers l'autel.

Là, entre les bancs. Il y a un bras nu qui dépasse. Je remonte la nef, là où j'ai laissé Jaelyn... et je la retrouve étendue au sol. Lorsque je retourne son corps, je vois une large bosse rouge sur son front. Je parcours des doigts l'étoffe de sa chemise noire, mais il n'y a pas de sang.

Juste des impacts de balles... qui se sont logées dans son gilet en Kevlar ?!

Je pose une oreille contre sa poitrine.

Putain ! *Putain !*

— Jae, murmuré-je en écartant une mèche de ses cheveux. Jae !

Quelques secondes plus tard, ses paupières papillonnent et se soulèvent.

— Sergio ? gémit-elle. Oh mon Dieu, tu vas bien ? Qu'est-ce qu'il s'est passé ?

— On t'a tiré dessus, mais tu portais un gilet pare-balles... réponds-je. Mais comment ? Je ne t'en avais pas donné un !

— Bruno, fait-elle dans un souffle en effleurant sa tête endolorie. Il m'a forcée à en porter un, au cas où. La dernière chose dont je me souviens, c'est d'avoir vu quelqu'un entrer, puis il y a eu des coups de feu...

— Tu as dû te cogner la tête après être tombée. Ils ont dû penser que tu étais morte, vu le nombre de balles que tu t'es pris, suggère Dante.

— Et Bruno, alors ? demande-t-elle. Et Nate ?

Dante va s'agenouiller près de l'autel, sur l'épaisse moquette.

— Putain, marmonne-t-il. Bruno est touché.

Mon cœur manque de s'arrêter. J'attends la nouvelle. Fatidique.

— Il est ... ?

— Je sens son pouls !

Je m'autorise un soupir.

— Putain ! Mais il faut qu'on trouve Matteo, maintenant. Et si Becerra nous avait envoyés ici pour...

Bordel ! C'est exactement ce qu'il a fait !

J'aide Jaelyn à s'asseoir sur un des bancs.

— Dante, reste ici. Je vais essayer de trouver Becerra. File-moi ton flingue !

— Mec, tu ne vas jamais réussir à l'avoir avec les bras dans cet état. Laisse-moi m'en charger.

— Non. C'est mon problème. C'est à *moi* de le régler.

Je m'entends dire cette même phrase, presque mot pour mot, à Matteo. C'est à cause de moi si ma famille souffre aujourd'hui. Becerra ; c'est moi qui l'ai fait entrer dans nos vies. C'est *moi* qui ai causé tout ce *bordel* !

Alors c'est à moi d'y mettre un terme.

Je rebrousse chemin en direction de la chambre de Nate. Au loin, le son des sirènes augmente avec chaque seconde qui passe. Je ne comprends pas pourquoi il leur a fallu tant de temps pour arriver. Mais une chose est sûre : il est hors de question que Becerra ressorte d'ici avec les menottes aux poignets.

Il sera sur une civière. Dans un sac noir.

J'allonge le pas en prenant le dernier virage, celui qui mène au bloc opératoire des urgences. Au moins, mes jambes continuent de me porter, elles. Je m'arrête net devant une porte close et l'ouvre d'un coup de pied. Matteo est à l'intérieur, juste à côté de Nate, sur la table d'opération.

Becerra se tient juste derrière mon frère. Il se sert de son torse massif comme d'un bouclier.

— Ha, fait-il. Je suis content de voir que tu as daigné t'y rendre, cette fois, à ce rendez-vous-ci, lui dis-je en tendant mon arme. On dirait qu'on a encore des choses à se dire, toi et moi, au bout du compte.

— Si peu... Tu n'as plus qu'une décision à prendre. Tu as vu ce dont je suis capable. Ce dont mes hommes sont capables. Laisse-moi faire partie de votre alliance, et je laisserai Matteo sortir d'ici sans lui coller une balle dans la tête. Je lui couperai peut-être une main, par contre. Tu sais ce qu'on dit. Œil pour œil...

Becerra s'autorise un sourire, à l'abri derrière Matteo.

Je vois la mâchoire de mon frère se contracter alors que

Becerra enfonce le canon de son arme dans son dos, le forçant à se cambrer.

— Je m'en bats les couilles de ce que tu vas me couper, fils de pute. Jamais on ne te laissera t'approcher de notre organisation.

— C'est ce qu'on verra, répond Becerra avec un sourire dément. J'ai plus d'un tour dans mon sac. Si les autres familles ont besoin que je me montre plus... convaincant. Je n'ai reculé devant *rien* pour conclure cette alliance. Buter les Torres au passage ? C'était juste la cerise sur le gâteau. Je savais que j'avais besoin de frapper un grand coup pour être pris au sérieux. C'est le moins qu'on puisse dire.

Il laisse échapper un rire mauvais.

Alors descendre Nate et Jaelyn n'était même pas son but premier ?

Ce connard est encore plus tordu que je ne le pensais. Becerra secoue la tête d'un air impatient.

— Il suffit d'un mot, un seul. Et ton frère aura la vie sauve. Tu as déjà fait assez de sacrifices dans cette histoire.

Il reporte son attention sur Nate, allongé sur la table d'opération. Le bip harassant des machines me transperce le crâne, tandis que je cherche une issue.

Quelle qu'elle soit.

Becerra tend la main, et d'un geste vif, débranche la machine qui aide Nate à respirer.

Je sors mon téléphone et le brandis, bien en vue.

— Très bien, dit Becerra. Très bien... Maintenant, passe ce putain de coup de fil, sinon je vous bute tous les deux, toi *et* Matteo.

Je compose un numéro. Un instant plus tard, c'est le téléphone de Becerra qui se met à sonner. Il le tire de sa poche et décroche.

— Eh, fils de pute, c'est Sergio. C'est moi que tu veux ? Suce ma bite, et bien profond.

Je tire ; un coup, un seul. Il transperce l'épaule de Matteo, qui s'effondre au sol. Pile à temps pour que j'appuie à nouveau sur la détente. Je vide mon chargeur dans le torse de Becerra.

La dernière balle le cueille entre les deux yeux.

Pour la peine.

Je contourne le lit et enjambe le corps de Becerra pour rebrancher la machine de Nate. Je retiens mon souffle. Puis je soupire, enfin, lorsque les *bips* reprennent et retrouvent leur régularité.

— Putain de merde ! tonne Matteo en tenant son épaule.

Je m'agenouille près de lui.

— Tu sais, j'ai toujours rêvé de faire ça.

— T'es vraiment un sale con, tu le sais ?

— Ouais. Un sale con qui ne rate jamais sa cible.

— Alors c'est comme ça que tu règles tes problèmes, toi ? Tu tires sur ton boss ? Un conseil. Ne marque pas ça dans ton CV. Personne ne voudra jamais t'embaucher.

Il lève les yeux au ciel et se laisse retomber au sol.

— Bah ! Ce n'est pas comme si je cherchais un nouveau job. Je cherche déjà à décrocher le tien, frangin. Et en attendant ? *De rien.*

CHAPITRE 33
JAELYN

Je pose une main sur celle de Bruno, osant un sourire lorsqu'il entrouvre ses yeux noisette. Il croise mon regard et lentement ses lèvres s'étirent en tremblant, comme au prix d'un grand effort.

— Je voulais être là à ton réveil, murmuré-je en serrant légèrement ses doigts glacés. Tu m'as sauvé la vie avec ce gilet pare-balles, Bruno.

Il toussote et se redresse sur le lit.

— Ouais. Qu'est-ce que tu veux que je te dise ? Sergio m'a dit de tout faire pour te protéger.

Il soulève son bras en grimaçant et désigne la bosse sur mon crâne.

— Ça a l'air douloureux, ça.

— Si j'ai mal, c'est que je suis en vie.

Des larmes s'accrochent à mes paupières et troublent ma vision. Je me souviens de tous ces coups de feu éclatant au-dessus de ma tête. Déchirant ma chemise pour se loger dans le gilet en Kevlar. À cet instant-là, j'étais certaine qu'il ne suffirait pas, qu'il n'absorberait pas les impacts, que les balles allaient me transpercer de part en part.

Sans Bruno, j'aurais fini trouée comme un gruyère.

— Je t'en serai à jamais reconnaissante, soufflé-je en déposant un baiser sur sa joue, alors que dans mon dos la porte s'ouvre.

— Ça va, je ne vous dérange pas trop ? demande Sergio en se raclant la gorge. Alors c'est ça qui m'attend, maintenant ? Tu vas nous la jouer Florence Nightingale ?

Je me redresse et me tourne vers Sergio, un sourire aux lèvres.

— Jaloux ?

Il approche du lit.

— De ce type ? Jamais. Il te reste combien de vies, Bruno ? J'ai perdu le compte. Et si tu crois pouvoir mettre les voiles avec ma femme, je te garantis que je pourrai en venir à bout.

J'éclate de rire.

— Ah ouais ? réponds-je en désignant ses bras, tous deux immobilisés dans une attelle. Et comment tu comptes t'y prendre ?

— Il me reste mes jambes. Tu ne t'en souviens pas ?

Bruno prononce ces derniers mots avec une intensité singulière, au fond de ses yeux d'un bleu polaire.

— Oh c'est vrai, lui dis-je en contournant le lit. Tu en as, de la chance.

— Autant que toi, sinon plus, murmure-t-il en embrassant le bout de mon nez.

La porte s'ouvre à nouveau, cette fois sur une infirmière qui se dépêche d'entrer.

— Bruno, tout va bien ? On a entendu l'alarme se déclencher.

Bruno nous regarde avec un sourire en coin.

— Ouais, c'est moi qui ai appuyé. Maintenant, foutez-moi

le camp, histoire que je me repose un peu. Et si vous n'obéissez pas, mon amie Sandy, l'infirmière, vous foutra dehors d'un coup de pied au cul.

Sandy jette un regard sévère dans notre direction, comme pour appuyer ses dires, et j'envoie un baiser à Bruno avant de quitter la chambre au bras de Sergio.

— Merci, lui dis-je du bout des lèvres, une dernière fois.

Du fond de son lit, il lève ses deux pouces avec un sourire en coin, avant de laisser retomber ses bras, soudain épuisé.

Nous sortons de la pièce et rebroussons chemin, de couloir en couloir, jusqu'à la salle d'attente. Matteo est assis dans un coin, flanqué de deux flics. J'imagine qu'il est en train de faire sa déposition. Dante se lève de sa chaise lorsqu'il nous aperçoit.

— Eh ! Comment ils vont ?

— Nate dort encore, réponds-je. Les docteurs viendront me chercher dès qu'il sera réveillé. Bruno va bien, grâce à Dieu.

Je secoue la tête.

— S'il ne m'avait pas offert son gilet en Kevlar, je serais à la morgue à l'heure qu'il est. Il m'a sauvé la vie.

— Et ta tête, ça va ? demande Dante.

— C'est un peu douloureux, mais ça ne me dérange pas. C'est toujours mieux que d'être morte.

— C'est ma devise, ça, lance Sergio avec un clin d'œil malicieux, en me pressant contre lui du mieux qu'il peut, sans avoir usage de ses bras.

Je jette un regard autour de moi. Ça et là, des scènes de crime sont délimitées par de longs bandeaux jaunes. Les flics avaient bien été retenus un peu plus tôt. Une voiture piégée, à quelques kilomètres de là, avait servi de diversion pour offrir à Becerra une fenêtre de tir suffisante. Il avait pu s'attaquer à l'hôpital sans la moindre interférence extérieure.

Bien entendu, il n'avait pas anticipé l'opiniâtreté de Sergio, un obstacle bien plus considérable que les forces de l'ordre.

Je jette un coup d'œil à tous ces gens rassemblés en petits groupes compacts, les traits tirés par la peur.

Comment leur en vouloir ?

C'est cette même peur qui me colle à la peau depuis Miami.

Mais j'ai fini par l'enfouir au plus profond de ma conscience, avec toutes les autres émotions inutiles qui l'accompagnent.

Nous avons enfin tourné cette page — celle des Becerra et de la famille Bowman.

Et nous pouvons enfin respirer, en toute sérénité.

Matteo s'approche de nous et passe sa main valide dans ses cheveux — l'autre reposant inerte, au bout d'une attelle similaire à celle de Sergio.

— T'en as fini, avec les flics ? demande Sergio. Tu leur as raconté deux ou trois conneries, pour les occuper ?

Il acquiesce.

— Ouais. Je leur ai expliqué comment on s'était retrouvé avec Becerra sur le dos, qu'il n'a pas apprécié que Nate nous ait choisis, et pas lui, pour gérer le Sapphire Lounge. C'est pour ça qu'ils l'ont flingué, à l'hôtel, et qu'ils sont venus ici pour finir le boulot. Nous, on a juste fait notre devoir, en bons citoyens, et on a défendu notre nouveau partenaire avec des armes qu'on a obtenues en toute légalité.

Il me décoche un clin d'œil.

— T'inquiète. J'ai *oublié* de parler de Miami.

— Merci, fais-je avec un sourire.

— C'est dingue, quand même, marmonne Sergio. J'ai du mal à y croire. Becerra pensait pouvoir se servir de nous pour faire partie de notre alliance ? C'était ça, son plan. Il ne cherchait même pas à se venger. C'est l'argent qui le motivait, rien d'autre.

— Lui, peut-être. Mais l'autre frère Bowman... précisé-je.

— Eh, me dit Sergio en effleurant mon oreille du bout des lèvres. Ne t'inquiète pas pour lui. Ne t'inquiète plus jamais pour tous ces connards. C'est fini, mon ange. Pour de bon.

Je laisse retomber la tension dans mes épaules.

— Je sais. J'ai juste... du mal à y croire. J'ai vécu dans ce cauchemar pendant si longtemps, c'est difficile d'imaginer qu'il est enfin derrière moi.

— Si tu continues sur cette voie, tu vas vite découvrir qu'il y a toujours un autre ennemi qui t'attend au tournant, et qui est prêt à te sauter dessus avec une machette, ricane Matteo.

— Rah, non, pas des machettes, grommelé-je en pressant mon visage contre le torse de Sergio. Mais le reste, je pense que je peux gérer.

Je jette un bref coup d'œil en direction de Sergio, un sourire aux lèvres.

— Tu as ce qu'il faut, ça ne fait pas de doute, répond-il dans un souffle.

— Mademoiselle Torres ? demande une petite brune, empressée mais souriante, le visage constellé de taches de rousseur. Votre frère est réveillé. Il demande à vous voir.

Je hoquette, émue, et me tourne vers les garçons sans contenir ma joie.

— Je reviens tout de suite !

Je la suis jusqu'à une chambre d'observation, près des salles opératoires des urgences, et me rue au chevet de mon frère.

— Nate ! Merci mon Dieu, tu es réveillé.

Je saisis sa main et la presse contre mes lèvres.

— Ta... ta tête... Tu es blessée ? demande-t-il.

Il se redresse péniblement dans le lit avec un grognement comique.

— Qu'est-ce qu'il s'est passé ? J'ai entendu les infirmières et les docteurs parler de... d'une attaque ?

— Oulah, tu ne commences pas avec la question la plus facile...

Je pousse un soupir, avant de lui expliquer dans les grandes lignes ce qu'il s'est passé pendant qu'il était sous anesthésie.

— Putain, souffle-t-il à la fin de mon récit. Jae, t'aurais pu y passer !

— Et toi aussi, réponds-je, étranglée par mes larmes. Mais Dieu merci, on va tous les deux bien. Les docteurs ont pu finir de t'opérer, et Bruno m'a sauvé la vie. Ils ont veillé sur nous, Nate, tu sais ? Papa et Maman. J'en suis certaine, à cent pour cent. Ils nous ont protégés, comme ils l'ont toujours fait de leur vivant.

Une larme coule en silence le long de ma joue.

— Ils se sont assurés qu'on puisse compter l'un sur l'autre. Je t'aime tellement, Nate. Je ne sais pas comment je ferais sans toi.

Je laisse tomber ma tête entre ses bras et il passe doucement ses doigts dans mes cheveux.

— Arrête de pleurer, fait-il d'une voix blanche. Je ne te laisserai jamais tomber, Jae. Je serai toujours là pour veiller sur toi, pour te protéger.

Il se racle la gorge.

— Mais j'ai cru comprendre que je ne serai pas le seul. Pas vrai ?

Je lève la tête, un léger sourire aux lèvres.

— Avant toute chose, sache que je suis parfaitement capable de me défendre toute seule.

— En témoigne la bosse de la taille d'un pamplemousse que tu as sur la tête, grommelle-t-il.

Je lève les yeux au ciel.

— Ouais, bon... À part ça, je suis assez coriace, au cas où tu ne l'aurais pas remarqué.

— Tellement coriace que tu t'es retrouvée kidnappée par un mafieux complètement débile qui ne sait pas lacer ses chaussures.

— Il est... un peu brut de décoffrage, tempéré-je. Mais ce n'est pas pour me déplaire. J'aime bien quand ça secoue, moi.

Nate grimace en se tenant les côtes.

— Pitié, ne prononce plus jamais cette phrase.

— Oups, pardon, gloussé-je. Il n'y avait pas de sous-entendu. Enfin, ce n'est pas complètement faux, mais...

— Arrête ! gronde Nate.

Je rabats ses cheveux en arrière.

— Je sais qu'il n'est pas du genre à laisser une bonne première impression. Mais on finit par s'y faire, à ce type.

— C'est ce que tout le monde me dit à propos des sushis. Mais pourquoi est-ce que je devrais m'échiner à essayer quelque chose que je déteste ?

— Parce que...

Je marque un temps.

Parce que *quoi* ? Parce que j'ai envie de lui ? Parce que je l'aime bien ? Parce que ce que je ressens pour lui s'étend plus loin encore ?

Aucune de ces affirmations n'est tout à fait fausse.

Il y a une chose que je sais, avec certitude. Sergio Villani est entré dans ma vie pour une raison. Et quelle qu'elle soit, je ne vais pas le laisser me filer entre les doigts.

ÉPILOGUE

SERGIO

QUATRE MOIS PLUS TARD

J'étire mes bras au-dessus de ma tête. Je sens le soleil de Californie, plus clément en cette fin d'après-midi, s'abattre sur ma peau déjà chauffée. Putain, que c'est bon de retrouver sa liberté de mouvement. Au pieu aussi, d'ailleurs. Je ne dis pas, c'est plutôt sympa, le sexe sans les mains, mais pour être au top de mes performances j'ai besoin d'avoir pleinement l'usage de mes bras.

D'autant plus quand il s'agit d'apprivoiser une lionne comme Jaelyn Torres.

Je ferme les yeux, bercé par le bruit des vagues qui se brisent sur le rivage. Je me laisse emporter par le parfum salé du Pacifique, et pendant cette infime parenthèse, ces vacances bien méritées à Palm Springs, j'éprouve quelque chose qui ressemble à du repos.

Quatre mois. Quatre longs mois se sont écoulés depuis qu'on a fait face à Becerra et à ses hommes. J'ai enfin obtenu ce que je voulais : le respect de mes pairs. Mais au bout du compte, je n'avais pas besoin de leur estime, qui n'allait en rien apaiser les tensions entre mon frère et moi. Non, pour le coup, ce qui m'a aidé, c'est de lui avoir sauvé la peau.

Et ce n'est pas plus mal, parce que lui et Heaven ont décidé de rester à Vegas un peu plus longtemps. Il semblerait que le climat sec et désertique convienne mieux à ma belle-sœur que les quatre saisons de Manhattan, et maintenant qu'elle est enceinte de cinq mois, c'est elle qui porte la culotte.

On a fermé le Verve, notre club. Il ne valait plus les innombrables injections de capitaux nécessaires pour le faire tourner. Ça m'a permis de me concentrer pleinement sur notre nouveau business, dans la vie nocturne. Même avec mes deux bras en écharpe, je me suis investi à fond dans mon nouveau rôle : copropriétaire du Sapphire Lounge et de ses succursales. Et pendant que Nate prenait quelques semaines de convalescence pour se remettre, j'avais Jaelyn à mes côtés, en train de tenir la boutique, à sa manière.

Comme toujours.

Même à cet instant, je l'entends râler à quelques mètres de là, et aboyer des ordres à son assistante, Ashleigh, au téléphone.

Je dois dire que, toute maniaque du contrôle qu'elle est, je commence à prendre goût de nos petites réunions impromptues, au milieu de la nuit. C'est à ces moments-là que je découvre une *autre* facette de son côté chaudasse.

— Laisse-la tranquille et viens me rejoindre ! l'appelé-je.

Je passe la langue sur mes lèvres en la voyant dans ce minuscule bikini. Putain, j'ai hâte de l'arracher avec les dents, une fois qu'on sera rentrés dans notre suite, à l'hôtel.

— OK, j'arrive ! répond-elle.

Elle contourne les chaises longues avec un petit déhanché et lance son téléphone sur une des serviettes, avant de s'avancer vers moi à grands pas. Ses seins lourds se balancent, à peine contenus par son top. Sa peau hâlée est rayonnante, en contraste avec l'étoffe rouge, alors qu'elle court vers le rivage. Un grondement s'échappe de mes lèvres lorsque je sens son corps mince et tonique entre mes bras.

— Est-ce que je t'ai dit que je t'aimais, aujourd'hui ?

— Ouais, réponds-je avec un sourire. Mais je ne me lasse pas de l'entendre.

— Je t'aime, murmure-t-elle.

— Moi aussi, je t'aime, putain.

— Mon Dieu, c'est tellement bon quand tu me tiens comme ça, fait-elle dans un soupir d'aise en se lovant contre moi. Je sais que ça fait un moment que tes bras sont guéris, mais de les sentir comme ça, autour de moi... J'adore.

Elle dépose un baiser sur mes lèvres.

— Et je ne le prendrai jamais pour acquis. Jamais !

Je fais glisser mes doigts le long de son échine et elle rejette la tête en arrière. Un gémissement sonore s'échappe de ses lèvres.

— Mmh... Tu me donnes envie de te ramener à l'hôtel, Jae.

— Pourquoi attendre ? souffle-t-elle en passant une jambe autour de ma taille.

Je lui décoche un sourire diabolique et glisse mes doigts sous son bikini. Elle pousse un petit glapissement de surprise lorsqu'ils effleurent les replis délicats de sa chair, titillant son clitoris lorsque je les retire. Mon sexe se tend, sous la surface de l'eau. Elle tire sur mon short pour le libérer du tissu.

Je presse mon gland contre son vagin et m'enfonce en elle, d'un geste, en la prenant dans mes bras. Sa chatte est brûlante, trempée, fermement serrée autour de moi alors que j'ondule du bassin. Cette friction intime suffit. Mes couilles sont presque douloureuses, avides d'une délivrance qui ne vient pas. Elle s'accroche à moi avec l'énergie du désespoir. Ses seins frottent contre mon torse, et de petits gémissements s'échappent de sa gorge. Elle plonge ses ongles dans ma chair, traçant des sillons le long de mon dos brûlé par le soleil.

Je serre les dents, plaçant mes mains sur la chute de ses reins, et m'enfonce en elle de plus belle. Elle passe ses jambes autour de ma taille pour m'ouvrir davantage l'accès à sa chatte, jusqu'à ce qu'on soit pleinement liés, indistincts. Je ne sais plus où s'arrête son plaisir, où commence le mien.

J'adore cette sensation.

Je rejette ma tête en arrière, vers l'horizon, où une explosion de roses, d'oranges, de mauves éclate dans le ciel, comme l'orgasme qui me traverse, qui la remplit, de tout ce que je possède... de tout ce que je désire.

Elle s'affale contre moi, ses jambes toujours repliées dans mon dos, alors qu'elle retrouve peu à peu son souffle.

— Mon Dieu, tu es incroyable.

Je dépose de petits baisers le long de son cou et de sa nuque.

— Ce n'est pas vraiment ce que j'avais en tête quand je t'ai suggéré de me rejoindre.

— Et c'était meilleur que ce que tu avais prévu ? demande-t-elle avec un sourire espiègle.

— Non.

Mon sourire se fane et je retrouve mon sérieux. Elle écarquille les yeux et se laisse tomber, les pieds dans le sable, en face de moi.

— Oh... Pourtant, j'ai du mal à imaginer ce qui pourrait surpasser ce qu'on vient de faire.

Lorsqu'elle voit que je ne lui réponds pas tout de suite, elle hausse un sourcil.

Elle ne sait pas pourquoi.

Il faudra qu'elle se montre patiente. D'autant que les poches de mon short ne sont pas faciles à ouvrir.

Surtout quand on a de l'eau jusqu'à la taille et qu'on a une seule main libre.

Jaelyn incline la tête sur le côté, l'air un peu impatiente.

— Alors ? Tu comptes me dire quel est ton plan ? Ou tu vas attendre que je sois toute fripée ?

Mes doigts se referment enfin sur la petite boîte au fond de ma poche. Certes, j'aurais pu attendre d'être à l'hôtel, ou ce soir, à l'heure du dîner.

Mais je ne peux pas attendre une seconde de plus. J'ai déjà attendu quatre mois de trop, de mon point de vue.

— Mon Dieu, ricané-je. Tu ne lâches jamais rien, toi, hein ? J'adore. Et même si tu devais finir fripée comme un pruneau, ça ne m'empêcherait pas de te défoncer le cul.

— Tellement romantique, ronronne-t-elle d'un ton sarcastique, en me décochant un petit coup de poing.

— Peut-être que je peux me faire pardonner, réponds-je avec un sourire entendu.

Puis je sors la bague de l'eau et la lui tends. Elle écarquille les yeux avec un hoquet de stupeur. Alors, d'une main tremblante, elle essaie de saisir le bijou que je tiens, juste hors de sa portée.

— Tout doux. Tu n'as même pas encore dit oui !

— Alors, pose-moi la question ! glousse-t-elle en tentant à nouveau de s'en emparer.

Je prends son bras et le presse contre mon cœur, tout en mettant la bague sous ses yeux.

— Jae, tu me rends complètement fou... euh... je veux dire, je suis complètement fou de toi.

Elle éclate de rire, mais ses yeux pleins de larmes scintillent comme des émeraudes.

— Et ?

— Et quoi ? Tu veux que je continue de te dire à quel point tu me rends taré ?

— Au lit, tu veux dire ?

Je la serre plus fort encore.

— Tu es... dure, et grande gueule, et puissante, et forte. Tellement pleine de passion, de vie. Quand je suis avec toi, je me sens plus vivant que jamais. Ton énergie, ton esprit libre...

Je secoue la tête.

— Mon Dieu, t'es juste incroyable. Sans oublier le fait que t'es sexy à mourir.

— Ouais, ce serait dommage d'oublier ça, lança-t-elle avec malice.

Je secoue la tête. La bague est encore entre mes doigts lorsque je pose la main sur sa joue.

— Je veux passer le restant de mes jours avec toi. Je veux que tu sois ma femme.

— Ce n'est pas une question, fait-elle remarquer avec un sourire.

Je fronce les sourcils.

— Ben quoi ? Je ne peux pas dire oui tant que tu ne m'auras pas posé la question ! insiste-t-elle.

— Veux-tu m'épouser ?

— Oui !

Elle pousse un cri de joie tandis que je passe le diamant à son doigt.

— Oh, mon Dieu, Sergio, mais c'est *énorme* !

Je lui décoche un clin d'œil.

— Ce n'est pas la première fois que je l'entends, celle-là !

Elle incline la tête et lève les yeux vers moi.

— Ouais. J'en ai, de la chance, pas vrai ?

LA FIN

QUELQUES MOTS SUR KRISTEN

Kristen Luciani est une auteure de best-sellers sulfureux et palpitants au classement de *USA Today*. Accro au kickboxing et aux bonbons à la gelée Starburst, elle a un faible pour les antihéros mystérieux et écorchés vifs. Chauffeuse Uber de ses trois enfants, Kristen parvient à concilier cette activité à temps partiel avec d'autres tâches quotidiennes : lessives, ménage, écriture, et sorties avec son adorable terrier de Boston. Les romances dans l'univers mafia sont sa passion... et son poison.

Pour tenter de gagner des cadeaux, suivez-la sur
http://on.fb.me/1Y87KjV

Groupe privé de lecture
http://bit.ly/2iQBr5V

Toutes ses œuvres sur Amazon

https://amzn.to/3HgM5y1

Newsletter VIP

https://dl.bookfunnel.com/28e0amc80q

Vous souhaitez faire part de vos retours ou suggestions pour de nouveaux romans ?

Envoyez-moi un email ! kristen@kristenluciani.com

Instagram

https://instagram.com/kristen_luciani

BookBub

https://bit.ly/2FIcoP1